フロベール論考 2

『野越え浜越え』―自筆原稿と筆写原稿の諸問題

木之下 忠敬 著

大学教育出版

この『フロベール論考2:『野越え浜越え』－自筆原稿と筆写原稿の諸問題』は、1994年、岡山大学文学部叢書11として刊行されたものに、手を加え不備を補ったものである。(2004年8月、著者記す)

目　次

序　『野越え浜越え』―自筆原稿と筆写原稿がはらむ問題 …………… 1

1章　『野越え浜越え』に関する手紙の日付け ………………………… 12

2章　『野越え浜越え』の執筆速度 ……………………………………… 26

3章　『聖アントワーヌの誘惑』と『ボヴァリー夫人』の
　　　執筆速度 ……………………………………………………………… 37

4章　「今だったらゴチエに読んでもらっても構わない」 …………… 53

5章　フロベールの訂正・推敲について（*1847–1852*）……………… 71

6章　『野越え浜越え』自筆原稿の訂正・推敲 ………………………… 89

7章　自筆原稿(清書部分)の清書の時期および
　　　筆写原稿の問題 ……………………………………………………… 110

8章　「カルナック石群とケルト考古学」の発表 ……………………… 137

結論にかえて ………………………………………………………………… 183

参考書誌 ……………………………………………………………………… 188

付録　(1) 自筆原稿(清書部分)と筆写原稿の異同 …………………… 192
　　　(2) 《Des pierres de Carnac et de l'archéologie celtique》
　　　　　(*L'Artiste*, le 18 avril 1858, pp.261–263) ………………… 216

序

『野越え浜越え』－自筆原稿と筆写原稿がはらむ問題

　1847年5月1日からデュ・カンと一緒にブルターニュ旅行に出発したフロベールは7月28日にデュ・カンと別れ、姪を伴った母親と途中で合流し、9月初め頃にクロワッセに戻る。この間、旅行中にとった旅行手帳の覚え書きを参照しながら、ブルターニュに関する書物を読み、ブルターニュ旅行記の執筆のための準備をすすめる。9月中旬頃、約1ヶ月の滞在予定でクロワッセにやってきたデュ・カンと彼はブルターニュ旅行記の執筆を開始する。これが『野越え浜越え』(*Par les champs et par les grèves*)である。この旅行記は、デュ・カンが、II, IV, VI, VIII, X, XII 章を、フロベールが、I, III, V, VII, IX, XI 章をそれぞれ分担して執筆することになっていた。デュ・カンは、10月半ば頃、II, IV, VI 章を書き上げた時点でパリに戻り[1]、フロベールはひとりクロワッセで執筆を続ける。フロベールが自分の担当部分の執筆を一応終えるのが翌年1848年1月3日である[2]。この頃、ルイーズ・コレ宛の手紙で、「『ブルターニュ』の最後の章を書き上げました。同語反復をなくし、数多い内容上の繰り返しを削り落として全体の見直しをするのに、あと6週間はたっぷりかかるでしょう。これは時間のかかる微妙で面倒な作業です。」[3]と書き送っている。従って、

---

(1) Maxime Du Camp, *Lettres inédites à Gustave Flaubert*, éd. de Giovanni Bonaccorso e Rosa Maria di Stefano, Edas messina, 1978, p.123 :《Ne remets pas mes chemises à Hamard ; tu me les enverras avec l'original et la copie de mes chapitres II, IV et VI, quand le Fellaché (*sic*) les aura mené[s] à bonne fin–》.

(2) 自筆原稿 (Manuscrit autographe de Flaubert) には、1848年1月3日、と脱稿の日付けが作者自身の手で書き込まれている。: *Par les champs et par les grèves*, édition critique par Adrianne J. TOOKE, Droz, 1987, p.60.

(3) *Correspondance*, éd. de Jean Bruneau, Gallimard, La Pléiade, tome I, 1973, p.472 : lettre à Louise Colet, [Croisset,] dimanche soir, [Septembre 1847]. この手紙は1848年1月に書かれたものであろう。日付けの問題については本論で論じる。

フロベールの言葉を信じるならば、一応の脱稿のあと、全体の見直しと推敲を彼が了えるのは、早くても1848年2月末頃ということになる。一方デュ・カンは、1847年12月4日頃にVIII章を[1]、翌年1848年3月29日頃にX章を[2]、同年5月末頃にはXII章を[3]書き上げている。

さて、こうして書き上げられた原稿は、筆写生フェラシェー[4]によって浄書され、筆写原稿が二部作成される。一部はフロベール、もう一部はデュ・カンのためのものである。この筆写原稿は製本装丁され、デュ・カンのものがフランス学士院の蔵書として、またフロベールのものは、クロワッセの町役場に保管されて現在に至っている。そして、この筆写原稿二部のほかに、フロベールの自筆原稿が個人蔵として現存している[5]。ただし、この自筆原稿は個人蔵書であるが故に手に取って見ることは殆ど不可能である。

1880年5月8日、フロベールの死によって、彼の所有していた自筆原稿、筆写原稿は遺産相続により、彼の姪カロリーヌ・コマンヴィル(Caroline Commanville、再婚の後はフランクラン–グルー夫人 Caroline Franklin–Grout)の所有となる。フランクラン–グルー夫人が1931年に亡くなると、フロベールの二つの原稿のうち自筆原稿は競売にかけられ個人蔵書として公の場から姿を消し、現時点では二人目の所有者の蔵書となっている。筆写原稿の方は夫人と親しかったフロベール研究家ルイ・ベルト

---

(1) Cf.：Du Camp：*Lettres inédites à Gustave Flaubert*, éd. citée, p.124. この日付については本論で論じる。

(2) *Ibid.*, p.130.

(3) *Corr.*, I, p.497, lettre à Maxime Du Camp, [Croisset,] mercredi, 1 heure du matin.[Fin mai 1848.] / Du Camp：*Lettres inédites à Gustave Flauvert*, p.132, [Paris,] vendredi matin. [2 juin 1848].

(4) Fellacher. フロベールの妹カロリーヌ(Caroline Flaubert)の習字の家庭教師であった人物。フェラシェーは1847年10月後半には既に筆写作業を始めている(Du Camp, *Lettres inédites à Gustave Flaubert*, éd. citée, p.123, lettre écrite vers le 26 octobre 1847)。そして、1848年10月にはまだ筆写は終わっていない(cf., *ibid.*, p.143, lettre datée du 9 octobre 1848)。

(5) ピェール・ブレス(Pierre Berès)氏所蔵。これから述べる『野越え浜越え』のテクストの問題とその歴史は殆どA.J.トゥークが校訂本の序で述べていることを参考にしている。詳しくはそちらを参照されたい。(*Op. cit.*, pp.59–75.)

ラン (Louis Bertrand) に遺贈され、その後、フロベールの故郷のクロワッセの町役場に寄贈され現在に至っている。一方、デュ・カンの自筆原稿は紛失したものと思われ、筆写原稿が作者によって、1883 年にフランス学士院に寄贈され現在に至っているが、デュ・カンが寄贈の際に条件を付け、長い間ほんの僅かな人を除いて見ることができず、出版もされなかった。デュ・カンのこの禁止が解除され彼の所有していた筆写原稿が一般に閲覧できるようになったのは 1973 年のことである[1]。

　フロベールとデュ・カンは二人の共同執筆である『野越え浜越え』を一冊のまとまった作品として生前に発表することはなかった。しかし、それぞれ別個に、自分の執筆した章の一部を雑誌に発表している。デュ・カンは 1852 年から 1853 年にかけて『パリ評論』に「ブルターニュの思い出」(《Souvenirs de Bretagne》) と題して三回に分けて発表し[2]、一方フロベールは『ボヴァリー夫人』発表後の 1858 年に『芸術家』誌に「カルナック石群とケルト考古学」と題してその一部を発表している[3]。フロベールの死後、1885 年–1886 年にほぼ同時期に『野越え浜越え』の断章が初めて公刊される(カンタン版、シャルパンチエ版)[4]。次いで、断章ではなく、フロベールの執筆した章全てが初めて公刊されるのが 1910 年のコナール版全集においてである[5]。フランクラン–グルー夫人がフロベールの作品刊行に生前関与したもので主なものはこの三つの版だけである。つまり、彼女の手元に自筆原稿、筆写原稿の両方ともに存在した時の刊本

---

(1) デュ・カンが執筆した章すべてがフロベールの執筆した章とともに刊行されたのがこの年である：*OEuvres complètes* de Gustave Flaubert, Société des Études littéraires françaises (Club de l'Honnête Homme), tome X, 1973.

(2) Du Camp, 《Souvenirs de Bretagne》, *Revue de Paris*, ler avril, 1852, pp.27–58 / ler septembre 1852, pp.47–71 / ler août, 1853, pp.457–473.

(3) G. Flaubert, 《Des pierres de Carnac et de l'archéologie celtique》, *L'Artiste*, le 18 avril 1858, pp.261–263.

(4) *OEuvres complètes de Gustave Flaubert. Édition définitive d'après les manuscrits originaux. VI. Trois Contes, suivis de Mélanges inédits*, Quantin // *Par les champs et par les grèves (voyage en Bretagne) ; accompagné de mélanges et fragments inédits ; par Gustave Flaubert*, Charpentier.

(5) *Par les champs et par les grèves, OEuvres complètes de Gustave Flaubert*, Conard, t. VII, 1910.

はこの三つである。これ以後にも重要な全集が刊行されているが、全てがこの三つの版、特にコナール版を踏襲している[1]。1910年に刊行されたコナール版には次のような発行者の序が付されている。

L'édition originale de *Par les Champs et par les Grèves* (Paris, 1886) ne renferme que des fragments du célèbre journal de voyage. Elle fut publiée d'après un manuscrit primitif que Flaubert devait remanier. Quand l'oeuvre fut à ses yeux définitive, il en fit exécuter deux copies absolument identiques. Elles sont demeurées ignorées jusqu'à ce jour. L'une d'elles appartient à Mme Caroline Franklin-Grout ; l'autre est déposée à la Bibliothèque de l'Institut. Nous transcrivons la dédicace de cette dernière, car elle résume la genèse de l'ouvrage :

À LA BIBLIOTHÈQUE DE L'INSTITUT.
OFFERT PAR L'UN DES AUTEURS
MAXIME DU CAMP.
Les chapitres impairs ont été écrits par Gustave Flaubert ;
Les chapitres pairs, par Maxime Du Camp.
Avril 1883.

ANJOU.
BRETAGNE.   1847
NORMANDIE.

C'est le texte de cette rédaction que nous livrons au public.(…)

この序文に言う、『野越え浜越え』初版本(パリ・1886年刊)とはカンタン版、シャルパンチエ版、特に後者を指している。この初版本は、「フロ

---

[1] *OEuvres complètes de Gustave Flaubert* (Édition de Centenaire), Librairie de France, 1924, t.I. Édité par René Descharmes // *Voyages*, Les Belles Lettres, 1948, éd. de René Dumesnil, t.I. // *OEuvres complètes de Gustave Flaubert*, Club de l'Honnête Homme, t.X, 1973.

ベールが推敲をする予定であった原手稿をもとに出版され」たものであり、フロベールは作品ができあがった時、「全く同一の筆写原稿を二部作成させた。(...)今回刊行するものはこの[学士院の]筆写原稿のテクストである」という、この序文がコナール版の刊行とともに大きな問題を惹起したのである。ここでは、カンタン版、シャルパンチエ版が自筆原稿をもとにしていること、しかもこの自筆原稿は完成原稿ではないことがはっきり述べられている。著名なフロベール研究家であったルネ・デシャルム (René Descharmes) は、当時既にフランス学士院にあるデュ・カンの筆写原稿を見ることができる立場にあり、その一部を筆写してシャルパンチエ版との比較を行っていた[1]。彼はこの比較の中で、シャルパンチエ版と学士院の筆写原稿との間に数多くの異同があることを指摘し、筆写原稿完成後にフロベールがこの筆写原稿のテクストの手直しをした可能性があることを示唆していた[2]。学士院の筆写原稿を知っていたデシャルムは、コナール版が出版されるとすぐに、この版の序が述べている「自筆原稿－筆写原稿」という執筆時期の順番と、コナール版は学士院の筆写原稿を底本にしているのではなくもう一つの筆写原稿、即ちフランクラン－グルー夫人所有の筆写原稿が底本なのではないか、という二つの疑問を投げかけたのである。後者の疑問は、彼が学士院の筆写原稿を知っていて、これとコナール版の間に数多くの異同を彼が見いだしたからである。もう一つの疑問に関して、デシャルムは、シャルパンチエ版とコナール版の両テクストの文体論的比較から、シャルパンチエ版のテクストが実はコナール版のテクストより新しいもので、フロベールは筆写原稿完成後、もう一度、もとの自筆原稿の手直しをしているのではないか。この手直しの時期は、1852年3月、ルイーズ・コレに『野越え浜越え』の原稿を見せた時か、または1858年、『芸術家』誌に「カルナック石群とケルト考古学」を発表した頃ではないか。この手直しは作品全体にわたってなされたのではなく、フロベールはI, III, V章の手直しだけで済ませたのではないか。何故なら、シャルパンチエ版

---

[1] René Descharmes, *Flaubert, sa vie, son caractère et ses idées avant 1857*, F. Ferroud, 1909, 2e partie, chapitre V, pp.245–281 et Appendice II, pp.559–561 / III, pp.562–601.

[2] *Ibid.*, p.246, note(1) et p.561, note.

とコナール版の異同は第Ⅰ章、Ⅲ章、Ⅴ章のほうがⅦ, Ⅸ, Ⅺ章よりもはるかに多いからである、と主張したのである[1]。このデシャルムが提起した問題は、1987年にA.J.トゥークが『野越え浜越え』のほぼ完全とも言える校訂本[2]を刊行するまで、解決の糸口さえ掴めない状態であった。というのも、フランクラン・グルー夫人が自筆原稿を他人に見せることが殆どなく、彼女の死後、人手に渡った自筆原稿は、1957年最初の個人所蔵者 (Lucien-Graux) の蔵書が競売にかけられた機会に世に出てくるまでは、その存在を疑問視する傾向さえあったからである。次にこの自筆原稿が姿を現したのは、1980年11月19日から1981年2月22日まで、パリの国立図書館 (Bibliothèque Nationale) で催された、フロベールの没後百年記念の展示会においてであった[3]。A.J.トゥークはこの自筆原稿を見る機会を与えられ、その結果、先ほどのデシャルムの問題提起に可能な限りの解答を出そうと、その校訂本の序で論じているのである。

　　　A.J.トゥークの意見はこうである。まず、コナール版の底本は、デシャルムが主張したこととは異なり、確かにその序が言っているように、フランス学士院にある、デュ・カン寄贈の筆写原稿である[4]。デシャルムが指摘したコナール版と学士院の筆写原稿との異同はすべてフランクラン‐グルー夫人の責任である。

　　　もう一つの問題、自筆原稿と筆写原稿の時期的前後関係については、トゥークはこう述べている。彼は、自筆原稿の第Ⅴ章、カルナックの描写よりあとに位置する断片を子細に検討した結果、「(私が調べた)自筆原稿の断片は間違いなく筆写原稿よりも早い時期に書かれたものである」[5]。自筆原稿と筆写原稿の異同は、「Ⅰ章、Ⅲ章、そしてⅤ章のカルナックの描写までが、残りの部分におけるより遥かに多い。初めの三章はほぼ清書と言ってよい状態であるのに反し、残りは訂正・推敲の書き込みが非常に多

---

(1) René Descharmes et René Dumesnil, *Autour de Flaubert*, Mercure de France, 2 vols, 1912, tome Ⅱ, p.116, note (1) et p.120.

(2) Gustave Flaubert / Maxime Du Camp, *Par les champs et par les grèves*, édition critique, Droz, 1987.

(3) *Gustave Flaubert* : Catalogue de l'Exposition du Centenaire, Bibliothèque Nationale, 1980, p.28, sous le No.102.

(4) 詳しくは、A.J.トゥークの校訂本の序、pp.72-74を参照されたい。

(5) *Ibid.*, p.67.

く、その結果、時には頁が破れているほどである。デシャルムの言うように、最も弱いと自分で感じた初めの方の部分を、フロベールが訂正したのではないか、と思いたくなる[1]。となれば、自筆原稿は、半ば草稿、半ばは後の浄書ということになるのだろうか」[2]。もしそうであるならば、フロベールの手直しの時期は、「デシャルムが提起した二つの時期のうち、1852年ということになる。私はこのことを確かめるため、自筆原稿のカルナックの描写部分を調べてみた。自筆原稿は訂正推敲は少ないけれども、1858年に発表された断片のテクストとも、1848年に作成された筆写原稿のテクストとも合致していない。1858年に発表された断片は、文全体の削除されたものがいくつもあり、記述は全体的に遥かに客観的であり、皮肉はかるみをおびたものとなっている。筆写原稿と自筆原稿に存在するドルイド僧についての叙情的な部分は発表断片には全く存在しない[3]。しかしながら、自筆原稿と筆写原稿の違いには大きなものがあるので、1852年に書かれた書簡の中の関連する幾つかの言葉を考慮にいれるならば、1848年と1858年の中間である1852年が訂正推敲の時期ということになる。「今だったら『ブルターニュ』をゴチエに読んでもらっても構わない」[4]という、このなかの「今だったら」という言葉は、もとの自筆原稿を訂正したので「今だったら」読んでもらっても構わない、という意味を言外に含んでいると解釈すべきなのであろうか。もしそうだとするなら、1852年にルイーズ・コレに読ませたのは、1847年時点でフロベールが考えていた筆写原稿ではなく、手直しされた自筆原稿ということになろう。このよ

---

(1) A.J.トゥークがここで言っていることは、フロベールの書簡の次の言葉が根拠となっている筈である。:《Lis-tu *La Bretagne* ? Les deux premiers chapitres sont faibles.》(*Corr.*, II, éd. de Jean Bruneau, Gallimard, La Pléiade, 1980, p.63, lettre à Louise Colet, [Croisset,] samedi, minuit et demi. [27 mars 1852]).
(2) A.J.Tooke, *op. cit.*, p.68.
(3) 自筆原稿、筆写原稿に存在し、『芸術家』誌発表断片において削除されている部分でドルイド僧に関する部分とは、A.J.Tookeの校訂本では、268ページ、10行目:《je ne demanderais pas mieux (…)》から、269ページ、11行目:《(…) y perdront leurs peines.》までである。トゥークは『ドルイド僧 les Druides』と言っているが実際は『ドルイド尼僧 les Druidesses』である。この部分に関して、トゥークが自筆原稿と筆写原稿に異同があるのかないのかを明確にしていないのが残念である。
(4) *Corr.*, II, p.59, lettre à Louise Colet, [20 mars 1852].

うに考えれば、(紛れ込んでいた) デュ・カンの書いた章の一頁についてルイーズが心配している事と、フローベルが彼女に、デュ・カンが『パリ評論』に発表したばかりの章を読むように勧めている事の二つとも説明がつくのである。何故なら、ルイーズが作品全体[1]を知っているのなら、この忠告は全く無駄なものだからである。一つのまとまったものとして有り、作者自らの手で整然とページのふられた一つの原稿にこれだけの問題があるのである。初めの方の章[2]も完成原稿の前のテクストである、と単純に認めることはできないのであろうか」[3]。このように述べたあとで、A.J. トゥークは自筆原稿のことについて次のような結論を出している。「いずれにせよ、少なくとも次のことは確かである。1) 自筆原稿は筆写原稿とはことなるテクストである。2) 自筆原稿はカンタン版、シャルパンチェ版の底本に間違いない。(…) 自筆原稿上で、斜線で消された部分は刊本にもないし、その上、自筆原稿のⅠ章からⅤ章までには、青鉛筆で小さな十字印が書き込まれており、これがカンタン版、シャルパンチェ版の断章にほぼ正確に対応しているのである。しかし、幾つか重要な留保をつけ加えねばならない。カンタン版とシャルパンチェ版が、第Ⅴ章、カルナックの部分以降については、クロワッセの筆写原稿をも利用しているのはほぼ間違いがない。自筆原稿で、青い十字印がなくなるところから、今度はクロワッセの筆写原稿の欄外に丁度鉛筆の目印が付けられているのであり、これがまたカンタン版、シャルパンチェ版に発表された断章と対応しているのである。このことから、デシャルムが確認したこと、シャルパンチェ版とコナール版では、カルナック以前より、カルナック以降の部分の方が異同が少ない、という事実の説明がつくであろう」[4]。そして、最後に、カンタン版、シャルパンチェ版についてトゥークは、自筆原稿清書部分、『芸術家』誌発表断片、クロワッセの筆写原稿、の三つのテクストが共存する版であると明言している[5]。

---

(1) 即ち、筆写原稿のこと。
(2) 即ち、自筆原稿の清書部分、Ⅰ章、Ⅲ章、Ⅴ章のカルナックの描写までのこと。
(3) A.J. Tooke, *op. cit.*, pp.68–69
(4) A.J. Tooke, *op. cit.*, p.70
(5) *Ibid.*, p.70.

以上、自筆原稿および筆写原稿が提起する問題を、A.J. トゥークが整理し、解決した方向で概観してきたのであるが、依然として解決されていない問題が残っている。トゥーク自身も、十分に納得できるほど自筆原稿の閲覧を許されていないため、デシャルムが提起した疑問、即ち、自筆原稿清書部分の執筆時期がいつなのか、という疑問は未だに未解決である。トゥーク自身は、1852年説にだいぶ傾いているようであるが断言はしていない。トゥークがこの自筆原稿清書部分の執筆時期を論じている重要なところは一ケ所である。先にも引用した部分であるが、彼によれば自筆原稿のカルナックの描写部分は、「1858年に発表された断片のテクストとも、1848年に作成された筆写原稿のテクストとも合致していない。1858年に発表された断片は、文全体の削除されたものがいくつもあり、記述は全体的に遥かに客観的であり、皮肉はかるみをおびたものとなっている。筆写原稿と自筆原稿に存在するドルイド僧についての叙情的な部分は発表断片には全く存在しない」ということである。しかし、彼は自筆原稿と筆写原稿にともに存在するカルナックの描写部分に、異同があるのかないのかを明言していないし、ドルイド尼僧についての叙情的な文章が、自筆原稿、筆写原稿には存在し、『芸術家』誌には存在しないという事実は、自筆原稿と筆写原稿の時期的前後関係の特定には関係がない。この事実が意味するのは、ただ単に、『芸術家』誌発表断片が自筆原稿、筆写原稿よりも時期的に後のテクススト である、ということだけである。A.J. トゥークが唯一頼りにしている根拠は、フロベールの1852年3月20日付けのルイーズ宛の手紙の中の一文である。それは、「今だったら『ブルターニュ』をゴチエに読んでもらっても構わない」[(1)]という言葉である。この「今だったら」という言葉の意味を、トゥークは、1852年3月27日付けのルイーズ宛の手紙の中の、「『ブルターニュ』は読んでいるかい。初めの2章が弱いんだ」[(2)]という言葉と関連させて、「弱い部分を書き直したから、今だったらゴチエに読んでもらっても構わない」という意味に解釈しているようである。しかし、そうであろうか。3月20日の手紙が、「弱い部分を書き直したから、今だったらゴチエに読んでもらっても構わない」という意味だったら、そ

---

(1) *Corr.*, II, p.59:《Quant à *La Bretagne*, je ne serais pas fâché que Gautier la lût maintenant.》

(2) *Ibid.*, p.63:《Lis-tu *La Bretagne* ? les deux premiers chapitres sont faibles.》

の後の手紙で、「初めの 2 章が弱いんだ」と言うであろうか。手直しが済んでいるのであれば、「初めの 2 章」はもはや「弱く」はないのではなかろうか。我々はこの問題に我々なりの答を出したいと考えている。たしかに、自筆原稿を直接見ることができない以上、我々の推論の根拠は万全なものとはいえないであろう。しかし、トゥークが明かにしたことを出発点にして推論を進めていくことによって、かなり正確な結論へと近づくことが出来るのではなかろうか。

　　　フロベールが自筆原稿の清書部分を 1852 年に執筆したとするならば、これは明らかに彼がこの時期に「手直し」をしたと言うことになる。1852 年にはフロベールは既に『ボヴァリー夫人』の執筆にかかりきりであったはずである。彼には、この時期このような訂正・推敲をするだけの精神的、時間的余裕があったであろうか。又、もしも、この時期、『ボヴァリー夫人』執筆中に、4 年前の作品の見直しにとりかかったならば、この時の訂正推敲は、『ボヴァリー夫人』執筆時における文学的美意識を基準にしたものになった筈である。我々には、フロベールの執筆速度が、彼の文学的美意識の進展とともに徐々に落ちていったことがわかっている。我々は、デシャルムが提起し、トゥークが解決しきれないでいる問題、自筆原稿の清書部分の執筆時期を特定するために、まず『野越え浜越え』の執筆に要した日数をはっきりさせ、そこから執筆速度を割だそうと思う。そのためにはまず、『野越え浜越え』の執筆期間中にフロベールが書いた手紙で、これに関係するものの日付けの解明から始めねばならない。ジャン・ブリュノ編の『書簡集』は、この点に関して明確ではなく、さらに幾つかの訂正を必要とするように思われるからである。『野越え浜越え』の執筆速度が明かになったら、次に『聖アントワーヌの誘惑』の執筆速度、特に第二稿（1856 年）の執筆速度を明らかにする必要がある。第二稿は第一稿（1849 年）の訂正・推敲であるから、もし 1852 年時点で『野越え浜越え』の推敲がなされて、その結果清書がなされたのであれば、この『聖アントワーヌ』第二稿の執筆速度が参考になる筈だからである。さらに、1852 年頃における『ボヴァリー夫人』の執筆速度も明かにする必要がある。この執筆速度と、先の『聖アントワーヌ』第二稿の訂正・推敲の執筆速度を参考にすれば、1852 年にもし『野越え浜越え』の訂正推敲がなされていたら、どの程度の時間が必要であったかが大体算出でき、フロベールにそのような時間的余裕があったかどうかが計算できるからである。また我々は、フロ

ベールの手紙の、「今だったら『ブルターニュ』をゴチエに読んでもらっても構わない」という言葉について、トゥークの説とは別の解釈を提示しようと思う。この言葉は確かに、『野越え浜越え』の執筆、発表にまつわる問題およびデュ・カンとフロベールの関係に大きな意味を持っていると思われるからである。次いで我々は、フロベールの文学的美意識の進展のありようを、彼の具体的な訂正・推敲を検討することによって明らかにしてみたい。ここでは、まず彼の『書簡集』の内、1847年（『野越え浜越え』の執筆時期）から1852年（『野越え浜越え』の手直しが想定される時期で、『ボヴァリー夫人』執筆中の時期）までの手紙を、その内容および手紙そのものの訂正・推敲のありようを検討することで、彼の文学的美意識の進展とその実践を跡づけてみたい。その結果をもとにして、『野越え浜越え』の自筆原稿の清書されていない部分、清書された部分、および、筆写原稿の訂正推敲のありようを検証する。具体的な訂正推敲のありようを確認することで、清書部分の訂正推敲のありようが、フロベールの作家としてのどの時期の文学的美意識と合致しているかをあきらかにしたい。この結果は、『野越え浜越え』の自筆原稿清書部分の清書の時期特定に役立つ筈である。最後に、自筆原稿の清書されていない部分、清書部分、筆写原稿、この三つのテクストの成立時期の前後関係があきらかになった時点で、もっとも時期的に遅いテクストと「カルナック石群とケルト考古学」のテクストの比較を行ってみたい。

　結果的に、我々は、1847年から1858年までの、フロベールの文学的美意識の進展とその実践を跡付けて明らかにすることになると同時に、『野越え浜越え』の自筆原稿、筆写原稿にまつわるいくつかの謎、未解決の問題を可能な限り解きあかすことになる。

1章　『野越え浜越え』に関する手紙の日付け

　現在個人蔵となっている『野越え浜越え』自筆原稿にはフロベールの手で、1848年1月3日の日付けが書き込まれている。従ってこれを一応の脱稿の時と考えることができる。しかし、執筆開始はいつ頃であろうか。ジャン・ブリュノによれば、1847年7月14日付けの手紙に次の一節がある：

《(…)

　Quant à mon voyage, nous avions commencé à ecrire, mais cette façon d'aller nous eût demandé six mois et trois fois plus d'argent que nous n'en avons.(…)》[1]

　ここでフロベールは、旅行記を書き始めたが書きながらの旅では時間と費用が予定を遥かに超過してしまうのでこれはやめにした、と言っている。彼はまた1847年8月29日付けの手紙で、「今週末にはここを引きあげるから手紙はクロワッセ宛に出してくれ」とルイーズ・コレに書いている[2]。従って彼は9月3日ないしは4日にはクロワッセに戻っていることになる。次にブルターニュ旅行記に彼が言及するのは次の手紙である：

《(…)

　Du Camp n'a pas pu et n'aurait pu aller chez toi pour prendre ta commission. Revenu à Paris il est parti de suite pour Vichy d'où il doit être revenu le soir même et je l'attends ici demain à 10 heures du soir. Nous allons passer un mois ensemble à écrire notre voyage

---

(1) *Correspondance* I, éd. de Jean Bruneau, Gallimard, 1973, p.463. Lettre à Louise Colet, Pontorson, mercredi [14 juillet 1847]. ここでフロベールが自分の旅行記のことを《mon voyage》と言っていることに注意してほしい。

(2) *Ibid.*, pp.467-468. Lettre à Louise Colet. [La Bouille,] dimanche [29 août 1847]：《Mais Dieu merci à la fin de cette semaine nous déménageons, ainsi tu peux m'écrire à Croisset.》

que nous avions commencé en route.》⁽¹⁾

　ジャン・ブリュノはこの手紙を9月17日付けにしているがこれは恐らく間違いであろう。何故なら、次の手紙［1847年9月23日］のなかでフロベールはこういっているからである：

《J'ai été malade tous ces jours-ci, ma chère amie. Mes nerfs m'ont repris, j'ai eu une attaque il y a une semaine et j'en suis resté passablement malade et irrité. Le travail que je fais maintenant – j'écris enfin, chose rare chez moi – ne contribue pas peu non plus à me mettre dans un état peu normal. Voilà pourquoi je n'ai pas répondu à ta lettre (…)》⁽²⁾

　彼の言う《une attaque (nerveuse)》とは癲癇の発作のことでありこの発作はこの時期4ケ月毎に襲ってきているものであった⁽³⁾。フロベールは5月1日にブルターニュに向けてデュ・カンとともにパリから出発するが、4日目、つまり5月4日に癲癇の発作に見舞われている⁽⁴⁾。従って、今回の発作は5月4日から4ケ月後9月初旬から中旬頃であろうからジャン・ブリュノの9月23日付けの手紙の日付けを認めるならば発作はその一週間前、即ち9月16日に起こったことになる。16日に発作に見舞われ、翌日何事もなかったようにルイーズ・コレに手紙を書く不自然さ、9月23日付けの手紙で、「だから君の手紙に返事をださなかったのだ」と暫く時間をおいているらしいことは、ブリュノの9月17日付けの手紙を前の週の金

---

(1) *Ibid.*, p.471. Lettre à Louise Colet, vendredi soir [17 septembre 1847]. フロベールはここでも旅行記のことを《notre voyage》と呼んでいる。

(2) *Ibid.*, p.473 Lettre à Louise Colet, jeudi soir [23 septembre 1847]. この手紙でも旅行記は《notre voyage》と呼ばれている。

(3) Lettre à Louise Colet, dimanche soir [Septembre 1847]：《(…) Quant à moi mes nerfs ne vont pas mieux. Je m'attends d'un jour à l'autre à avoir quelque attaque assez grave, car voilà quatre mois révolus que je n'en ai eu, ce qui est, depuis un an, le délai habituel. (…)》(*Ibid.*, p.472). この手紙は1848年1月頃に書かれたはずである。このことについてはあとで述べる。

(4) *Ibid.*, pp.1031-1032. *Page 456*についての注(1)。5月4日以前の最も近い金

曜日、9月10日付けに変更すれば解決するであろう。従って、デュ・カンのクロワッセ滞在は9月11日夜からおよそ1ケ月ということになろう。以上のことからフロベールがブルターニュ旅行記の執筆を始めたのは9月12日頃ということになる。

　1848年3月、1846年7月29日以来続いてきたフロベールとコレの関係はひとまず終わりをつげる。この時期までに、というのは、『野越え浜越え』の完成の時までということであるが、フロベールがコレ宛に書いた手紙はあと10通残っている。ブリュノ編『書簡集』から、先に引用した、クロワッセに彼が戻ってからの2通の手紙も含めて順番に日付けを示し、書きだしの文章を示す。各手紙にはこれからの論証を考えて番号を付けておく。

[1]　Croisset, vendredi soir, 11 heures. [17 septembre 1847]
《J'ai envoyé tantôt à Rouen chercher le paquet (…)》 (1)

[2]　[Croisset,] dimanche soir. [Septembre 1847]
《J'ai écrit â D. pour les lettres.(…)》 (2)

[3]　[Croisset,] jeudi soir. [23 septembre 1847]
《J'ai été malade tous ces jours-ci, ma chère amie(…)》 (3)

[4]　[Croisset,] nuit de samedi, 2 h. [Octobre 1847]
《J'ai remis hier moi-même au chemin de fer (…)》 (4)

[5]　[Croisset,] minuit, mardi. [Octobre 1847]
《Je n'ai rien compris à ce que tu me dis (…)》 (5)

作は2月19日、パリでルイーズ・コレと会い大喧嘩になったその日の夜に起きている (ibid., p.825. Appendices, III, Lettres de Maxime Du Camp à Louise Colet, Nuit de dimanche [21 février 1847])。

(1)　*Ibid.*, pp.470-471.
(2)　*Ibid.*, pp.471-473.
(3)　*Ibid.*, pp.473-474.
(4)　*Ibid.*, pp.474-476.
(5)　*Ibid.*, pp.476-478.

[6] Croisset, jeudi soir. [Octobre 1847]
《Voilà l'hiver, le vent est froid (…)》 (1)

[7] [Croisset, 7 novembre 1847.]
《Tu donnes dans cette manie des parents (…)》 (2)

[8] [Croisset,] dimanche. [14 novembre 1847]
《Je pars demain d'ici pour R[ouen] (…)》 (3)

[9] [Rouen, fin novembre 1847]
《Je vous aurais répondu plus tôt, ma chère amie (…)》 (4)

[10] [Rouen,] samedi soir. [11–12 décembre 1847]
《Vous me dites d'être bon, de vous répondre tout de suite (…)》 (5)

[11] Rouen. [Fin décembre 1847]
《Parlons de choses sérieuses, de votre cher drame. (…)》 (6)

[12] [Croisset, mars 1848]
《Je vous remercie de la sollicitude que vous avez prise de moi durant ces événements derniers (…)》 (7)

　手紙 [1] は先ほど述べたように、1847年9月10日にするべきものであろう。手紙 [2] は既に A.J. トゥークが指摘しているように 1848年1月

---

(1) *Ibid.*, pp.478–479.
(2) *Ibid.*, pp.479–482.
(3) *Ibid.*, pp.484–486.
(4) *Ibid.*, pp.486–487.
(5) *Ibid.*, pp.488–490.
(6) *Ibid.*, pp.490–492.
(7) *Ibid.*, pp.492–493.

のものであろう[1]。何故ならこの手紙の中でフロベールは旅行記『ブルターニュ』の最後の章を書き終えたといっているからである[2]。『野越え浜越え』の自筆原稿には1848年1月3日の日付けが書かれている。もう少し厳密に考えるならば次のようになるであろう。フロベールの癲癇の発作は1847年に関していえば、2月19日、5月4日、9月16日に起こっている。ところで、手紙[2]の中で彼は次のように述べている：

《(...) Quant à moi mes nerfs ne vont pas mieux. Je m'attends d'un jour à l'autre à avoir quelque attaque grave, car voilà quatre mois révolus que je n'en ai eu, ce qui est, depuis un an, le délai habituel. (...)》

9月16日からまる4ケ月が経っているとすればそれは1848年1月16日ということになる。手紙[2]は日曜日に書かれており、1848年1月16日はちょうど日曜日であるから、手紙[2]は1月16日に書かれたと考えるのが妥当であろう。更に、手紙[1], [3]ではコレに対しフロベールは《tutoyer》しているのに、手紙[2]では《vouvoyer》である。手紙[2]は[1]と[3]のあいだに位置させるべきものでないことは明かである。

　その他の手紙については確実に日付けを特定できるものがあるのでそれを基準にしていく。まず手紙[10]であるが、ブリュノが述べているようにこれは明らかに1847年12月11-12日に書かれたものである。何故ならこの手紙の中でフロベール自身が「26年前の今日この時刻頃（今1時だ）僕はこの世に生まれて来たんだ。」[3]と言っているからである。彼の誕生日は1821年12月12日である。またこの手紙の中で「ここルーアンに来てから3週間になる」[4]と言っていることから手紙[8]（「明日ここを発ってルーアンに行く(...)」）はブリュノの言う11月14日ではなく1週間後の11

---

(1) Gustave Flaubert / Maxime Du Camp : *Par les champs et par les grèves*, édition critique par Adrianne J.Tooke, Droz, 1987, p.67, note 129.

(2) *Corr.*, I, pp.472：《J'ai fini le dernier chapitre de *La Bretagne* ; il me faut bien encore six belles semaines pour corriger l'ensemble, enlever des répétitions de mots, et élaguer quantité de redites.》

(3) *Ibid.*, p.488：《Il y a vingt-six ans aujourd'hui, à cette heure, à peu près (il est 1 heure), je suis venu au monde.》

(4) *Ibid.*, p.489：《Voilà trios semaines que nous sommes ici à R[ouen].》

月21日でなければならない。手紙[11]は、ブリュノが示しているように、フロベールが改革派の集会に参加したことを報告していることから12月25日、ルーアンの改革派集会のあとでなければならない[1]。手紙[9]は「朝から晩まで休まず書き続けてもう3ケ月半になる」[2]と言うフロベールの言葉から、執筆開始を先に述べたように9月12日頃とするなら、12月26日頃に書かれた手紙ということになる。しかし、12月25日の改革派集会に出席し、その報告を手紙[11]でコレにしていること、この手紙[9]では改革派集会には全く触れていないことから、12月25日以前、12月24日頃に書かれたものではないだろうか。9月12日から12月24日といえばおおよそ3ケ月半になる。ここで少し整理して我々の考える日付で手紙を順番に提示しよう。

[8]　[Croisset,] dimanche. [21 novembre 1847]
[10]　[Rouen,] samedi soir. [11–12 décembre 1847]
[9]　[Rouen, 24 (?) décembre 1847]
[11]　Rouen.[Fin décembre 1847]
[2]　[Rouen,] dimanche soir.[16 (?) janvier 1848]
[12]　[Croisset, mars 1848]

手紙[10]–[9]–[11]–[2]の順序についてはフロベール自身が自分の健康状態について述べている言葉からも納得できるものである：

[10]　[11–12 décembre 1847]

《(…) Quant à ma santé dont tu t'inquiètes, soit convaincue une fois pour toutes que, quoi qu'il m'arrive et que je souffre, qu'elle est bonne en ce sens qu'elle ira loin (j'ai mes raisons pour le croire). (…)》[3]

[9]　[24(?) décembre 1847]

---

(1)　*Ibid.*, p.491：《J'ai assisté à un banquet réformiste!》
(2)　*Ibid.*, p.486：《Voilà trois mois et demi que j'écris sans discontinuer du matin au soir.》
(3)　*Ibid.*, p.489

《(…) Quant à moi les nerfs me tourmentent toujours un peu, et de plus j'ai pour le moment un rhumatisme dans le cou qui me donne un air assez ridicule. (…)》 [1]

[11] [Fin décembre 1847]

《(…) Depuis ma demière lettre j'ai encore eu un accroc à ma casaque. Il m'a poussé sous le bras un anthrax qui m'a fait souffrir pendant quelques jours et empêché de dormir pendant quelques nuits. (…)》 [2]

[2] [16(?) janvier 1848]

《(…) Quant à moi mes nerfs ne vont pas mieux. Je m'attends d'un jour à l'autre à avoir quelque attaque assez grave, car voilà quatre mois révolus que je n'en ai eu. ce qui est. depuis un an, le délai habitue I. (…)》 [3]

　　手紙 [9] はそろそろ癲癇発作の周期が近づいて来たため不安に駆られ少々いらついているフロベールを示しているし、手紙 [11] は前便 (手紙 [9]) でふれた首の不調が治ったら今度は腋の下に疔ができて数日眠れなかったということだろうし、手紙 [2] は、もういつ起こってもおかしくない発作を半ば諦めの気持ちで待っているフロベールの姿を思わせる。

　　手紙 [7] は、これに対する返信の草稿をコレが残しているのでこの草稿の日付けなどからブリュノが言うように間違いなく 1847 年 11 月 7 日のものであろう[4]。ところで、手紙 [4], [5], [6] に関してはブリュノが提示している順序でいいのだろうか。更に彼は [4], [5], [6] の手紙全てを 1847 年 10 月のものとしているがどうであろうか。彼はその書簡集の注でそれぞれ次のように述べている：

---

(1) *Ibid.*, p.486.
(2) *Ibid.*, p.491.
(3) *Ibid.*, p.472.
(4) *Ibid.*, pp.1038–1039. 1847 年 11 月 7 日付けの手紙、及び 1847 年 11 月 9 日付けのルイーズ・コレの手紙の草稿に関する注を参照のこと。

[4]　[Octobre 1847] :《Il parait impossible de dater cette lettre de façon plus précise.》[1]

[5]　[Octobre 1847] :《La lettre est sans doute d'octobre 1847 : en tout cas postérieure à la lettre precédente》[2]

[6]　[Octobre 1847] :《La lettre semble postérieure à la précédente. d'après l'allustion à *Par les champs et par les grèves*》[3]

　我々はこの手紙 [4], [5], [6] の書かれた順番は [4]-[6]-[5] だと思う。手紙 [4] がこの3通の手紙のうちで最も早い時期に書かれたものであることは手紙 [3] との内容上の連関から断定できる。

[3] : jeudi soir [23 septembre 1847]
　《(…) Je te renverrai d'ici à peu les papiers Praslin. Je ne les ai pas lus, car M. et Mme Praslin m'assomment également. (…) Voilà bientôt le mois d'octobre.(…)》[4]

[4] : nuit de samedi [Octobre 1847]
　《J'ai remis hier moi-mème au chemin de fer un paquet contenant les papiers Praslin, le livre de Thoré et *La Jeunesse de Goethe*. Tu as dû le recvoir hier, ou aujourd'hui. Je t'eusse envoyé tout cela plus tôt mais j'ai préféré faire ma commission moi-mème pour qu'elle fût mieux faite, et comme je ne vais presque jamais à Rouen voilà la cause de ce retard dont au reste je te demande pardon. (…)》[5]

---

(1)　*Ibid.*, p.1037.
(2)　*Ibid.*, p.1038.
(3)　*Ibid.*, p.1038.
(4)　*Ibid.*, pp.473-474.
(5)　*Ibid.*, p.474.

1847年9月の最後の土曜日は25日であり、10月の土曜日は2, 9, 16, 23, 30の各日である。9月23日に借りている本を近いうちに返すからと連絡し、9月25日にその本を送り返したのであれば遅れたことを詫びる必要はないであろう。1週間から2週間約束を果たすのが遅れたと仮定するなら、10月2日か9日頃が可能性としては高いが日付けの特定はもう少しあとにしよう。手紙[6]と[5]の前後関係は次のことに注目すれば決定できる。それは、暫く留守にしていたルイーズ・コレの夫が戻ってきたことについての記述とブルターニュ旅行記の進捗具合に関する記述である。

[6]：《Tu liras ce voyage quand il sera fini et recopié.
(…) mais il n'est pas prêt d'être achevé, ce ne sera pas, je crois, avant six semaines. (…)
Que je te plains du retour de l'officiel !》[1]

[5]：《Est-ce que l'officiel est sans cesse sur ton dos et empeste toujours ta vie de sa présence ? (…) J'ai absolument besoin de quelques enseignements que je ne peux trouver qu'à la bibliothèque Sainte-Geneviève. (…)
J'aurai fini La *Bretagne* dans un mois. J'ai encore deux chapitres. (…)》[2]

手紙[6]では「旦那が戻って来たとは気の毒に思うよ」と言い、手紙[5]では「旦那がいつも見張っていて相変わらずうんざりする毎日ですか」と言っていることからだけでも手紙の順序は明らかである[3]。また旅行記については、[6]ではあと「6週間」はかかると言い、[5]では「1ヶ月後には『ブルターニュ』を書き終えるだろう。あと2章だ。」と言って

---

(1) *Ibid.*, p.478-479.
(2) *Ibid.*, pp.476-477.
(3) ルイーズ・コレの夫 (Hippolyte Colet) に関して同じような記述がほかにもある：《Je te plains sincèrement du retour de l'officiel.》(*Ibid.*, p.387. Lettre à Louise Colet, 13 octobre 1846)；《Tant mieux pour toi que l'officiel soit enfin parti. Il y a des gens dont la présence étouffe.》(*Ibid.*, p.468. Lettre à Louise Colet, 29 août 1847).

いる。今仮に、手紙 [6] の時点と手紙 [5] の時点で執筆速度に変化がないと前提するならば、執筆に要するであろう時間が「6 週間」から「1 ケ月」に減少しているので、筆が進んでいるのは明かである。手紙の順番は [6]–[5] 以外には考えられない。

　ところで、手紙 [7] ([7 novembre 1847]) に対するコレの返信の草稿 (mardi 9 novembre) には次のような文がある：

《(…) Vous me parliez dans votre avant-dernière lettre des livres de la Bibliothèque Sainte-Geneviève qui vous seraient nécessaires. (…)》[1]

　「2 通前の手紙でサント・ジュヌヴィエーヴ図書館の本が必要だと言っていたわね」というコレの言葉から手紙 [7] の前の手紙は [5] 以外にありえないことがわかる。何故ならフロベールは手紙 [5] の中で「どうしても調べなければならないことがあって、サント・ジュヌヴィエーヴ図書館以外ではだめなんだ (《J'ai absolument besoin de quelques enseignements que je ne peux trouver qu'à la bibliothèque Sainte-Geneviève》)」と書いているからである。従って、手紙 [4], [5], [6], [7] の執筆順番は [4]–[6]–[5]–[7] となる。次に、日付けを出来るだけ特定してみよう。手紙 [5] と [7] にはそれぞれ次のような記述がある。

[5]　mardi：《J'aurai fini *La Bretagne* dans un mois. J'ai encore deux chapitres.》

[7]　[7 novembre 1847]：《(…) Je t'ai dit que j'irai voir ton drame. J'irai. Si tu veux me l'envoyer pour le lire, envoie-le-moi à la fin de ce mois. J'aurai fini mon voyage et pourrai l'étudier plus tranquillement.》

　フロベールは 11 月 7 日の手紙で「月末には旅行記を書き終えるだろう」と言っている。ということは手紙 [5] で「1 ケ月後には『ブルターニュ』を書き終えているだろう」という「1 ケ月後」は 1847 年 11 月末

---

(1)　*Ibid.*, p.484.

日のことではないだろうか。となれば手紙 [5] は 11 月初めに最も近い火曜日ということになり、それは 11 月 2 日ということになる[1]。

　手紙 [6] には「まだなかなか書き終えそうになくてあと 6 週間以内では無理かな」とあり、手紙 [6] と [5] の間に約 2 週間がすぎているらしいことから、手紙 [5] を 11 月 2 日のものとすれば、手紙 [6] は木曜日に書かれたものであるから、11 月 2 日の 2 週前 (10 月 19 日) に最も近い木曜日ということになる。それは 1847 年 10 月 21 日である[2]。

　さて残る手紙 [4] であるが、10 月 21 日以前の 10 月の土曜日となると、それは 10 月の 2, 9, 16 の各日になる。この手紙の日付けを特定するにはフロベールとルイーズ・コレの愛情関係と書簡のやりとりの推移を考慮しなければならないであろう。恋愛関係に陥った者の常としてフロベールも 1846 年 8 月から 1847 年 2 月 19 日までは大量の手紙をコレに書き送っている。しかし 1847 年 2 月 19 日、パリで大喧嘩をし、その夜癲癇の発作をおこしてからはフロベールのルイーズ・コレに対する手紙は極端に減少する。今その数を一覧表にして示す (勿論これは現存するものに関してであるが)。

　　1847 年 3 月：2 通
　　　　　 4 月：2 通
　　　　　 5 月：1 通 [旅行中]
　　　　　 6 月：1 通 [旅行中]
　　　　　 7 月：3 通 [旅行中]
　　　　　 8 月：4 通 [旅行中]
　　　　　 9 月：2 通 (手紙 [1], [3])
　　　　　10 月：2 通 (手紙 [4], [6])
　　　　　11 月：3 通 (手紙 [5], [7], [8])
　　　　　12 月：3 通 (手紙 [10], [9], [11])
　　1848 年 1 月：1 通 (手紙 [2])
　　　　　 3 月：1 通 (手紙 [12])

---

(1) 11 月 1 日を中心にすると、これに近い火曜日は 1847 年 10 月 26 日と 11 月 2 日である。11 月 1 日に最も近い 11 月 2 日と考えるのが妥当であろう。
(2) この日付けの特定に関しては手紙 [6] と手紙 [5] の間で執筆速度が変化していないことを前提にしているがこの点については後に検討する。

3月から10月までフロベールは平均して月に2通の手紙しかコレに対して書いていない。3月、4月、9月の2通の手紙は約2週間おきに書いている。11月は3通書いているが、手紙[6](10月21日)と手紙[5](11月2日)の間隔はおよそ2週間であり他の月と大体符号する。手紙[7](11月7日)は5日間という短い間隔で書かれているがこれには理由がある。ルイーズ・コレがデュ・カンの悪口を言いそれと関連させてフロベールの彼女に対する愛情の欠如をなじったのであろう、手紙[7](11月7日)にはフロベールの怒りが滲み出ている。コレの手紙に対して通常より短い間隔で早めに返事を出したことが窺える。しかし、次の手紙[8](11月21日)は丁度2週間をおいて書いているのである。手紙[8](11月21日)と手紙[10](12月11-12日)は20日の間隔で2週間より長いがこれは手紙[8]から《tutoyer》をやめ《vouvoyer》を始めたことからくる心理的な疎遠感から生じたものであろう。手紙[9](12月24日)と前の手紙[10]とは12日の間隔でほぼ2週間に近い。12月最後の手紙は新年を迎える直前の彼の挨拶と考えれば他の月より1通多めに書いているのも理解できるであろう。以上のことから、手紙[4]は手紙[6](10月21日)の2週前に最も近い土曜日ということになり、それは10月9日である。これで『野越え浜越え』執筆中の手紙全ての書かれた日付けがおおよそ明かになった。次に我々の考える手紙の日付けとその順番を示す。

[1]　vendredi soir [10 septembre 1847]
[3]　jeudi soir [23 septembre 1847]
[4]　samedi [9 octobre 1847]
[6]　jeudi [21 octobre 1847]
[5]　mardi [2 novembre 1847]
[7]　[7 novembre 1847]
[8]　dimanche [21 novembre 1847]
[10]　samedi soir [11–12 décembre 1847]
[9]　[24 décembre 1847]
[11]　[fin décembre 1847]
[2]　dimanche soir [16 janvier 1848]
[12]　[mars 1848]

このように考えるとブリュノ編の『書簡集』の順序よりも一層納得できることがある。それはブルターニュ旅行記の呼称に関する問題である。フロベールは書簡の中でこの旅行記を2種類の呼び方で呼んでいる。「(我々の)旅行記《(notre) voyage》」と「ブルターニュ《La Bretagne》」である。この呼称が現れる手紙をブリュノが想定する執筆順番で示すと次のようになる。

[1]：《notre voyage》
[2]：《La Bretagne》
[3]：《notre voyage》
[5]：《La Bretagne》
[6]：《ce voyage》
[7]：《mon voyage》
[9]：《ma Bretagne》
[10]：《La Bretagne》

ところがこれを我々の考える順番で示すと：

[1]：《notre voyage》
[3]：《notre voyage》
[6]：《ce voyage》
[5]：《La Bretagne》
[7]：《mon voyage》
[10]：《La Bretagne》
[9]：《ma Bretagne》
[2]：《La Bretagne》

となり、手紙[5](11月2日)を境にして呼称が変化していることがわかる。手紙[1](9月10日)以前の手紙(7月14日付け)でも彼は旅行記のことを《mon voyage》と呼んでいる[1]。従って手紙[5](11月2日)以前はフロベールは一貫して旅行記のことを《voyage》と呼び、《La Bretagne》という呼び方は11月2日以降ということになる。ところで、デユ・カンがクロ

---

(1) *Ibid.*, p.463. Lettre à Louise Colet, [14 juillet 1847].

ワッセを去りパリからフロベールにだした手紙 (10月26日頃) の中に初めて《La Bretagne》という呼称が現れる：

《(…) puis je continuerai cette pauvre Bretagne. 》[1]

従って、デュ・カンのこの手紙が書かれた前後からこの《La Bretagne》という呼び方が定着したことになるだろうし[2]、我々の考えるフロベールの書簡の順序もより合理的なものと言えるだろう。

---

(1) Maxime Du Camp, *Lettres inédites à Gustave Flaubert*, par Giovanni Bonaccorso et Rosa Maria Di Stefano, Edas, 1978, p.119. デュ・カンは9月11日夜にルーアンに来ている。デュ・カンのクロワッセ滞在は1ケ月の予定であるから彼は10月11日までクロワッセにいたことになる。しかし、9月16日にフロベールが発作を起こしたこと、フロベールがコレ宛の手紙 [1] (9月10日) の中で、「一ケ月一緒にいて僕達の旅行記を書く」と言っていながら、二ケ月後、コレ宛の手紙 [7] (11月7日) の中で、「それに彼はもう暫く前からここにはいない」と、初めてコレにデュ・カンがパリに戻ったことを知らせていることから、デュ・カンの滞在は少々延びた可能性が非常に高い。デュ・カンはこの手紙の中で、「アマールに手紙を出したのにまだ今夜 (火曜日) になっても返事がない (*ibid.*, p.122)」と言っているのでこの手紙は火曜日に書かれたものである。1847年10月11日から11月7日までの火曜日は、10月12, 19, 26, 11月2日である。デュ・カンが手紙の中で、「どうにかこうにか過ごしているけれど、外出もせず仕事をしているものだからひどく寂しくて全くうんざりしているよ。何故だかわからないが特にこの3日間がひどくて、もう飽き飽きしている (*ibid.*, p.119)」と書いているので、少なくとも既に4日間はパリにいること、また土曜、日曜日をパリで過ごしていること、フロベールの母親の頼み事も果たし、自分の出版予定の本の校正もし、序文も書いていることなどから、パリへ戻ってから1週間位は経過していると考えてよいであろう。となると、手紙の書かれた日は10月19日 (デュ・カンのルーアン出発：10月12日頃), 26日 (同10月19日頃), 11月2日 (同10月26日頃) のいずれかになる。デュ・カンのクロワッセ滞在が延びた可能性が非常に高いこと、出版予定の本の校正の必要から、大幅な滞在延長はなかったであろうことなどから、デュ・カンのこの手紙は10月26日に書かれたものと思われる。

(2) 自筆原稿に書かれたタイトルは *Par les champs et les grèves.* (*Voyage en Bretagne*) であり筆写原稿のもの (*Par les champs et par les grèves*) とは違っている。デュ・カンのクロワッセ滞在中にそれぞれの執筆分担をきめたり作品の標題について話しあいがなされたと思われる。*La Bretagne* という呼び方は *Voyage en Bretagne* から生まれたものであろう。なお、デュ・カンによれば、このタイトルはフロベールが決めたものだという (Maxime Du Camp, *Souvenirs littéraires*, L'Harmattan, Les Introuvables, 1993, tome I, p.264 [réimpression de l'édition Hachette, 1906])。

2章 『野越え浜越え』の執筆速度

　1852年4月3日のルイーズ・コレ宛の手紙の中で、『野越え浜越え』についてフロベールは、「これは僕が苦しんで書いた最初のものです」[1]、と書いている。次の作品『聖アントワーヌの誘惑』、『ボヴァリー夫人』との執筆作業の比較を行う場合それぞれの作品のおおよその執筆速度を知っておくことは大切なことであろう。ましてや、『野越え浜越え』は、自筆原稿の状態から1852年2月頃、つまり『ボヴァリー夫人』執筆中に手直しされた疑いが持たれているのであるから、この手直しが実際に為されたのかどうかを知るには各作品の執筆速度を知っておくことは有効な手段となるであろう。何故なら、『ボヴァリー夫人』の執筆速度、『聖アントワーヌの誘惑』の第1稿から第2稿への訂正(1856年)における執筆速度がわかれば、『野越え浜越え』の該当部分の手直しに必要な日数の見当がつき、『ボヴァリー夫人』執筆中にそのような余裕がフロベールにあったかどうかがわかる筈だからである。

　『野越え浜越え』執筆中に、フロベールは我々に数回にわたってその時点での執筆速度について情報を提供してくれている。

　　　手紙 [3](23 septembre 1847)：「あとおよそ6週間」[2]
　　　手紙 [6](21 octobre 1847)：「6週間以内では無理かな」[3]
　　　手紙 [5](2 novembre 1847)：「1ケ月後には書きおえるだろう。
　　　　　　　　　　　　　　　　　　残り2章だ」[4]

　フロベールが書き終えるまでの日数を予測しているのは、その時点までの平均的執筆速度と作品の総ページ数がおおよそ想定されていたから

---

(1) *Correspondance* II, éd. de Jean Bruneau, Gallimard, 1980, p.66. Lettre à Louise Colet, 3 avril 1852.

(2) *Correspondance* I, éd, de Jean Bruneau, Gallimard, 1973, p.474：《Quand ce livre sera fini (dans 6 semaines environ)(…)》.

(3) *Ibid.*, p.478：《mais il n'est pas prêt d'être achevé, ce ne sera pas, je crois, avant six semaines.》

(4) *Ibid.*, p.477：《J'aurai fini *La Bretagne* dans un mois. J'ai encore deux chapitres.》

であると思う。さもなければ脱稿の時期の予測は不可能だからである。9月12日に執筆を始めたフロベールは9月23日に「あとおよそ6週間」と言い、10月21日にはあと「6週間」ぐらいで書きあげそうなことを言い、11月2日には、I, III, V, VII 章を書き終え、残り IX, XI 章を「1ヶ月」で書きおえるだろうと言っている。9月12日から9月23日までの1日の平均執筆速度を X ページ、作品総ページ数を Y とする。この間の実働日数は12日であるから、

$$12X + 42X = Y \quad \cdots \quad (1)$$

9月24日から10月21日までの1日の平均執筆速度を W ページとすれば、実働28日であるから、

$$12X + 28W + 42W = Y \quad \cdots \quad (2)$$

10月22日から11月2日までの1日の平均執筆速度を Z ページとすれば、実働12日であり、残りを1ヶ月でおえるだろうと言っているので、

$$12X + 28W + 12Z + 30Z = Y \quad \cdots \quad (3)$$

更に、11月2日時点での実際に書きあげた原稿枚数が我々にはわかっている。自筆原稿は第 I 章 = 32p.、第 III 章 = 36p.、第 V 章 = 48p.、第 VII 章 = 52p.、第 IX 章 = 58p.、第 XI 章 = 51p. であり、総ページ 277 ページである[1]。I, III 章はすべて清書されており、V 章はカルナックまでが清書され残りは草稿状態、VII, IX, XI 章はすべて草稿状態である。自筆原稿をすべて草稿状態に換算して考えることにする。クリュブ・ド・ロネットム版フロベール全集を基準にして計算すると、I, III, V 章はそれぞれ 35p.、37p.、

---

(1) A.J.Tooke, *op.cit.*, p.67. 自筆原稿は総枚数 140 枚、277 ページである。ページ数が枚数と一致していないのは最初の1枚目が表紙でありタイトルが書かれているだけだからであり、いずれかの章の最後の裏ページは白紙だからであろう。フロベールは、表紙および自分の執筆分担である I, III, V, VII, IX, XI の各章の表ページのみにそれぞれ、1-17、32-49、66-89、103-128、153-181、201-226 のページをふっている。今我々は仮に第 XI 章の最終ページを白紙と考えることにする。

54p., となる[1]。11月2日にはVII章まで書きあげているからこの日までに 178 ページ書いたことになる。従って、残り枚数は $(Y - 178)$ でありこれを1ヶ月(30日)で書きあげるだろうと言っているので、

$$30Z = Y - 178 \quad \cdots \quad (4)$$

この4つの連立方程式から次の結果が得られる。

$$X = 4.944[4...] = 4.944$$
$$Y = 266.[99...] = 267$$
$$W = 2.966[6...] = 2.967$$
$$Z = 2.966[6...] = 2.967$$

これを解(A)としておく。

　　この計算は先に述べたように、手紙[6]の日付けの決定に際し、手紙[6]と手紙[5]の時点での執筆速度が変化していないことを前提にしている[2]。手紙[6]を書いた時の予想より実際の執筆速度が落ちたと仮定するならば、手紙[6]は1週間繰り上げて、10月21日ではなく10月14日付けとなり、手紙[4]は10月9日ではなく10月2日付けとするのが妥当ということになる。この場合執筆速度はどのようになるだろうか。

$X = 9$月12日 – 9月23日の執筆速度.(実働12日.あと6週.)
$Y = $ 総ページ数
$W = 9$月24日 – 10月14日の執筆速度.(実働21日.あと6週.)
$Z = 10$月15日 – 11月2日の執筆速度.(実働19日.あと1ヶ月.)

---

(1)　*OEuvres complètes de Gustave Flaubert*, Club de l'Honnête Homme, Tome 10, 1973. この版では、I = 17p., III = 18p., V = 26p., VII = 27p., IX = 26p., XI = 25p.、である。従って、I, III 章では印刷ページ数の約 1.943 倍が清書原稿ページ数にあたり、VII, IX, XI 章では印刷ページ数の約 2.064 倍が草稿原稿状態のページ数にあたることになる。草稿状態に換算すると、I 章は 35 ページ、II 章は 37 ページ、V 章は 54 ページとなる。VII, IX, XI は自筆原稿（草稿状態）通りである。草稿換算した場合の自筆原稿の総ページ数は 287 ページである。

(2)　解(A)で W と Z の値が同じなのはこのことを示している。

この情報から先と同じように次の式が得られる。

$$12X + 42X = Y \quad \cdots \quad (5)$$
$$12X + 21W + 42W = Y \quad \cdots \quad (6)$$
$$12X + 21W + 19Z + 30Z = Y \quad \cdots \quad (7)$$
$$30Z = Y - 178 \quad \cdots \quad (8)$$

これを解くと、

$$X = 4.829[4\ldots] = 4.829$$
$$Y = 260.[7\ldots] = 261$$
$$W = 3.219[6\ldots] = 3.22$$
$$Z = 2.759[6\ldots] = 2.76$$

となる。これを解(B)としておく。

　ところで、フロベールは1852年3月27日付けのルイーズ・コレ宛の手紙の中で、「『ブルターニュ』は読んでいるかい。初めの二つの章が弱いんだ。」[1]と言っている。このことは第I章、第III章を書いている時と他の章を書いている時とでは執筆における姿勢が異なり、第V章以降執筆速度が落ちたことを示している。先の解(A)、(B)の結果はこのフロベールの言葉をはっきりと裏付けている。いずれの場合にも当初よりも執筆速度が明らかに落ちているからである。執筆速度が落ちた原因は色々と考えられるが特に同語反復と同義反復（内容の類似・重複）に対して、これを避けるために彼が敏感になったことだろう[2]。勿論、形容詞の選択の問題、《que》の反復を嫌ったことも影響している筈である[3]。1848年5月末デ

---

(1) *Correspondance* II, éd. de Jean Bruneau, Gallimard, 1980, p.63.

(2) *Correspondance* I, p.472:《J'ai fini le dernier chapitre de *La Bretagne* ; il me faut encore six belles semaines pour corriger l'ensemble, enlever des répétitions de mots, et élaguer quantité de redites. C'est un travail délicat, long et ennuyeux.》(手紙 [2])

(3) *Ibid.*, p.478:《Oh ! pauvre amie si tu pouvais assister à ce qui se passe en moi tu aurais pitié de moi, à voir les humiliations que me font subir les adjectifs et les outrages dont m'accablent les *que* relatifs.》(手紙 [6])

ユ・カン宛の手紙でフロベールは次のように言っている：

《J'avais flairé l'arrivée de ton chapitre, car j'avais envoyé le père Parain chez Achille pour le prendre. – Il est bon et cent fois meilleur que le précédent. Il faudrait peu de choses pour le rendre, je crois, *excellent*. Ce serait quelques ciels à retrancher. Il y a trop de *couleurs semblables*, et trop de petits détails personnels, voilà tout. (…)

Ôte-toi l'illusion qu'à la fin du mois d'août tu entendras *Saint Antoine*. À peine s'il sera fini à cette époque, et je prévois que la correction, non pas pour les phrases mais pour les effets, sera longue. Au reste je ne sais de tout ça, rien. 》[1]

既に5月24日に『聖アントワーヌの誘惑』を書き始めているフロベールはデュ・カンから送られてきた『野越え浜越え』の第XII章の原稿について、「空の描写を幾つか削除した方が良いだろう。似た色の表現があまりに多すぎる」と言っている。これは明らかに「類似表現の重複」を指摘したものであり、デュ・カンの執筆した第XII章には更に「空（《ciel》）」という単語、類似の色彩を表す形容詞、名詞が多数みられることから「同語反復」の指摘ともなっている。また、フロベールは『聖アントワーヌの誘惑』を書き上げたあと、必要な推敲として「文章そのものの推敲ではなく表現効果のための推敲」と言っていることから、この時期フロベールはやはり「同語反復」、「同義反復(内容の類似・重複)」を対象とした推敲を考えていたと思われる。

　　先に我々はフロベールの執筆速度について二つの考えを示した。これに基づいて検証しておかなければならないことがあと一つある。それは手紙[4](10月9日または10月2日付け)が提起する問題である。

《(…) Comment vas-tu, chère amie? Que devient le corps et l'âme? Pégase et le pot au feu? Je veux dire l'art et la vie.(…) Quoi qu'il en

---

(1) *Ibid.*, p.497. Lettre à Maxime Du Camp, mercredi [Fin mai 1848]. 下線は筆者。

soit j'achèverai ce travail qui est par son objet même un rude exercice, puis l'été prochain je verrai à tenter *Saint Antoine*. Si ça ne marche pas dès le début je plante le style là, d'ici à de longues années. Je ferai du grec, de l'histoire, de l'archéologie, n'importe quoi, toutes choses plus faciles enfin.》[1]

我々は、フロベールがここで言及している《l'archéologie》は、『野越え浜越え』の第Ⅴ章の初めの、カルナック石群に関する部分（草稿換算で最初の 16.5 ページ）と関係していると思う[2]。つまりフロベールは、この手紙[4]を書いた時に既にカルナック石群の執筆を終えたか、またはまさに執筆中なのではないかと我々は考える。この部分は後に『芸術家』誌上に、「カルナック石群とケルト考古学」として発表されるものであり、「考古学」に関する部分といえばここだからである。フロベールは、文章を書くことに較べれば「ギリシャ語、歴史、考古学、そのほか何でもはるかに簡単だ」と言っている。比較項目としてここに提示された「ギリシャ語、歴史、考古学」の三つとその順番に注目する必要がある。フロベールは以前からギリシャ語の勉強をしており、そのことは度々ルイーズ・コレにも手紙の中で語っている。例えば、

《Je lis maintenant un drame indien, *Sakountala*, et je fais du grec.》[3]

《Quoi qu'il en soit je m'inocule sainte Thérèse et je commence à lire Aristophane en grec.》[4]

また歴史の勉強についてもルイーズ・コレに話している。

---

(1) *Ibid.*, pp.474-475. 下線は筆者。
(2) Club de l'Honnête Homme 版でⅤ章の初めの 8 ページ。草稿換算では、8 × 2.064 = 16.5[12]。約 16.5 ページ。
(3) *Ibid.*, p.339. Lettre à Louise Colet, dimanche soir [13 septembre 1846].
(4) *Ibid.*, p.467. Lettre à Louise Colet, 16 [août 1847]. その他ギリシャ語に関する記述は同書 pp.352, 412, 414, 444, 460 にもある。

《Je me dépêche dans ce moment de lire un in-folio que l'on m'a envoyé de la Bibliothèque royale. C'est l'*Historia orientalis* de Hottinger, un bouquin latin hérissé de grec que je n'entends pas toujours et d'hébreu par-dessus lequel je passe.》[1]

《Avec tout cela je lis sainte Thérèse et le docteur Strauss.》[2]

ところが、考古学について彼が言及するのは、この手紙 [4] が初めてなのである。『野越え浜越え』執筆中に初めて考古学に言及したならば、それはケルト考古学を念頭においたものであり、カルナック石群の部分と関係しているに違いないと考えるのは当然のことであろう。

　　　この手紙 [4] はもうひとつ重要な情報を提供している。フロベールが使っている「ペガサス《Pégase》」は詩的感興を表すシンボルであり、カルナック石群の最後の部分には詩的感興としての「想像力《Imagination》」についての文章がみえるのである。また、デユ・カンがフロベール宛に出した 1848 年 1 月の手紙に次のような部分がある。

《Que dirais-je? de quels termes me servirai-je? Ma modeste prose pourra-t-elle t'atteindre là-haut, dans les sublimes régions de la poësie où tu planes si superbement[?] le Pégase hytiphallique qui t'emporte permettra-t-elle à ma faible voix de porter jusqu'à toi le tribut de mon remerciement[?]》[3]

デユ・カンはクロワッセに 9 月 11 日夜から 10 月 19 日頃まで滞在し、パ

---

(1) *Ibid.*, p.373. Lettre à Louise Colet, samedi matin, [3 octobre 1846]. この勉強の目的については、同書のブリュノの注 (pp.989-990 の *p.294* のための注 2, 3, 4) を参照のこと。

(2) *Ibid.*, p.466. Lettre à Louise Colet, mardi soir, [10 août 1847]. この読書は *La Tentation de saint Antoine* のため。同書のブリュノの注 (p.1034, *p.466* のための注 1) を参照のこと。

(3) Maxime Du Camp, *Lettres inédites à Gustave Flaubert*, par Giovanni Bonaccorso et Rosa Maria Di Stefano, Edas, 1978, p.127. La lettre est datée du 10 ou 17 janvier 1848. 下線は筆者。

リに戻ってからは、12月25日、ルーアンで改革派の集会が催された時以外は、フロベールとは会っていないと思われる[1]。デュ・カンが使っている《hytiphallique》という語はまさにカルナック石群の最後の部分で用いられている語である。今ここに筆写原稿と『芸術家』誌の両方の当該部分を示す。

> 筆写原稿:《(…) Les galgals et les borrows ont été, sans doute, des tombeaux, et quant aux menhirs on a poussé la bonne volonté jusqu'à trouver qu'il ressemblaient à des phallus ; d'où l'on a induit le règne d'un culte <u>Ithy-Phallique</u> dans toute la Basse-Bretagne.(…)
>
> Une rêverie peut être grande et engendrer au moins des mélancolies fécondes, quand partant d'un point fixe, <u>l'imagination</u>, sans le quitter, voltige dans son cercle lumineux (…)》[2]

> 『芸術家』誌:《(…) Les barrow et les galgals ont été sans doute des tombeaux; et quant aux menhirs, on a poussé le bon vouloir jusqu'à leur trouver une forme, d'où l'on a induit le régne d'un culte <u>ithyphallique</u> dans toute la basse Bretagne! (…)
>
> Une rêverie, si vague qu'elle soit, peut vous conduire en des créations splendides, quand elle part d'un point fixe. Alors <u>l'imagination, comme un hippogriffe</u> qui s'envole, frappe la terre de tous ses pieds, et voyage en

---

(1) Maxime Du Camp, *Souvenirs de l'année 1848 / La révolution de Février / Le 15 mai / L'insurrection de Juin*, présentation de Maurice Agulhon, Slatkine Reprints, 1979 – Réimpression de l'édition de Paris, 1876, p.40. Maxime Du Camp, *Lettres inédites à Gustave Flaubert*, éd. de Gionvanni Bonaccorso e Rosa Maria Di Stefano, Edas messina, 1978, p.128 (lettre datée du 10 ou 17 janvier 1848).

(2) *Op. cit.*, par A.J.Tooke, pp.268-269. 下線は筆者。

ligne droite dans les espaces infinis.》[1]

「カルナック石群とケルト考古学」の中でフロベールは、「低地ブルターニュ地方全域に、勃起した男根にたいする崇拝がケルト時代には広まっていた」という結論を導き出している当時のケルト考古学者達の「想像力」のあり方に批判を向けているのであるから、デュ・カンのいう《Pégase hytiphallique》はフロベールの考える《Imagination ithyphallique》と直結している筈である。また、フロベールは『芸術家』誌の中では《Pégase》の変形として《Hippogriffe》を使っているが、これは『野越え浜越え』執筆中の手紙[5](1847年11月2日)の中でも使っている単語である。

《Il est triste de n'être pas libre, de ne pouvoir aller où l'on veut et que la fortune toujours nous lie les pieds. L'hippogriffe c'est l'argent.》[2]

以上のことから、デュ・カンが《Pégase hythiphallique = Imagination ithyphallique = Hippogriffe ithyphallique》を知るのはパリに戻る前、10月19日以前の筈であり、丁度その頃(手紙[4]を書いた頃)にはフロベールがカルナック石群の最後の部分を書いているかまたは書きおえていることになる。

　この手紙[4]が提起する問題を先に示した解(A)、解(B)で検証しなければならない。解(A)の場合手紙[4]は10月9日付けである。$X = 4.944$(9月12日 − 9月23日までの平均執筆速度)、$W = 2.967$(9月24日 − 10月21日までの平均執筆速度)であるから、10月9日時点では、

$$(4.944 \times 12) + (2.967 \times 16) = 106.8$$

カルナック石群までの総ページ数は草稿換算で、35p.(I) + 37p.(III) + 16.5p.(V. カルナック石群まで) = 88.5p. であるからこの場合フロベールは既に書き終えていることになる。

　解(B)の場合手紙[4]は10月2日付けである。$X = 4.829$(9月12日 −

---

(1) *Ibid.*, p.824. 下線は筆者。
(2) *Ibid.*, p.477. 下線は筆者。

9月23日)、W = 3.22(9月24日–10月14日)であるから、10月2日時点では、

$$(4.829 \times 12) + (3.22 \times 9) = 86.928$$

であり、この場合はもう少しで書きおえようとしていることになる。これで一応十分なのであろうが、前にも指摘したように、第Ⅴ章から執筆速度が落ちたことは明かなので、もう少し精密な検証も必要であろう。数値の扱いに少々問題があるが別の検証を行う。

　解(A)の場合、9月23日までに約59ページ書いている。Ⅰ章とⅢ章で72ページであるから、この執筆速度が第Ⅲ章を終えるまで変わらないとすれば、残りは (72 − 59) ÷ 4.944 = 2.62[9...] となりあと2.63日かかることになり、9月26日にはⅢ章を終えることになる。9月27日からⅤ章にとりかかったら10月9日まで実働13日、平均執筆速度を W = 2.967 と仮定するならば、2.967 × 13 = 38.571。10月9日には、72 + 38.571 = 110.571、つまり110ページまでは書いていることになり、カルナック石群は書きおえている。

　解(B)の場合、9月23日までに約58ページ書いている。Ⅰ章、Ⅲ章の残りを書きあげるのには、(72 − 58) ÷ 4.829 = 2.899、約3日かかることになり、やはり9月26日におえることになる。9月27日から10月2日まで実働6日、平均執筆速度を W = 3.22 と仮定するならば、3.22 × 6 = 19.32。10月2日には、72 + 19.32 = 91.32、つまり91ページまでは書いていることになり、カルナック石群の部分は書きおえていることになる。

　以上のことから、手紙[4]でフロベールが言及している《l'arché-ologie》は第Ⅴ章のカルナック石群の部分をさしていることは明らかである。最後に、手紙[4]は10月9日(解A)とすべきであろうか、それとも10月2日(解B)とすべきであろうか。上述のことからいずれでも良いことになるのだが、この時期フロベールが2週おきぐらいでルイーズ・コレに手紙を書いていることから、我々としては10月9日(解A)を選択したい。

　おわりに、『野越え浜越え』の11月2日以降の残り部分について執筆速度を計算しておこう。11月2日までに178ページ(草稿換算)まで書

いているので残りページ数は、(287 − 178) = 109(草稿換算)。11 月 3 日から翌年の 1 月 3 日までの実働は 62 日。従って、109p. ÷ 62 日 = 1.758[0645] p./日となる。結局、『野越え浜越え』の執筆速度は、4.944p./日 − 2.967p./日 −1.758p./日　と徐々に落ちていったことになる。

　　作品全体にわたる平均執筆速度は、1848 年 1 月 3 日を脱稿の時と考えるならば、287p. ÷ 114 日 = 2.517[5438]p./日 = 2.518p./日　となる。もし 1848 年 1 月 16 日時点での、あと 6 週間の訂正期間が必要だというフロベールの言葉を考慮に入れるならば、全体の平均執筆速度は、287p. ÷ (114 日 + 55 日) = 1.698[2248]p./日 = 1.698p./日　となる。

　　如何なる場合でも、最も執筆速度が落ちた時は、1.698p./日　ぐらいであったことになり、これは 1 ケ月に換算すると、1.698[2248] × 30 = 50.946744 となり、『野越え浜越え』の執筆速度は、最低でも月に約 51 ページの速度であったことになる。

3章 『聖アントワーヌの誘惑』と 『ボヴァリー夫人』の執筆速度

　フロベールは 1848 年 5 月 24 日に『聖アントワーヌの誘惑』の執筆を始め、1849 年 9 月 12 日に脱稿している。この間の日数は 477 日。『聖アントワーヌ』初稿（パリ国立図書館整理番号：NAF 23664）の総ページ数は 541 ページ。従って 1 日の平均執筆速度は　1.134[1719]p./日。1 ヶ月では、1.134[1719] × 30 = 34[.025157]、約 34 ページのペースである。フロベールは執筆中の進捗度合いについて他の情報を我々に与えていないので、我々にはこの全体についての平均執筆速度しかわからない。『野越え浜越え』と較べると、これが月に最低でも 51 ページのペースであったから、『聖アントワーヌ』ではさらに執筆速度が落ちている[1]。『ボヴァリー夫人』を書き上げたあと、彼はすぐに『聖アントワーヌの誘惑』の第 2 稿にとりかかり（1856 年 5 月）、これを 10 月におえる。6 ヶ月の作業である。『聖アントワーヌ』第 2 稿（NAF 23665）の原稿の総ページ数は 193 ページである。しかし、これからすぐに執筆速度を算出して他の作品の場合と比較するわけにはいかない。原稿用紙の大きさが違うからである。そこで、クリュブ・ド・ロネットム版全集を基準にして、全てを『ボヴァリー夫人』の原稿用紙の大きさに換算しなおしてから、これからの比較を行うことにする[2]。

---

(1) Club de l'Honnête Homme 版フロベール全集を基準にして、『野越え浜越え』と『聖アントワーヌの誘惑』の印刷ページ数と原稿ページ数を較べると、その比率はともに約 1：2 である。このことから、フロベールはこの二つの作品を書くのに、ほぼ同じ大きさの原稿用紙を用いていることがわかる。
(2) Club de l'Honnête Homme　版のテクストの不正確なことは度々指摘されているが、この版が最も新しい全集であること、これから比較する作品がすべて同じ大きさの活字で印刷されていることなどから、やむを得ずこの版を基準にして換算をする。

3章『聖アントワーヌの誘惑』と『ボヴァリー夫人』の執筆速度

	Club de l'Honnête Homme	Manuscrit (autographe)	比率
PCG[1]	: 139 pages	287 pages（草稿換算）	
$SA1$	: 267 pages	541 pages	
MB	: 306 pages	487 pages	1：1.6
$SA2$	: 134 pages	193 pages	

これから、他の作品の原稿ページ数を『ボヴァリー夫人』の原稿用紙の大きさに換算すると、

自筆原稿	MB 用の原稿換算	倍率
PCG：287 pages（草稿換算）	222 pages	0.7735
$SA1$：541 pages	427 pages	0.7896
$SA2$：193 pages	214 pages	1.11

となる。前章で示した『野越え浜越え』の執筆速度は、1.698p./日 × 0.7735 = 1.3134 p./日、となり、1ケ月に換算すると、1.3134 p./日 × 30 = 39.4 p./月 となる。初稿『聖アントワーヌ』については、1日の執筆速度は、1.134 p./日 × 0.7896 = 0.895[4…] p./日となり、1ケ月では、約26.9 p./月 となる。第2稿『聖アントワーヌ』については、214p. ÷ 180日で、1日平均 1.18[88…] p. であり、月平均にして、35.66[66…] p. である。これを表にして示す。

	1日平均	月平均
PCG：	1.3134 p.	39.4 p.
$SA1$：	0.8954 p.	26.9 p.
$SA2$：	1.19 p.	35.67 p.

---

(1) 略号：PCG = Par les champs et par les grèves（『野越え浜越え』）；$SA1$ = La Tentation de Saint Antoine (première version)（『聖アントワーヌの誘惑』初稿）；$SA2$ = La Tentation de Saint Antoine (deuxième version)（『聖アントワーヌの誘惑』第2稿）；MB = Madame Bovary（『ボヴァリー夫人』）。

3章『聖アントワーヌの誘惑』と『ボヴァリー夫人』の執筆速度　39

　フロベールは、『聖アントワーヌ』(第2稿)の執筆中に僅かではあるが訂正・推敲の速度について情報を提供してくれている。

　　《Tu me demandes ce que je fais, voici：je prépare ma légende et je corrige *Saint Antoine*. (…) la première partie, qui avait 160 pages, n'en a plus maintenant (recopiée) que 74.－J'espère être quitte de cette première partie dans une huitaine de jours.》⁽¹⁾

『聖アントワーヌ』(第2稿)の74ページは『ボヴァリー夫人』の約82.14ページにあたる。フロベールが5月の初めから『聖アントワーヌ』(第2稿)にとりかかったとするならば⁽²⁾、先ほどの手紙は6月1日付けであるから、『聖アントワーヌ』(第2稿)の訂正・推敲の速度はこの時点で、82.14 p. ÷ 38日＝2.16[157…] p./日 ということになる。このことから、我々の知る限り、『聖アントワーヌ』(第2稿)の執筆速度は、1.19 p./日から2.16 p./日 ということになる。

　『野越え浜越え』に関して1852年の手直しが想定される部分は、自筆原稿の清書部分、すなわち第Ⅰ章、第Ⅲ章および、第Ⅴ章のカルナック石群の次の教会の葬儀場面のところまでであり、草稿換算ページ数にして、93ページである⁽³⁾。『野越え浜越え』の原稿93ページは、『ボヴァリー夫人』の原稿に換算すると、71.9ページに相当する。もしフロベールが1856年に初稿『聖アントワーヌ』を訂正・推敲して第2稿『聖アントワーヌ』を仕上げた時と同じような早さで1852年にも『野越え浜越え』を訂正・推敲したと仮定するならば、これに要する日数は、

　　71.9 ÷ (1.19 － 2.16) ＝ 60.45 － 33.3[03…]

―――――――――

(1) *Correspondance* II, éd. de Jean Bruneau, Gallimard, 1980, pp.613-614. Lettre à Louis Bouilhet, [ler juin 1856].
(2) *Ibid*., p.1301, note (5) de la lettre à Louis Bouilhet, [11 mars 1856], et p.1302, note (1) pour la *page 611*.
(3) 第Ⅴ章、カルナックの教会の葬儀場面までは、Club de l'Honnête Homme版で最初の10ページである。草稿換算にして約21ページ。従って、ここまでの総ページ数は93ページ(Ⅰ章＝35p.、Ⅲ章＝37p.、Ⅴ章＝21p.)。

となり、早くても34日、遅ければ61日(約2ヶ月)ほどの日数が必要だということになる[1]。はたしてフロベールには、『ボヴァリー夫人』執筆中にこれだけの時間をほかに振り向ける、時間的・精神的余裕があっただろうか。

　　1852年3月8日、彼は『野越え浜越え』の原稿を携えてパリに向かう。ルイーズ・コレに作品を読ませるためである。1週間ほどパリで過ごした彼はルーアンに戻ると、3月20日のルイーズ宛の手紙の中で、「今だったら『ブルターニュ』をゴチエに読んでもらっても構わない」(《Quant à *La Bretagne*, je ne serais pas fâché que Gautier la lût maintenant.》)[2]と書いている。既にデュ・カンとルイ・ブイエは『パリ評論』紙において文壇へのデビューを果たしていたが[3]、フロベールはまだ一つも作品を発表していない。東方旅行のあと、『パリ評論』の編集に携わることになったデュ・カンは、フロベールに作品の発表を色々と促す。彼は過去に書いたものを発表するかどうか迷った後についに発表を断念する。しかしその一方で、9月19日に『ボヴァリー夫人』の執筆を開始するのである。友人達が次々と作品を発表していたこの時期、フロベールがそれなりに焦燥感を覚えたとしても不思議ではないであろう。従って、『パリ評論』編集の中心的存在であったゴチエ[4]に「今だったら読んでもらっても構わない」という彼の言葉の意味を、「訂正前は不満な出来であったが、手直しをしたので今だったらゴチエに読んでもらっても構わない」とい

---

(1) 1856年、『ボヴァリー夫人』脱稿後の訂正・推敲のスピードと、これより4年前の仮定的訂正・推敲スピードを同一視することには問題がないわけではない。1856年時点におけるフロベールの作家としての自己に対する要求と、1852年のそれとは自ずから差があるだろうからである。1852年時点での彼の文章推敲の関心事とその後の彼の推敲における関心事とが大きく異なる場合には我々のこの仮定は訂正されるであろう。

(2) *Corr.*, II, p.59. Lettre à Louise Colet, [20 mars 1852].

(3) Maxime Du Camp : *Tagahor, conte indou*, in *Revue de Paris*, No.1, ler octobre 1851. Louis Bouilhet : *Melaenis*, in *Revue de Paris*, No.2, ler novembre 1851.

(4) 『パリ評論』復刊第1号(1851年10月1日)に署名している作家は、テオフィル・ゴチエ、アルセーヌ・ウセー、マキシム・デュ・カン、ルイ・ド・コルムナンである。

う意味にとるならば[1]、『野越え浜越え』の手直しが為された可能性があるのは、1851年、東方旅行を終えてクロワッセに戻ってから1852年3月7日までの間ということになる。

　　東方旅行から1851年6月15日前後[2]にパリに戻った彼は6月16日には既にクロワッセにいる[3]。6月17-18日頃から7月19日まで彼は『東方旅行記』(*Voyage en Orient*) を執筆する[4]。旅行中に彼が考えた新しい作品のプランはどれもいまだ固まらず、7月の末になっても、ドン・ジュアンについて書くか、それともドラマール夫人について書くかまだ迷っている状態であることがデュ・カンの手紙からも窺える[5]。ところが、8月2日、8月8日のデュ・カンの手紙に『ボヴァリー夫人』についての言及がみえることから、7月末から8月の初めにフロベールが『ボヴァリー夫人』の執筆を決意したことがわかる[6]。この頃のルイーズ宛の手紙の中で

---

(1) René Descharmes, *Flaubert, sa vie, son caractère et ses idées avant 1857*, F.Ferroud, 1909, p.561. René Descharmes et René Dumesnil, *Autour de Flaubert*, Mercure de France, 2 vols, 1912, II. p.116, note (1) et p.120. A.J.Tooke, Introduction de *Par les champs et par les grèves*, Droz, 1987, p.69.
(2) Cf.: *Correspondance*, I, éd. de Jean Bruneau, Gallimard, 1973, p.784, Lettre de Louise Colet à Flaubert, [18 juin 1851].
(3) Cf.: *Ibid.*, p.806, Lettre de Du Camp à Flaubert, mardi 24 juin [1851] ; Maxime Du Camp: *Lettres inédites à Gustave Flaubert*, par Giovanni Bonaccorso et Rosa Maria Di Stefano, Edas, 1978, p.171 ; Gustave Flaubert, *Voyage en Egypte*, édition intégrale du manuscrit originale, établie et présentée par Pierre‐Marc de Biasi, Grasset, 1991. p.78.
(4) Pierre‐Marc de Biasi, *Voyage en Egypte*, édition citée, p.78, note (41) et p.80.
(5) *Corr.*, I, p.806, Lettre de Du Camp à Flaubert, 23 juillet [1851]. *Lettres inédites* de Du Camp à Flaubert, pp.172-174. [ドン・ジュアン] についての粗描 が *Une nuit de Don Juan* (Houghton Library, Harvard University, Mss. fr. 204, 13ffos) である。「ドラマール夫人」についての作品が *Madame Bovary* となる。
(6) *Corr.*, II, p.859, p.860. *Lettres inédites à Gustave Flaubert*, édition *citée*. p.177, p.179.:《je te donnerai pour ta *Bovary* tout ce que j'ai eu dans le corps à cet endroit, ça pourra peut‐être te servir.》(2 août 1851) ;《Ah！tu veux des scènes de roman : tu en auras !》(8 août 1851).

フロベールは「もう二年以上もの間一行も文章を書いていない。旅行に行くずっと前に書いたものは清書してないから読みにくい。」[1]と言っている。一方、デュ・カンは『パリ評論』の復刊第1号(10月1日発行)に載ることになる『タガオール・インドの物語』の最終的推敲を7月末には行おうとしているし[2]、8月末または9月初めのフロベール宛の手紙の中で「例の件では僕が中心になることがほぼ決まったよ。『メレニス』のことでブゼに手紙を書いておいた。どうしてもすぐに返事が欲しい。頼むから急がせてくれ。」[3]とブイエの作品発表の準備にとりかかっている。この間フロベールはおそらく『ボヴァリー夫人』の全体構成について想を練り、《Plans》や《Scénarios》を書いていたと思われる。これが一段落したのであろう、フロベールは9月6日から14日までパリに出てルイーズ・コレに会って一週間を過ごしている。

このパリ滞在中に多分デュ・カンはフロベールに『11月』[4]の発表について打診したのではなかろうか。何故なら、デュ・カンは9月17日付けの手紙でフロベールに「もし『11月』を清書させたいのならページ番号をつけてから僕に送ってくれ。」[5]と書いているからである。だがフロベールはこの時期『11月』をデュ・カンに送ったとは思われない。パリから

---

(1) Corr., II, édition cité, p.4. Lettre à Louise Colet, [8 août 1851]：《Voilà plus de deux ans que je n'ai écrit une ligne de français et ce que j'avais écrit de longtemps avant mon départ est illisible et non copié.》

(2) Lettres inédites à Gustave Flaubert, édition citée, p.173：《(…) et je vais un de ces jours corriger Togahor dont j'ai une bonne copie.》(lettre du 23 juillet 1851). このことから雑誌発表のためにデュ・カンは少なくとも2ヶ月前から準備していることがわかる。

(3) Lettres inédites à Gustave Flaubert, édition citée, p.181：《Il est à peu près décidé que je serai à la tête de l'affaire. J'ai écrit au sujet de Moelenis à Bezet；il est urgent que j'aie une prompte réponse. Veilles‐y, je t'en supplie.》(début septembre 1851). 「例の件」とは『パリ評論』紙復刊のことであり、「ブゼ」はルイ・ブイエの愛称である。『メレニス』は『パリ評論』第2号(11月1日発行)に載るから、この場合も雑誌発表の2ヶ月前から準備していることになる。

(4) Novembre, fragments de style quelconque (1842)

(5) Lettres inédites à Gustave Flaubert, édition citée, p.183：《(…) si tu veux faire copier Novembre expédie‐le moi après l'avoir préalablement numéroté.》(17 septembre 1851).

クロワッセへ戻ったフロベールはついに『ボヴァリー夫人』の執筆を開始する。9月19日のことである[1]。

東方旅行からクロワッセに戻った1851年6月16日から、9月19日の『ボヴァリー夫人』執筆開始までの約3ケ月の間に、フロベールが『野越え浜越え』を見直す理由もその暇もあったとは考えられない。この期間にデュ・カンが彼に発表を勧めたとしたら、それは『11月』以外には考えられないからである。

『ボヴァリー夫人』を書き始めて一週間もしない内に、フロベールはかねてから予定していた旅行に母親と共にイギリスへ出発する。ロンドンの博覧会を見物するのと、以前からの知り合いであったコリェ一家にあうためでもあった。この旅行は9月25日から10月15日まで続き、10月15日夜に彼はパリに戻っている[2]。10月17日の夕方までパリにいた彼は10月19日にはクロワッセに戻っているので、結局、クロワッセを離れていたのは、9月25日から10月17日までの23日間ということになる。彼がパリにいた2日間のことについて、ルイーズ・コレの備忘録が我々に重要なことを教えてくれる。フロベールが「全くいやになる。デュ・カンとゴチエが『聖アントワーヌ』の一部を発表しろと勧めるんだ。うんざりだ。」と彼女に話したと言うことである[3]。この事実は、フロベールの10月21日付の手紙（デュ・カン宛）で確認出来る。発表するかどうか、発表に値する断章があるかどうか、フロベールはルイ・ブイエと10月19日、26日に『聖アントワーヌ』を再読検討するが、ブイエは反対し、彼は迷っている。どちらかと言えば彼自身も消極的である。フロベールに言わせれば、「もし発表するとしたらそれは最も馬鹿気た形でということだろう。何故なら、発表しろと言われ、皆がそうしているからというのでそれに従い、

---

[1] *Corr.*, II, p.5：《J'ai commencé hier au soir mon roman.》(Lettre à Louise Colet, [20 septembre 1851].

[2] *Corr.*, II, édition citée, *Appendices, II, Mementos de Louise Colet*, memento du samedi 18 octobre 1851, p.879. Voir aussi la lettre à Louise Colet, [Paris, 16 octobre], p.7.

[3] *Ibid.*, p.879, *Mementos de Louise Colet*, samedi 18 octobre 1851：《(...) il m'a dit qu'il était plus que jamais ennuyé de la vie, que Gautier et Du Camp lui conseillaient de publier des fragments de son *Saint Antoine* et que cette idée le fatiguait.》

自分からすすんでというわけでは全くないから」[1]だ、ということになる。更に続けて彼は、「そうだ、もう一度言っておくが、僕が嫌なのはこれが自分の考えからではないからだ。僕以外の他の人達から来ているからなんだ... ということは僕が間違っているということかもしれない。それに、もう少し将来のことを考えよう。その時がくれば発表することになるだろうし、それは中途半端な形ではないだろう。何かことをなす時にはきちんと仕上げるべきなんだ」と言っている[2]。これに対してデュ・カンは次のように答えている。「もし成功したいのなら（名声のことだが）、物音もたてずに鉱夫のごとく坑道を掘り進んで、殆ど誰一人予想もしていない時に砦を爆破しなければいけないんだ。それには下準備が必要なんだ。(...) 君はイギリスから戻った時、今まで見たこともないような活動を僕がしているのをみて驚いた。だからゴチエのところへそのことを言いに行ったのだ。彼は馬鹿なことを君に言ったものだ。君が僕という人間をきちんと知っていたならば、他人に聞きに行かなくても僕のことが理解できただろうに。(...) もし発表するとしたら何を発表するんだ。『聖アントワーヌ』の断章は、多分ひとつか二つは別にして、読者に倦怠感を覚えさせるものだ。ところが、まず避けるべきはこのことなんだ。おまけに、これは断章でしかない。君の母上の言葉は正しい。何か良いものを書いたのなら発表しなさい！僕には母上の言葉を繰り返すしかないね。僕は成功した。僕はブイエを成功させるつもりだ。良い作品を僕に送りたまえ。そしたら君を成功させてあげよう。(...) 今のところ何も急いで君が作品を発表しなければならないわけじゃない。しかし発表する気があるのならその準備は急ぎたまえ。(...) 僕は君の進むべき道とは異なるかも知れない道へ君を連れ込むことは出来ない。君の誘惑者にはなりたくない。その経験はもう一度で沢山だ。僕に言えることは、君が作品の発表を決心したら、全力をあげ、全知全能をかたむけ、世間知、知り合い、友人、僕の力、全ての影響力 – 半年後にはおそらく、僕の信用、とつけ加えよう – を駆使して君を助けるだろう、と

---

(1) *Corr.*, II, pp.9-10：《Si je publie, ce sera le plus bêtement du monde. Parce qu'on me dit de le faire, par imitation, par obéissance et sans aucune initiative de ma part.》(Lettre à Du Camp, 21 octobre [1851]).

(2) *Ibid.*, p.10：《Oui, encore une fois, ce qui me révolte, c'est que ça n'est pas de moi, que c'est l'idée d'un autre, des autres... preuve peut-être que j'ai tort. Et puis, regardons plus loin. Si je publie, je publierai et ce ne sera pas à demi. Quant on fait une chose, il la faut bien faire.》

言うことだ」[1]。二人の人生に対する、作家活動、文学に対する考えの相違が次第に露になり、これが翌年 6 月の仲違いへとつながっていくのである。

　イギリス旅行をおえパリからクロワッセに戻ったフロベールは、10月 23 日のルイーズ宛の手紙で、「今日はこうして好い一日を過ごした。窓をあけていると、河には太陽の光が映え、この世でこれ以上ないほどの澄み切った気持ちだ。1 ページ書きあげ、ほかに 3 ページの下書きを済ませた。2 週間したら軌道にのるだろうと期待している。」[2]と書いている。1 日に 1 ページということは、月に 30 ページのペースである。それから、約 10 日のちには、「そういう中で僕の本のほうはなかなかはかどらないでいる。どれくらい紙を無駄にしたことか。書き直してばかりだ。文がなかなか出

---

(1) Corr., II, pp.863-866：《(...) Si l'on veut arriver (j'entends à la réputation), il faut creuser son couloir sans bruit, comme un mineur, et faire sauter la citadelle au moment où l'on y pense le moins. Pour cela, il faut un travail préliminaire (...) Tu t'es étonné à ton retour d'Angleterre du mouvement inusité qui se faisait en moi, et tu as été confier tes surprises à Gautier. Il t'a fait une réponse fort sotte, et, si tu me connaissais à fond, tu m'aurais compris sans aller recourir à d'autres. (...) Si tu publies, que publieras-tu ? Tes fragments de *Saint Antoine*, sauf peut-être un ou deux, sont de nature à ennuyer le *public*, et c'est avant tout ce qu'il faut éviter ; et puis, ce ne sont que des fragments. Le mot de ta mère est juste : si tu as fait quelque chose de bon, publie-le ! - Je ne puis, comme elle, te dire que cela. J'ai fait mon succès, je vais faire celui de Bouilhet, envoie-moi une bonne chose, et je fais le tien. (...) Rien ne *te presse* de publier encore ; mais si tu veux publier, *presse-toi* de te préparer. (...) Je ne peux pas t'entraîner dans une route qui n'est peut-être pas la tienne, et je ne veux pas être ton tentateur. Une fois, déjà, je l'ai été, et c'est assez. Tout ce que je puis te dire, c'est que si tu te résous à publier, je t'aiderai de toutes mes forces, de tout mon coeur, de toute mon intelligence, de tout ce que je sais de la vie, de toutes mes relations, de tous mes amis, de tout mon pouvoir, de toute mon influence - dans six mois j'ajouterai peut-être : de tout mon crédit.》 (letters à Flaubert, 29 octobre 1851).

(2) Corr., II, p.14：《J'ai passé aujourd'hui ainsi une bonne journée, la fenêtre ouverte, avec du soleil sur la rivière et la plus grande sérénité du monde. J'ai écrit une page, en ai esquissé trois autres. J'espère dans une quinzaine être enrayé ; (...)》

てこない。何という難しい文体を選んでしまったのだろう。単純な主題に災いあれ！もし僕がどのくらい苦しんでいるかがわかったら、きっと貴女は僕がかわいそうになることでしょう。これで少なくともあとたっぷり一年はこの仕事にかかりきりでしょう。仕事が軌道にのったら悦びもあるでしょうが、それが難しいのです。その他にまた少しずつギリシャ語とシェークスピアを始めました。」[1]と言い、この1週間後には、パリに2日ほど行くからと知らせる手紙の中で、「とにかく来週貴女に会ったら話すことがあります。俗な言い方をすれば、知らせがあるということです。それにその後いつまた会えるかわかりませんからね。今僕自身ある崇高なことを決心しようとしている。今が重大な時期なのです。じきに30才になります。心を決め、二度とこの決心を変更してはならないのです。」[2]と言ってルイーズ・コレを不安に陥れているが、実はこの「崇高なる決意」とは現時点では作品の発表を断念し、現在執筆中の『ボヴァリー夫人』を約1年後に完成させてからこれを発表するという決意なのである[3]。フロベールの今回のパリ滞在は11月17日から11月20日までの4日間である。従っ

---

(1) *Ibid.*, p.16：《Au milieu de tout cela j'avance péniblement dans mon livre. Je gâche un papier considérable. Que de ratures！ La phrase est bien lente à venir. Quel diable de style ai-je pris！ Honnis soient les sujets simples！ Si vous saviez combien je m'y torture, vous auriez pitié de moi. – M'en voilà bâté pour une grande année au moins. Quand je serai en route j'aurai du plaisir ; mais c'est difficile. – J'ai recommencé aussi un peu de grec et de Shakespeare.》(lettre à Louise Colet, [3 novembre 1851]).

(2) *Ibid.*, p.17：《Quoi qu'il en soit j'aurai de quoi causer avec vous quand je vous verrai la semaine prochaine. Comme on dit vulgairement, je vous apprendrai du nouveau. –Et qui sait quand nous nous reverrons après？ Il s'accomplit en ce moment en moi quelque chose de solennel. Je suis à une époque critique. Voilà que je vais avoir trente ans. – Il faut se décider et n'y plus revenir.》 (lettre à Louise Colet, [11 novembre 1851]).

(3) *Ibid.*, p.881, *Mementos* de Louise Colet, 21 novembre 1851：《(…) j'avais deviné instinctivement：il ne s'agissait dans ce parti solennel à prendre que de savoir s'il publierait ou non et s'il viendrait à Paris. Ce parti est remis à un an. D'ici là, il va travaillr.》 前の手紙でもわかるように、フロベールはこの時期約1年ほどで『ボヴァリー夫人』を完成させるつもりでいたらしい。ルイーズ・コレが不安になったのは前便でフロベールに非難がましいことを書いたため彼が自分から離れていくのではないかと考えたからである。

て、この時期以降(11月以降)、デュ・カンやゴチエからの誘惑、自分自身の内部に潜む誘惑をも断ち切って、彼が『ボヴァリー夫人』の執筆に専念していくと考えてよいだろう。フロベールは再び12月の初めから翌年1852年1月10日まで、おそらく母親と姪も一緒にパリで冬の一時期を過ごす[1]。この間、41日ほどクロワッセを離れたことになる。長期のパリ滞在なのでフロベールが『ボヴァリー』執筆に必要なものを携行していたことも考えられる。しかしパリはルイ・ボナパルトのクーデター(12月2日)で騒然としていた。この情勢の中でアレクサンダー・フォン・フンボルトやウジェーヌ・ドマの著作[2]を読んだり、デュ・カン、ゴチエと会い、あとで合流したルイ・ブイエも含め、4人で食事をしたりしている。また一方ではルイーズ・コレの言葉を借りれば二人は、「親密な6週間」[3]を過ごしたと思われるので、この滞在中に『ボヴァリー夫人』の執筆がそれほど進んだとは考え難い。事実、クロワッセに帰ってからすぐの手紙で、「仕事の再開に非常に手間取っています。この2週間の休息で完全に調子が狂ってしまいました。現在のところ、自分のテーマが何処かに消えてしまい、目標が見えてこないのです。表現したいことが、掴まえようとすると指先から逃げてしまうのです。」[4]と言っているので、少なくとも6週のパリ

---

(1) フロベールは1851年12月2日のルイ・ボナパルトのクーデターの時には既にパリにいる (lettre à son oncle Parain, [vers le 15 janvier 1852] : 《Je me suis trouvé, comme vous savez, à Paris, lors du coup d'État.》, ibid., p.28)。またルイーズ・コレの備忘録によれば、フロベールはパリで6週間過ごし1852年1月10日にパリを発っている。コレの情報から正確に計算するなら、1851年12月1日から1852年1月10日まで彼はパリにいたことになる (ibid., p.883, Memento du 15 janvier 1852)。

(2) Alexander von Humbolt : *Tableaux de nature*, traduction de Ferd. Hoefer, Paris, Firmin-Didot frères, t.I, 1850 ; t.II, 1851. Même titre, édition nouvelle avec changements et aditions importantes, et accopagnée de cartes, trad. par Galuski, Paris, Gide et Baudry. 1851, 2 tomes. ; Eugène Daumas : *Les Chevaux du Sahara ou les Moeurs du désert*, 5e éd., Paris, Michel Lévy, 1858. (*Corr.*, II, pp.1031-1032)

(3) *Ibid.*, p.883 :《Promesse de m'écrire une lettre où il me dirait ce qu'il a éprouvé pour moi durant ces six semaines d'intimité. Rien reçu encore.》 (*Memento* du 15 janvier 1852)

(4) *Ibid.*, p.27 :《J'ai bien du mal à me remettre au travail. Ces 15 derniers jours de repos m'ont tout à fait dérangé. Pour le moment mon sujet me manque entièrement. Je ne vois plus l'objectif. La chose à dire fuit au bout de mes mains quand je la veux saisir.》(lettre à Louise Colet, [12 janvier 1852]).

滞在のうち最後の2週は全く仕事をしていないと考えられる。

　　　フロベールはクロワッセに戻って数日経つと猛烈な勢いで『ボヴァリー』の執筆を再開する。「あの『聖アントワーヌ』の素晴らしい日々の再来」、と彼は述べている[1]。さらに、ルイーズ宛の手紙の中で、「ゆっくりと進んでいます。4日で5ページ書きました。しかし、今のところ楽しんでいます」[2]と書いているので、1ケ月に37.5ページのペースである。確かに「『聖アントワーヌ』の素晴らしい日々」の再来と言えるであろう。『聖アントワーヌ』の執筆速度は、月平均34ページ（『ボヴァリー』の原稿用紙に換算して26.9ページ）であったからである。しかし、この状態は永くは続かないのである。「この週は駄目だった。筆が進まない。(…) 1週間で5-6ページ以下だ」[3]、「多分2週間後には君に会いに行くだろう。丁度切りのいい所まで、あと8ページから10ページ書いて、他に数ページ文章を締めなおさなければならない。そしたら、5-6日休養するつもりだ」[4]、「筆の進み方がひどく遅い。1日に数行、それくらいでも書ければまだ良いほうだ」[5]という状態になってしまうのである。「1週間に5-6ページも書けない」、「あと2週間で8-10ページ」というのは、月に17.1-21.4ページの執筆速度である。この時期彼は、1日8時間を『ボヴァリー』の執筆にあて、残りの時間をギリシャ語と英語（シェークスピア）に費やすという

---

(1) *Ibid.*, p.29:《Je me suis mis à travailler comme un rhinocéros. Les beaux temps de *Saint Antoine* sont revenus. Fasse le ciel que le résultat me satisfasse davantage!》(lettre à son oncle Parain, [15 janvier 1852]). Et p.31 : 《Les beaux temps de *Saint Antoine* vont-ils revenir? Que le résultat soit autre, Seigneur de Dieu!》(lettre à Louise Colet, [16 janvier 1852])

(2) *Ibid.*, pp.31-32 : 《Je vais lentement : en quatre jours j'ai fait cinq pages, mais jusqu'à présent je m'amuse.》(lettre à Louise Colet, [16 janvier 1852]).

(3) *Ibid.*, pp.39-40 : 《Mauvaise semaine. Le travail n'a pas marché (…) Je ne fais pas plus de cinq à six pages dans ma semaine.》(lettre à Louise Colet, [31 janvier 1852]).

(4) *Ibid.*, p.46 : 《Je t'irai sans doute voir dans une quinzaine. J'ai encore 8 à 10 pages à faire, et à en recaler quelques autres avant d'être arrivé à un temps d'arrêt. Après quoi je me donnerai cinq à six jours de vacances.》(lettre à Louise Colet, [22 février 1852]).

(5) *Ibid.*, p.54 : 《Je vais si lentement! Quelques lignes par jour, et encore!》(lettre à Louise Colet, [ler mars 1852])

生活である[1]。

　3月3日、パリに行く少し前彼は、「ここ二日若い娘の夢想に入り込もうとしている」と書いている[2]。「若い娘の夢想」というのは、『ボヴァリー夫人』第1部第6章、エンマの少女時代の夢想を描いた部分である。フロベールは結局この第6章には手をつけずに、3月8日に『野越え浜越え』の原稿をもってルイーズに会いにパリへ行く。従って彼がこの時までに書き上げたのは、第1部5章までであり、これは自筆原稿 (Ms. g 221) の1ページから69ページ目までということになる[3]。1851年9月19日から1852年3月7日まで、日数にして171日。フロベールがクロワッセを離れ『ボヴァリー』の執筆をしていない日は68日[4]。従って、この間の実働日数は103日である。平均執筆速度は、

$$69 \text{ ページ} \div 103 \text{ 日} = 0.6999 \text{ ページ} / \text{日}$$

月平均にすると、

---

(1) *Corr.*, II, p.43：《J'ai un peu mieux travaillé cette semaine. (…) J'en ai bien encore pour une grande année, à 8 h[eures] de travail par jour. Le reste du temps est employé à du grec et à de l'anglais. Dans un mois je lirai Shakespeare tout couramment ou à peu de chose près.》(lettre à Louise Colet, [8 février 1852]；cf.：pp.16, 37.

(2) *Ibid.*, p.56：《Voilà deux jours que je tâche d'entrer dans des *rêves de jeunes filles.*》(lettre à Louise Colet, [3 mars 1852])。

(3) Jean Pommier と Gabrielle Leleu による *Madame Bovary*, Nouvelle version précédée des scénarios inédits, José Corti, 1949, の《Les étapes de la composition》, pp.XV–XXXII および、Gabrielle Leleu による *Madame Bovary*, Ébauches et fragments inédits recueillis d'après les manuscrits, Conard, 1936, t.I, II, を参照のこと。ここの第5章の終わりは、Ms.g 221 の fo 70 に数行かかっているだけなので、69ページまでとして計算する (G.Leleu,《Éauches et fragments》, t.I, p.146参照)。前者は書簡の日付などの問題で少し古くなっているので、Jean Bruneau 編の『書簡集』を参考にして日付および日数計算は少し変更してある。

(4) 1851年12月1日から1852年1月10日までのパリ滞在、この41日間をどう扱うか少々問題であるが、我々としては殆ど彼は『ボヴァリー』の執筆はしなかったと想定しておく。もし執筆していたとするなら、最後の2週間を除いた27日を考慮にいれなければならない。

$$0.6999 \text{ p.} \times 30 = 20.997 \text{ p.} / 月$$

となる。先ほどみたように、1月末から3月初めの執筆速度は月平均でせいぜい 17.1-21.4 ページであったから、これは第1部5章までを書き上げた時の全体の平均執筆速度とほぼ一致している。ということは、1851年12月1日から1852年1月10日までのパリ滞在中はやはり『ボヴァリー』の執筆はしていないと考えるべきであろう。何故なら、もし執筆していたならば、最後の2週を除いた残り27日(約4週)は執筆していたことになり、この時期の執筆速度は少なくとも月に 17.1-21.4 ページであった筈であるから、15.39-19.26 ページ、余分に書き進んでいなければならない。即ち、自筆原稿 (Ms. g 221) の fo 85 から fo 89 あたりまで書き上げていなければならない筈である。

　　彼の執筆速度はこの後さらに低下していく。4月24日の手紙には、「いま舞踏会の場面にたどりついたところだ。月曜からここを書き始める。うまく進めばいいが。君と別れてからきっかり25ページ (6週で25ページ) 書いた。なかなかきつかったよ。明日ブイエに読んで聞かせるつもりだ」[1] と言っている。3月15日から4月24日 (41日間) で25ページだから、月平均に換算すると、18.3ページである。5月15-16日[2] から7月22日[3] までの執筆速度は月に17.5ページ。8月23日[4] から10月26日[5] ま

---

(1) *Corr.*, II, p.75： 《Je suis maintenant arrivé à mon bal, que je commence lundi. J'espère que ça ira mieux. J'ai fait, depuis que tu m'as vu, 25 pages net (25 p[ages] en 6 semaines). Elles ont été dures à rouler. Je les lirai demain à Bouilhet.》 (lettre à Louise Colet, [24 avril 1852]).

(2) *Corr.*, II, p.89： 《Voilà 120 p[ages] de faites(…)》 (lettre à Louise Colet, [15-16 mai 1852]).

(3) *Ibid.*, p.135： 《Je voudrais d'un seul coup d'oeil lire ces cent cinquante-huit pages et les saisir avec tous leurs détails dans une seule pensée.》 (lettre à Louise Colet, [22 juillet 1852]).

(4) 8月17日から22日までフロベールはルイーズ・コレのアカデミー・フランセーズ文学賞授賞式に出席のためパリにいる。

(5) *Corr.*, II, p.173： 《J'ai lu à B[ouilhet], dimanche, les vingt-sept pages (à peu près finies) qui sont l'ouvrage de deux grands mois.》 (lettre à Louise Colet, [26 octobre 1852]).

での執筆速度は、月に 12.86 ページ。おそらく最もペースが落ちたのは、農業共進会の部分（第2部第8章）で、月平均約8ページのペースである[1]。

さてここで我々は当初の問題点に戻らねばならない。これまで検討してきた過程から、『野越え浜越え』の訂正・推敲は『ボヴァリー』執筆中には有り得ないと我々は考えているのだが、その確認の意味も含めて、執筆速度に基づく観点から検証をしておく必要があるだろう。今一度、先に算出した各々の作品の執筆速度をここに提示してみよう。

	1日平均	月平均
『野越え浜越え』	1.3134 p.	39.4 p.
『聖アントワーヌ』初稿	0.8954 p.	26.9 p.
『ボヴァリー』	0.6999 p.	20.997 p.
	max. 1.25 p.	37.5 p.
	min. 0.57 p.	17.1 p.
『聖アントワーヌ』2稿	1.19–2.16 p.	35.67–64.911 p.

『野越え浜越え』の自筆原稿の清書部分は『ボヴァリー』の原稿に換算すると、71.9 ページであった。1852年3月7日時点での『ボヴァリー』の平均執筆速度でフロベールが『野越え浜越え』の訂正・推敲を行ったとするならば、これに要する日数は、

$$71.9 \div 0.6999 = 102.728\cdots$$

となり、少なくとも 100 日は必要になる。このような暇がフロベールにあったとは到底考えられない。そこで最も早い執筆速度で算出すると、

$$71.9 \div 1.25 = 57.52$$

---

[1] *Ibid.*, p.472：《Sais-tu combien les comices (recopiés) tiennent de pages？ 23. – Et j'y suis depuis le commencement de septembre.》(lettre à Louis Bouilhet, [8 décembre 1853])；p.535：《Remémore-toi mes infotunés Comices qui m'ont demandé trois mois：25 pages! et que de corrections! que de changements!》(lettre à Louis Bouilhet, [19 mars 1854]).

となり、少なくとも58日は必要だと言うことになる。これも不可能な日数である。そこで、『野越え浜越え』の訂正・推敲は、すでに出来上がっている作品の訂正であるから、初稿『聖アントワーヌ』を訂正・推敲して、第2稿『聖アントワーヌ』を完成させた時の執筆速度をもとに算出した場合を参考にすると、その必要日数は、34日から61日であった。我々が調べた結果、これだけの日数がとれる可能性は、1851年12月1日から1852年1月10日までのパリ滞在の41日間以外には考えられない。しかし、既に述べたように、フロベールは遅くても1851年11月からは『ボヴァリー』だけに専念するようになっていたし、パリ滞在中、もし仕事をしたとしたらそれは約4週間であっただろうし、この期間の彼の書簡から考えると、1ヶ月から2ヶ月を必要とする、『野越え浜越え』の訂正推敲の仕事を、『ボヴァリー』執筆と同じ美意識を持って行っていたとはまず考えられない。以上のことから、執筆速度からする検証によれば、フロベールが1851年9月19日から1852年3月7日までの間に、『野越え浜越え』の訂正・推敲をした可能性は全くないということになる。

4章 「今だったらゴチエに読んでもらっても構わない」

　フロベールが1852年3月20日付けの手紙に書いているこの言葉の意味が、1852年時点での『野越え浜越え』の訂正・推敲を示唆するものでないとするならば、これは別の意味に解釈されなければならない。この言葉の正確な意味を把握するためには、1852年6月末から7月初旬のフロベールとデュ・カンとの仲違いに至る過程を検証する必要があるだろう。何故ならば、この3月20日付けの手紙にはフロベールのデュ・カンやゴチエに対するある種の警戒感、不信感、さらには軽蔑ともとれる言葉が見いだされるからである。今ここにその部分を取り出してみる。

　(…) ということは御婦人方が僕に興味をお持ちだということらしい。自惚れてしまいそうだ。ディディエ夫人さえ僕が上品だというのだから。もしかしたら、デュ・カンが出入りしている素晴らしい上流社会に僕も仲間入りする資格があるのかもしれない。(…) 今だったら『ブルターニュ』をゴチエに読んでもらっても構わない。しかし、劇の方にかかりきりだったら放っといてくれ。その方が大事だ。しっかり仕事をやりたまえ。4ヶ月程他に何の仕事もなく君の監督が出来るなら、君の仕事をはかどらせ、凡庸な作品をいいものに、いいものをさらに優れたものにしてみせるのだが。とにかく『ブルターニュ』をゴチエ (綴に気をつけて。Gauthierじゃなくて Gautierだ) に見せるのは君が完全に読みおわってからにしてくれ。その時は知らせてくれ。包の中に一言書いて同封したいから。
　(…) 君の論評について二人で [ブイエとフロベール] 考えた結果こういうことになった。あの連中 [『パリ評論』編集委員の面々] は明らかに我々には好意を持ってはいない。記事を書くからと色々約束はしてくれたが、殆ど、と言ってよいほど何も実現していない。『プレス』紙に記事を書く筈だったゴチエはまだ書いていないし、書かないだろう。デュ・カンは君とブイエの間に何かあると疑っている。ブイエについての君の論評が載ったら、それは僕たち三人のしわざと言うことになるだろう。いくら機嫌を悪くしたところで顔には出さないだろうが、僕たち三人が彼抜きでやったことにデュ・カンは

ショックを受けるだろう。ゴチエはゴチエで、『メレニス』を誉める引用の多い記事が、自分の新聞に知らないうちに載ったりしたら喜ぶわけがない。何故なら、ジラルダンが詩句の引用を禁止している、というのがゴチエの口実なんだから。― 他の連中が言う出鱈目を暫くは我慢して、頃合を見計らってこの出鱈目全部をまとめて奴等の顔に投げつけてやるしかない。― マックス［デュ・カン］はこの夏『パリ評論』の責任編集をすることになっている。他の連中の助けなしにだ。― 彼の実力がどんなものかその時わかるだろう。それに、我々にとって彼がもう駄目かどうかもね。僕の考えでは多分そうなるだろうと思う。デュ・カンが口に出そうが出すまいが、内心どう思おうが、いずれにしてもどんな愚痴でも何かこぼすような口実をその時まで彼に与えたくないというのがブイエの考えなのだ。デュ・カンがいつまでも、自分が世話をしてやっているんだ、この運動の指導的立場にいるのは自分なんだ、と思っている方がいいのだ。実際は違うのだけれど。(…) マックスについては結果がどうなるか興味津々というところさ。酷いことになるだろうとは思っているがね。[1]

　同一の手紙の中でゴチエに対し、文学者としての識見、更にはその人格まで疑念を抱いているフロベールが、「今だったら『ブルターニュ』をゴチエに読んでもらっても構わない」と言っていることの意味は注意して吟味しなければならないであろう。問題は、この時期フロベールとデュ・カン、ゴチエの関係が如何なるものであったか、ということに尽きる。

　既に前章で引用したデュ・カンの書簡からもわかるようにように、彼が文学の世界での名声、名誉、それに見合う形での社会的地位（彼は1880年にアカデミー・フランセーズ会員に選出される）を得ることを人生の重要事と考えていたことは疑いがない。東方旅行から戻るとすぐに彼はその準備を始め、『パリ評論』をテオフィル・ゴチエ、アルセーヌ・ウセー、ルイ・ド・コルムナンと共に復刊し、その第1号（1851年10月1日発行）に『タガオール・インドの物語』を発表した彼は作家としての地位を確保

---

(1) *Corr.*, II, pp.58-60 : lettre à Louise Colet, [20 mars 1852].

するにいたる[1]。デュ・カンがこの頃『パリ評論』編集委員兼作家として、強く自己を意識しそれなりに振る舞おうとしたのも、そしてルイ・ブイエの『メレニス』を『パリ評論』第2号(1851年11月1日発行)に掲載し、新進の詩人としての評価をブイエに獲得させてやったのも、自分の手腕であるとデュ・カンが考えたのも、彼の性格からして無理のないことであったろう[2]。デュ・カンの目標は明らかであった。それは、自分が中心となったグループを『パリ評論』を核として形成し、文壇に対しこの文学集団の存在を強く印象づけることで社会的認知を獲得することである。こういう状況の中で、デュ・カンはフロベールに『11月』、『聖アントワーヌの誘惑』の発表を勧めたのであろう[3]。フロベールは『聖アントワーヌ』についてはだいぶ心が揺らいだとみえ、1851年10月19日と10月26日にブイエと作品の読み合わせをしている程である[4]。しかし、この後彼は過去の全ての作品の発表を諦め、遅くとも1851年11月からは『ボヴァリー夫人』の執筆のみに専念していく。この彼の決意、現時点では全ての過去の作品の発表を断念し、執筆中の『ボヴァリー』の完成を待ってこれを世に問いたいという決意は、デュ・カンが11月初旬にクロワッセを訪れた時、フロベールから彼に伝えられたと思われる[5]。11月17日から11月20日までパリに出たフロベールはこの決意をルイーズにも伝えている。この間、デュ・カンがフロベールに対し、どのような感情を抱き、どのような考えを持っていたのか、その一端をルイーズ・コレの備忘録が明らかにしてく

---

(1) 彼は既に幾つかの作品を発表している。1842年から1845年までの彼の文学活動については、*Correspondance*, I, éd. de Jean Bruneau, Gallimard, 1973, pp.917-918、デュ・カンについての注参照。更に、1848年には *Souvenirs et paysages d'Orient, Smyrne, Ephèse, Magnésie, Constantinople, Scio*, Paris, Arthur Bertrand を出版し、これにはフロベールへの献辞がある。

(2) Cf.: *Corr.*, II, p.865 : lettre de Du Camp à Flaubert, 29 octobre 1851.

(3) Cf.: *Corr.*, II, p.861, lettre de Du Camp à Flaubert, [17 septembre 1851] ; p.879, *Mementos de Louise Colet*, 18 octobre 1851.

(4) *Ibid.*, p.9, lettre à Du Camp, 21 octobre 1851.

(5) 11月8日頃。Cf.: *Corr.*, II, p.863, lettre de Du Camp à Flaubert, 6 octobre 1851 ; pp.881-882, *Mementos de Louise Colet*, 18 novembre, 26 novembre 1851 ; p.17, lettre à Louise Colet, [11 novembre 1851]. 特に1851年11月4日付けのデュ・カンの手紙を参照のこと (Maxime Du Camp, *Lettres inédites à Gustave Flaubert*, par Giovanni Bonaccorso et Rosa Maria Di Stefano, Edas, 1978, p.199)。

れる。恐らく『11月』の発表をフロベールが拒否した直後であろう、デュ・カンはたまたま再会したルイーズに、フロベールは「エゴイスト」だと彼のことを非難している[1]。更に、クロワッセで、『ボヴァリー』を完成させるまでは如何なる作品の発表もしないとフロベールから告げられたその後、パリに戻ったデュ・カンはルイーズを訪れ、再び彼女にフロベールは「エゴイスト」だと言っている[2]。我々の推測が正しければ、「エゴイスト」であるというデュ・カンの非難は、新たな文学集団の中心である復刊したばかりの『パリ評論』にフロベールが作品の発表を拒否し、ある意味で(つまりデュ・カンの立場からすれば)協力を断った時になされている。ゴチエはデュ・カンに引きずられてなのか、それとも自分の考えなのか、デュ・カンと同じような批判をフロベールに対して言っていたらしい[3]。友人同士、内心はどうであったか判然とはしないが、とにかく彼等は表面的には以前と変わらぬ様子でつき合っている。しかし、このような関係が少しおかしくなるのが、フロベールの1851年12月から翌年1月10日までのパリ滞在の時である。

　12月31日のルイーズ宛の手紙には、「今夜は会いにいきません。デュ・カンのところに行くかどうかまだ決めていない。昨日、彼に約束したのだが、すっぽかしてしまった。充満した臭気で息がつまりそうだ。友達のところへいってこの発生源をぶちまけたってどうなるっていうんだ。蓋をしてしまおう。そしたら臭いもしないだろう。御免、悪かった。二日つづけて自分のことばかり言って。」[4]とあって、フロベールとデュ・カンとのあいだに何かがあったことを示している。これは、同じ日のジュール・デュプラン宛の手紙[5]と、1852年1月3日のルイーズ宛の手紙[6]から推測されるように、ルイ・ブイエの新しい作品についてのフロベールとデュ・カンの諍いなのであろうか[7]。それとも、フロベール自身に関することも原因なのだろうか。この頃からフロベールは『パリ評論』ではなく、『両

---

(1) *Ibid.*, p.878, *Mementos de Louise Colet*, 25 septembre 1851.
(2) *Ibid.*, p.882, *Mementos de Louise Colet*, 26 novembre 1851.
(3) *Ibid.*, p.881, *Mementos de Louise Colet*, 18 novembre 1851.
(4) *Ibid.*, p.24, lettre à Louise Colet, [31 décembre 1851].
(5) *Ibid.*, p.25.
(6) *Ibid.*, p.26.
(7) Cf.：*ibid.*, p.867, lettre de Du Camp à Flaubert, 16 avril [1852].

4章 「今だったらゴチエに読んでもらっても構わない」　57

世界評論』(*Revue des Deux Mondes*)にブイエの作品を載せようと、デュ・プランを通じて工作をするようになるとともに、これ以降、手紙の中でデュ・カンに対して辛辣な言葉を度々吐くようになっていく。

　初稿『感情教育』(1845年脱稿)の最後の部分で二人の主人公、アンリとジュールはイタリア旅行に行く。ところがこの旅行を機会にして、二人の人間性の根本的な相違が明らかになり、友情が完全に冷えきってしまう。この叙述を引き合いにして、ルイーズ・コレが東方旅行以後のデュ・カンとフロベールの関係に言及したのであろう、フロベールは、「あのイタリア旅行の部分について、君は僕と同じ思いを抱いたんだね。確かに自分の予測が当たった喜びはあるけれども高く付いたものさ。僕には前からわかっていた、ただそれだけのことだ。」と答えている[1]。また同じ時期、エルネスト・シュヴァリエには、「ブイエは『パリ評論』にローマの物語(『メレニス』)を発表して華々しいデビューを飾った。この作品で、第一級の、と言うのが何なら、少なくともほぼそれに近い作家としての地歩をあっと言う間に彼は固めた。勿論、こうなるだろうと僕は確信していた。ところで、デュ・カン氏だがね、『パリ評論』は順調ですよ。皆さん金回りが良くなることでしょう。」[2]と、デュ・カンについてかなり皮肉な調子で書き送っている。パリから戻って後、3月の末頃までフロベールとデュ・カンは殆ど連絡が途絶えた状態である：「一言マキシムに手紙を書くつもりだ。まるで死んでしまったみたいに一言も噂を聞かないからな。」[3]、「パリを離れて以来、デュ・カンからは一度ほんの短い便りをもらったきりだ。ブイエには、忙しすぎて手紙を書く暇がないと言ってきている。僕のところへ戻って来るのなら、席を空けといて一席設けて歓待してやろう。その時は、自分の居場所はここだと、ほろりとすることだろう。何故といって、彼の行く手には失望しか待ってないからさ。悲しいかな！」[4]、「デュ・カンの噂は全く聞かない。とにかく、この話は辛くなるから、君がそのことを言わないでくれるなら有難いのだが。」[5]、という言葉が続き、冒頭に引用した3月20日の手紙となる。

---

(1) *Ibid.*, p.30, lettre à Louise Colet, [16 janvier 1852].
(2) *Ibid.*, p.34, lettre à Ernest Chevalier, 17 janvier [1852].
(3) *Ibid.*, p.38, lettre à Louise Colet, [25 janvier 1852].
(4) *Ibid.*, p.45, lettre à Louise Colet, [16 février 1852].
(5) *Ibid.*, p.46, lettre à Louise Colet, [22 février 1852].

フロベールは1852年1月13日頃に初稿『感情教育』[1]、1月26日頃には『聖アントワーヌの誘惑』[2]の原稿をルイーズに送っている。勿論、これはパリ滞在中の「親密な6週間」の結果フロベールが過去の作品を愛人のルイーズに読ませても構わないと考えたからであろうし、一方では、ルイーズが作品を読みたいと望んだからでもあろう[3]。彼女がこれを望んだのは、彼女自身作家としての審美眼からフロベールの作家としての将来性を判断したかったからであろう[4]。フロベールは上記二作品の原稿をルイーズに送ったあと、1月31日には、「僕の原稿は二つとも君の手許に置いといてくれ。『ブルターニュ』は僕が自分で持って行くから。」[5]と言っている。つまり、彼はパリから戻ってその後3週間もしない内に、自分の最近の作品を三つも彼女に読ませようとしているのである[6]。ジャン・ブリュノは、1月31日付けの手紙の中で、『野越え浜越え』が話題になっていることについて、「デュ・カンが多分『野越え浜越え』を『パリ評論』に一緒に発表しようと誘ったのではないだろうか。」[7]、と言っている。しかし、1月11日から1月31日までデュ・カンとフロベールの二人は全く連絡が途絶えているのは先に見たとおりである。従って、デュ・カンが発表を誘ったとしたら、その時期はこれ以前であり、1851年12月1日から1852年1月10日までのフロベールのパリ滞在の時しか考えられない。しかし、フロベールがこの誘いを受けるわけがない。彼は既に前年11月の時点で過去の作品の発表は断念し、『ボヴァリー』に専念するという決意をデュ・カンにはっきりと宣言しているからである。フロベールは既に『11月』、『聖アントワーヌ』の発表をデュ・カンに断っているし、この彼の態度に対してデュ・カンが、フロベールは「エゴイスト」だと言って非難したのは

───────

(1) *Ibid.*, p.27, lettre à Louise Colet, [12 janvier 1852].

(2) *Ibid.*, p.35, lettre à Louise Colet, [25 janvier 1852].

(3) *Ibid.*, pp.27-28, lettre à Louise Colet, [12 janvier 1852].

(4) *Ibid.*, p.879, *Mementos de Louise Colet*, 4 octobre 1851： 《(…) Enfin il faut le voir à sa première oeuvre littéraire. (…)》

(5) *Ibid.*, p.42, lettre à Louise Colet, [31 janvier 1852].

(6) *L'Éducation sentimentale* (1845)；*Par les champs et par les grèves* (1848)；*La Tentation de Saint Antoine* (1849). フロベールは前年 (1851年) の11月には『11月』(*Novembre*, 1842) もルイーズに読ませている (*Corr.*, II, p.882, *Mementos de Louise Colet*, 26 novembre 1851)。

(7) *Corr.*, II, p.1044, note (2) de la lettre du 31 janvier 1852.

先にみたとおりである。このような状況下で、再びデュ・カンがフロベールに発表を促し、その作品が、フロベールが自信を持って書き上げた『聖アントワーヌ』ではなく、『野越え浜越え』であったら、彼がどのような反応を示すか、それはおよそ見当がつこうというものである。既に引用した12月31日の手紙、「(…) デュ・カンのところへ行くかどうかまだ決めていない。昨日、彼に約束したのだが、すっぽかしてしまった。充満した臭気で息がつまりそうだ。友達のところへいってこの発生源をぶちまけたってどうなるっていうんだ。蓋をしてしまおう。そしたら臭いもしないだろう。(…)」、これが執拗に作品発表を促したデュ・カンに対するフロベールの反応だったのではなかろうか。勿論、ブイエの作品についての問題も同時に絡んでいたであろう。この後、一時的に二人が殆ど音信不通の状態に陥ることは先にみたとおりである。

　『野越え浜越え』が、フロベールとルイーズのあいだでこの時期(1月31日)に話題になった理由としては、ただ単に彼がルイーズに読ませたかっただけであるということも考えられる。しかし、もう一つ別の理由の方がより説得力を持っている。それは、前節で述べたデュ・カンとの諍いが間接的な原因として考えられる場合である。恐らくフロベールはデュ・カンが『野越え浜越え』の一部 (デュ・カンの執筆部分) を『パリ評論』に発表することを、先のパリ滞在の時に知ったであろう。デュ・カンは自分の担当した部分を発表しようと考えたからこそ、フロベールに一緒に発表しようと誘ったのではなかろうか。『野越え浜越え』は二人の共作であり、二人が一緒に発表することになれば、デュ・カンにとっては、自分が主導する『パリ評論』の文学集団にフロベールを引き込むことになり、願ってもないことである。彼は発表の時期もフロベールに伝えたことであろう。従って、フロベールは『パリ評論』の1852年4月1日号にデュ・カンが『野越え浜越え』を発表することを当然知っていたと思われる。このように考えると、1月31日という日付は非常に意味深いものになる。何故なら、これは『パリ評論』4月号が発行される丁度2ヶ月前にあたるからである。既に指摘しておいたように、デュ・カンは自分の作品『タガオール・インドの物語』と、ブイエの作品『メレニス』を『パリ評論』に掲載するにあたり、少なくとも2ヶ月前から準備を開始している[1]。

---

(1) Cf.:*Lettres inédites à Gustave Flaubert*, éd. citée, p.173 (lettre du 23 juillet 1851), et p.181 (lettre du début septembre 1851).

つまり、1月31日というのは、『パリ評論』の4月号に『野越え浜越え』を発表するつもりならば、その準備を開始するぎりぎりの時期なのである。

　　　1月31日に「『ブルターニュ』は僕が自分で持って行くから。」と書いた後、1週間後の2月8日には、「ひと月か5週間したらパリに行く。どうも［『ボヴァリー』の］第1部は4月中にはおわりそうもないから。」[1]とフロベールは書いている。つまり、彼は3月初旬から中旬にかけて（正確には、3月7-8日から3月14-15日にかけて）、『野越え浜越え』の原稿を携えてパリに行き、これをルイーズに読ませるつもりであったことになる。事実、彼はこの予定を正確に守り、3月の8日から14日までパリに滞在している。彼が、ただ単にルイーズの要望に応じて、過去の作品を彼女に読ませているだけならば、何も1ヶ月もその時期を遅らせる必要はないであろう。既に1月には、初稿『感情教育』、『聖アントワーヌの誘惑』の二つの作品を時をおかずルイーズに郵送しているのであるから、『野越え浜越え』を自ら持参せずとも、直ちに郵送しても何等差し支えはない筈である。何故そうしなかったのであろうか。理由はひとつしか考えられない。3月中旬から下旬にかけてこの作品を読ませたかったのである。何故か。ルイーズがこれを読み終わる頃に、『パリ評論』4月号が発行され（4月1日）、これにデュ・カンが執筆を担当した『野越え浜越え』の一部が掲載されるからである[2]。パリ滞在中に、フロベールとルイーズの間でどのようなやりとりがあったのか、それは想像するしかないが、フロベールは、『パリ評論』4月号にデュ・カンが『野越え浜越え』を発表することをルイーズに知らせていない[3]。このことを教えなかった理由は、フロベールには過去の作品を発表する意志が全くないことを彼女は知っているので、そのような作品を発表するデュ・カンと、発表しないフロベールの二人の比較について、不必要な予見を彼女に与えたくなかったのであろうし、自

---

(1) *Corr.*, II, p.43. lettre à Louise Colet, [8 février 1852].

(2) 事実経過はフロベールの思惑どおりになる。ルイーズ・コレはフロベールがパリを離れた3月14日以降、『野越え浜越え』を読み始め、3月の終わりか4月初めに読み終えている。1852年4月3日付けのルイーズ宛の手紙参照 (*Corr.*, II, pp.66-67)。

(3) 1852年4月3日付けのルイーズ宛の手紙で明かなように、ルイーズは、『パリ評論』4月1日号にデュ・カンが『野越え浜越え』の一部を発表していることを知らないでいる (*Corr.*, II, p.67)。

分の『野越え浜越え』の評価をそのような予見のもとに委ねたくなかったのであろう。デュ・カンが『野越え浜越え』を発表すれば、自ずとこのことはルイーズにも知れる筈であり、発表を拒んでいるフロベールの作品を何の先入観もなしにルイーズに読んでもらうには、まさにこの3月中旬から下旬、『パリ評論』4月号発行直前が最適であり、この時期以外にはないのである。更に、このことを次の事実が証明している。フロベールがルイーズに渡した原稿はデュ・カンの執筆部分をも含む製本された筆写原稿ではなく、デュ・カンの執筆部分を含まない原稿であったという事実である[1]。フロベールは、自筆原稿と筆写原稿、この二種類の原稿を持っていたから、この時期、デュ・カンの文学的力量と自分のそれとの比較をルイーズに委ねるのが目的ならば、デュ・カンの執筆分をも含む製本された筆写原稿を彼女に渡す筈である。

　3月8日から3月14までのパリ滞在後、『野越え浜越え』についてフロベールが言及している手紙は、我々の問題点に関する限り、3月20日付けのものも含めて全部で3通ある。この手紙の検討は最後にまわすことにして、1852年6月-7月の、フロベールとデュ・カンの決定的な仲違いを示す手紙の方を先に検討することにしよう。これには、1852年1月以来の、いやむしろ東方旅行から戻って以降の二人の関係が、集約された形で現れていると思われるので、二人の最大の相違点は何であったのかがはっきりわかるであろう。手紙は2通残っている。初めの1通(6月26日付け)は全文を、次の1通(7月初め)は我々に必要な部分のみを訳出する。

　　マキシム、
　　　君は僕に対してどうも奇妙な癖、いや再発性の悪癖を持っているようだ。だが心配には及ばない。僕がそれで参ることはないから。

---

(1) *Corr.*, II, p.67：《Ne t'inquiète pas de la page, elle fait partie d'un chapitre de Du Camp. – Mets-la à part. Tâche de te procurer le dernier No de la *Revue*. Le chapitre de Max qui y est, est avec *Tagahor* ce qu'il a mis là de plus écrit.》(lettre à Louise Colet, [3 avril 1852]). A.J. トゥークが既にこのことを指摘している (éd. citée,《Introduction》, p.69)。しかし、トゥークは、この時ルイーズが見た原稿は、現存する自筆原稿(I章、III章、V章の一部が清書されたもの)ではなく、フロベールが分担した全章が清書された、もう一つ別の自筆原稿である可能性を指摘し (*ibid.*, p.68)、あくまでも自筆原稿に固執しているが、はたしてルイーズがみた原稿は、「自筆原稿」なのであろうか。このことは第7章で論じる。

この問題については僕の決心はずっと以前についている。

　ただ言っておきたいのは、「急げ」、「今がその時だ」、「もう時間がない」、「場所を取られる」、「席を占める」、「のけ者」とかいう言葉は、僕にとっては意味のない言葉だということだ。君は未開人に話しているようなものだ。僕にはわからんね。

　「手に入れる」？ー 一体何をだ？ー ミュルジェー、フュイェ、モンスレ氏等々、さらに、アルセーヌ・ウセー、タキシル・ドロール、イポリット・リュカその他有象無象が占めている地位かね？お断りだ。

　「名を知られる」ことは僕の主たる関心事ではない。名が売れて、それで満足するのは、虚栄心の強い凡庸な輩だけだ。第一、名が知られたと言っても、それが本物なのかどうかはわからないじゃないか。どれほど有名になってもこれで満足だという者はいない。馬鹿でない限り、人は誰でも死ぬ時は自分の名が残るかどうか不安なものだ。従って、有名であるとかないとかは、自分の目で自分を判断する時には、何の足しにもならない。

　僕の目標はもっと上にある。自分を満足させることだ。

　成功は目標ではなく結果だ。ところで、僕はずっと以前からこの目標に向かって一歩一歩確実に前進していると思っている。途中で女を口説いたり、草原で一眠りしたりせずにだ。いずれにせよ、どうせ幻想を抱くなら、僕はよりスケールの大きな幻想を選ぶ。

　原則を放棄するくらいなら、合衆国が滅亡したほうがましだ。納得のいかないような文章を急いで書くぐらいなら悲惨な死に方をしてくたばったほうがまだいい。

　僕には文章作法と言葉の美しさについて一つの考えがあって、僕はこれを実現しようと思っているのだ。満足のいく成果があがったと考えたなら、その時はそれを発表しても構わないし、良い出来だと人が思うのなら、誉められるのもわるくはない。ー その時まで、僕は読者を欺きたくない。それだけだ。

　それまでに、もし時既に遅し、という事態になってしまい、誰からも見向きされなくなっても、それは仕方のないことだ。もっと簡単に仕事ができ、苦しみが遥かに少なく成果があがることを僕は自分でも願っている。これは信じてくれ。しかし、僕にはどうしよ

うもないことだ。
　　商売上では、好機というものがあるのだろう。ある商品が買い時だとか、顧客の気まぐれでゴムの値が上がるとか、インド更紗の値が高騰するとか。こういう商品を製造したい人間が、急いで工場建設をするのなら、それは僕にも理解できる。しかし、自分の作品が良いものなら、それが真実のものなら、必ずやその作品には反響があり、それなりの評価を得るだろう。それが、6ヶ月後だろうと、10年後だろうとだ。－いや、作者の死後であろうとそんなことは問題じゃない。
　　君はパリのことを、「生命の息吹」だと言う。君の生命の息吹には虫歯にやられた口臭が漂っているようだ。君が招待してくれるそのパルナッスは、憧憬で目が眩むどころか、むしろ嫌な臭気を発散している。皆が競い合い、奪い合いをしている月桂冠は少しばかり糞にまみれているに違いない。そうだろう。
　　で、そのことだが、君のような頭の良い男が、「パリ以外には教養ある人士は存在し得ない」と思っているエスカルバニャス公爵夫人の上をいくとは実に残念だ。この考え自体が地方的な発想だ。つまり、視野が狭いのだ。人間は至る所で生きているのだよ、君。他所よりパリの方がほら話が多いのは確かだがね。
　　パリにいれば厚かましくなっていくのは間違いない。だが、矜恃は失せていく。
　　パリで育ちながらも、本当に立派な人間になった者は、半ば神の如くに生まれついた者だ。そういう人は、歯をくいしばり、重い荷を背負って成長するのだ。一方、孤独、集中力、長期間の努力によっても、このような人間に及ばない者は生まれつき才能がない、ということだ。
　　僕の生き方が、何の結果も産み出さないものだと、実に君は心から嘆いてくれる。だがそれは、靴屋に靴を作るな、鍛冶屋に鉄を打つな、画家にアトリエを出ろ、と言うようなものだ。午後1時から夜中の1時まで（夕方6時から8時は別だが）毎日仕事をしているので、他になにかするような時間は全くないのだ。僕が地方や田舎に住んでいて、ドミノをしたり、メロン栽培をしているのなら、君の非難も受け入れよう。しかし、僕の頭が鈍くなっていくのは、

ルキアノスやシェークスピア、そして自分の小説の執筆のせいなのだ。

　作品が出来上がったら、パリに行って住むし、満足のいく出来だったら発表するというのは、君に言ったとおりだ。この僕の考えは今でも全く変わっていない。僕の言いたいのはこれだけだ。その他には何もない。

　言っておく。時の流れにまかせようじゃないか。新しい文学上の論争が生まれようが生まれまいが僕には関係のないことだ。オージェが人気を得ようが、ヴァクリやポンサールが幅をきかして、僕の居場所がなくなろうと、そんなことには全く興味がない。その席は僕のものだ返してくれ、などと言って皆さんのお邪魔などしないつもりだ。

　以上、じゃ元気で。
　君のカラフォンより。

6月26日

拝啓、

　君がそんなに感じ易い人間だとは、参ったね。君を傷つけようと思って手紙を書いたのではなく、全くその逆なのだ。修辞学級でよく言われたように、問題の要点をはずれないよう、限定して話したのだ。

　しかし、君はまたどうして同じことを何度も繰り返し言うのだ。健康だと思っている人間に食餌療法をしろと説教するのは何故なんだ。僕は、君が僕のことを嘆くのが滑稽だといっているのだ。それだけだ。パリで暮らしているとか、作品を発表したとか言って、一体僕が君のことを非難したことがあるかい。(…)

　僕たちはもう同じ道を歩いてはいない。同じ船に乗り込んでもいない。君と僕、それぞれの道に神が導いてくださることを祈ろう。僕は港を求めずに、遥か沖合いの海をめざす。もし僕が難破しても喪に服してくれる必要はない。(…)

6月26日の手紙で、「この問題については僕の決心はずっと以前についている」、「作品が出来上がったら、パリに行って住むし、満足のいく出来だったら発表するというのは、君に言ったとおりだ。この僕の考えは今でも全く変わっていない」、とフロベールが言っているのは、1851年11月に、『ボヴァリー』の完成を待ってこれを世に問い、それまでは他の過去の作品の発表はしないと、デュ・カンおよびルイーズに宣言したその決意を指しているのは明らかである。また、「満足のいく成果があがったと考えたなら、その時はそれを発表しても構わないし、良い出来だと人が思うのなら、誉められるのもわるくはない。− その時まで、僕は読者を欺きたくない」、という文における「欺く(flouer)」という語は、フロベールは自分のことにかこつけて使っているが、デュ・カンの文学活動に対する批判であることは疑いがない。実際、デュ・カンはそう受け取った筈である。この批判にデュ・カンが敏感に反応したことは、フロベールの次の7月初めの手紙からも窺える。しかし、この手紙の中でも、フロベールは再度強烈な批判を行っている。それは、「(...) パリで暮らしているとか、作品を発表したとか言って、一体僕が君のことを非難したことがあるかい。(...)」という言葉である。デュ・カンが『パリ評論』に発表した作品は、『タガオール・インドの物語』(1851年10月1日)、『ブルターニュ回想』(1852年4月1日)であり、後者は『野越え浜越え』の一部である。フロベールの言う「作品」とはこの二つの作品を指している。彼のこの言葉は、彼がデュ・カンのこの二作品をそれほど評価していないことを示している。何故ならば、「読者を欺くものだ」というデュ・カンに対する批判と、「作品を発表したとか言って、一体僕が君を非難したことがあるかい」という言葉は一見矛盾しているようでいて、実はフロベールの明晰な論理的思考に支えられているからである。

　「読者を欺くものだ」という批判がデュ・カンに対して当てはまらないものならば、彼は可能な限り作品の完成度を高め、最善を尽くした後に作品を発表していることになる。このような発表ならば如何なる非難、批判も受ける謂れはないであろう。作品の出来、不出来は、個人の才能の有無に帰着するからである。才能の有無は非難、批判の対象ではなく、その事実の確認の問題にしか過ぎない。従って、「作品を発表したとか言って、

一体僕が君を非難したことがあるかい」というフロベールの言葉がここから出てくる。だが、フロベールが『野越え浜越え』を発表しないという厳然たる事実は、これ自体で既にデュ・カンに対する批判となっているわけで、彼には、「読者を欺くものだ」という批判を受け入れるか、さもなければ、「作品の出来が悪い」というフロベールの評価を受け入れるか、この二つしか選択の余地は残されていないことになる。

　数年前、既にフロベールはデュ・カンに対して同じような批判をしたことがあった。それは、1843 年頃から 1845 年頃にかけて、デュ・カンが新聞・雑誌等、ジャーナリズムの世界で活動を展開していた時のことである。フロベールはこの頃のデュ・カンについて、「ジャーナリズムの泥沼から救ってやった。でなければ今頃は、窒息死は免れても、生涯そこから抜け出せなくなっていることだろう。僕は彼に真面目な勉強にたいする愛を教えてやったのだ」[1]と言っている。今彼は、デュ・カンに対して数年前と同じ批判を、再び繰り返していることになる。

　フロベールには文章を書くにあたって、言葉の美についての理想があり、その理想を実現する形で、「自分を満足させる」ような作品を完成したい、というのが彼の執筆態度の基本であった。そのためには、「納得のいかない文章を急いで書くぐらいなら悲惨な死に方をしてくたばったほうがまだいい」というほどの決意が必要なのである。デュ・カンがこのようなフロベールから大きく隔たった位置にいることは明白である。

　一方、ゴチエに対してフロベールはどのような評価を下していたのだろうか。3 月 20 日付けの手紙で、ゴチエの文学者としての識見、さらには人格についてさえも彼は疑念を表明していた。それから 1 ヶ月ほどあとのルイーズ宛の手紙の中で、彼はゴチエについて次のように書いている。

　　　ゴチエの詩について僕は哲学者[ヴィクトール・クザン]と全く同意見だ。力がないね。作家どもの無知ときたら酷いものだ。『メレニス』が衒学的作品に見えてしまうのだから。しかし、大学生でもこれぐらいは知っていて当然だ。だが、皆、本は読まないし、その時間もないからな。まあ、その必要もないか。いい加減なことをやって、それで友達からは誉めそやされ、頭がおかしくなるんだ。

---

(1)　*Corr.*, I, p.388, lettre à Louise Colet, [14 octobre 1846].

理性が鈍っていても健全だと思っているのさ。しかし、あのお人好しのゴチエは、生まれつき才能のある人だったのだ。素晴らしい作家になるはずだったのに。ジャーナリズム、世間の動向、貧しさ（いや、優れた作家を育てたこの境遇を貶めるのはよそう）というよりむしろ、精神的売春、そう、これだよ。こういうもののせいで、彼はまわりの連中と変わらないレヴェルに度々落ちてしまったのだ。(…)[1]

フロベールは、ゴチエが「ジャーナリズム、世間の動向、精神的売春」によって作家として駄目になったと批判しているのだが、この批判はそのままデュ・カンにも当てはまるものである。このような批判的考えを持っているフロベールが、何故、『野越え浜越え』をゴチエに読んでもらっても構わないと、3月20日の手紙で言ったのであろうか。

ルイーズ・コレに『野越え浜越え』を預けた後、この作品に言及している手紙で我々に関係するものは、3通である。それは、3月20日、3月27日、4月3日に書かれたもので、最初の一通は既にこの章の冒頭で訳出した。次の3月27日の手紙は、『野越え浜越え』については、僅かしか言及していない。

(…)『ブルターニュ』は読んでいるかい。初めの2章が弱いんだ。(…)[2]

4月3日の手紙は関係する部分が多い。長くなるが訳出する。

(…) 君が『ブルターニュ』の中で注目したところは、僕も一番好きな部分だ。— 自分で最も出来が良いと思っているうちの一つが、ケルト考古学について要約したところだ。これは、実際、完璧な説明であると同時にその批判ともなっている。— この作品で難しかったのは、叙述の展開の仕方であり、多様な材料をひとつに纏めること

---

(1) *Corr.*, II, p.78–79, lettre à Louise Colet, [24 avril 1852].
(2) *Ibid.*, p.63, lettre à Louise Colet, [27 mars 1852].

だった。− これには苦労したよ。− これは僕が初めて苦労して書いた作品だ（言葉を見つける苦労がいつ終わるのか僕にはわからない。生まれついての才能なんて僕には全くないから）。(........)君がおもわず漏らした言葉に僕は心から感動したよ。両手で抱きしめて両の頬と胸に接吻したいほどだ。君の考えでは、『ブルターニュ』はゴチエに見せるほど格別の出来ではない。ゴチエが僕から受ける第一印象はもっと強烈な方がいい。だから見せるのはやめた方がいい、ということだね。君のおかげで誇りをとりもどした。有難う。

　あの人のいいゴチエに、僕はいつも真面目ぶった態度をとってきた。ずっと以前から、何か書いたものを見せるようにと言われていたのだが、空約束ばかりでね。こんなに慎み深いとは、自分でも驚きだ。− 結局、作品を発表するのが嫌なのは、自分の尻を本能的に隠すのと同じなのだ。この尻で大いに楽しむことはあるけれど。− 人の気に入られようとするのは堕落。− 発表したその時から作品以下に堕することになる。誰からも全く知られず生涯をおえても、それが悲しいとは露ほども思わない。自分の書いた原稿を一生そばに置いておくだけでいい。死んだ時、未開人が馬を一緒に埋葬させるように、僕も原稿と一緒に埋葬してもらうことになるから、少し大きすぎるぐらいの墓がひとつ必要になるのが難点だ。(…)

　その頁のことは心配しなくていい。デュ・カンが書いた章の一枚だ。別にしておいてくれ。『パリ評論』の最新号を手にいれてごらん。そこに載っているマックスの章は、『タガオール』もそうだが、彼が書いたものでは一番良いものだ。(........)[1]

　既に指摘したように、フロベールがルイーズ・コレに３月中旬から下旬にかけて『野越え浜越え』を読ませようとしたのは、デュ・カンが『パリ評論』４月１日号に、共同執筆であるこの作品を発表することが原因であった。ルイーズに何の先入観もなしに読んでもらい、彼女の評価が

---

(1) *Ibid.*, pp.66–67, lettre à Louise Colet, [3 avril 1852].

如何なるものか、それを知るのがフロベールには重要であった。そのために、デュ・カンが作品を『パリ評論』に発表することは彼女には教えず、預けた原稿も自分の執筆部分のみを含む原稿であった。この同じ原稿をゴチエに見せても構わないとフロベールが言っているのは、ルイーズに対する配慮と同じ配慮をゴチエに対してもしていることになる。もしゴチエが原稿を読むことになったら、それは『パリ評論』4月号が発行される頃になるとフロベールは考えていたことであろう。その時点で、発表する者と発表しない者との、作品に対するそれぞれの自己評価の差異が、ゴチエの目にも明らかになる筈である。1851年11月以来、一貫してフロベールは過去の作品の発表を拒否してきたのであるから、この時点でゴチエに作品を見せるとしても、それは発表を想定したり、前提としたものではない。前述したデュ・カンおよびゴチエに対するフロベールの批判を考慮すれば、自らは発表を拒否している作品を、デュ・カンの発表の時期にあわせてゴチエに読ませることは、『パリ評論』編集部に対する一種の挑戦、挑発とも言えるであろう。

　ルイーズは勿論このようなフロベールの意図は理解してはいなかった。彼女はフロベールの意図とは別に、ただ作品についての評価を述べたにすぎない。このルイーズの意見に彼は納得し、自信を深めたことであろう。発表するに値しないという彼の判断は、ルイーズの意見によっても裏付けられたからである。これが、「君のおかげで誇りをとりもどした。有難う」という言葉になったと考えられる。彼の言う「誇り」とは、自分の判断に自信を持つことができ、それが従来から抱いている作家活動についての信念とも矛盾しないものならば、徒にデュ・カンやゴチエを挑発する必要もない、という自己に対する矜恃であろう。

　このように考えると、1852年3月20日の手紙におけるフロベールの、「今だったら『ブルターニュ』をゴチエに読んでもらっても構わない」という言葉の意味は、「訂正前は不満な出来であったが、手直しをしたので、今だったらゴチエに読んでもらっても構わない」という意味ではなく、「デュ・カンが『野越え浜越え』を『パリ評論』4月号に発表するけれども、僕はこの作品が発表に値するものだとは考えていない。デュ・カンと僕の、作品に対する評価の違いをゴチエに理解してもらうために、『パリ評論』4月号の発行が間近なこの今の時期だったら、彼に『野越え浜越え』を読んでもらっても構わない」という意味になる。

フロベールの言葉、「今だったら....」をこのように解釈すると、重要なことがもう一つ明らかになる。それは、1851年9月19日以降、1852年3月7日までの間に、『野越え浜越え』の訂正・推敲をフロベールがした事実は有り得ない、ということである。3月27日付けの手紙で、「『ブルターニュ』は読んでいるかい。初めの2章が弱いんだ」と書き、4月3日付けの手紙で、「自分で最も出来が良いと思っているうちの一つが、ケルト考古学について要約したところだ。これは、実際、完璧な説明であると同時にその批判ともなっている」と彼は書いている。フロベールがルイーズに預けた原稿は、作品の全部の章を含む、製本された筆写原稿ではなく、彼が執筆分担した章のみを含む原稿であったことは既に述べた。ところが、ルイーズに原稿を預けた時点で、「初めの2章が弱い」のであるから、フロベールにとって、このテクストは満足できる状態ではなく、訂正・推敲の余地が充分に残っていることになる。一方、ケルト考古学（カルナック石群）に関する部分は、「最も出来が良いと思っているうちの一つ」であるから、同一の原稿状態の中に、不満な部分と満足できる部分とがいまだに混在していることになる。このことは、一貫した考えのもとでの訂正・推敲がまだ為されていないことを意味している。つまり、『ボヴァリー夫人』執筆中のフロベールが、その時点で理想としているような美意識に基づいた訂正・推敲を、しかも発表を想定した形での推敲を、1852年3月7日時点では、まだしていないということである。『聖アントワーヌの誘惑』の執筆中、およびデュ・カンとの東方旅行中に、この『野越え浜越え』の訂正推敲がなされるはずはない。従って、もし自筆原稿清書部分の清書を、ある時期の訂正推敲の結果と考えるならば、それは『聖アントワーヌ誘惑』の執筆開始以前でしかありえない。つまり、自筆原稿清書部分の清書がなされたのは、『聖アントワーヌ誘惑』の執筆開始以前、ということになる。

　この我々の結論は、第3章で、フロベールの他の作品の執筆速度に基づいて検討して得られた結論と同じである。

5章　フロベールの訂正・推敲について *(1847-1852)*

　1848年1月3日に、『野越え浜越え』を一応脱稿したフロベールは、1月16日の手紙でルイーズ・コレに次のように書き送っている。

　『ブルターニュ』の最後の章を書き上げました。同語反復をなくし、数多い内容上の繰り返しを削り落として全体の見直しをするのに、あと6週間はたっぷりかかるでしょう。これは時間のかかる微妙で面倒な作業です[1]。

彼が全体の見直しに際して必要な作業としてここで挙げているのは、「同語反復をなくし(《enlever des répétitions de mots》)」、「数多い内容上の繰り返しを削り落とす(《élaguer quantité de redites》)」ことの二つである。『野越え浜越え』の執筆中に彼が文体に関して言及していることで注目すべきことは、音楽的比喩、形容詞の選択、および、《QUE》の問題である。ここにその部分を訳出する。

　　(…) 長い間ペンを執ることがなかったものだから、いざ書くとなったら、ひどく気難しくなり、特に自分に対してだけど、悩んでばかりいる。耳はいいのにヴァイオリンを弾くと音を間違えるようなものだ。この音だとわかっていても、指がいうことをきかず、正確な音が出てこない。この哀れな演奏家の眼からは涙が溢れだし手から弓が離れ落ちてしまう…[2]

　　(…) ああ、もし君が僕の心の中を覗き見ることが出来たなら、形容詞と関係詞《QUE》の凌辱でどんなに僕が恥ずかしい思いをしているかが判ってかわいそうになることだろう。(…)[3]

---

(1) *Corr.*, I, p. 472, lettre à Louise Colet, dimanche soir, [16 janvier 1848].
(2) *Ibid.*, pp.473-474, lettre à Louise Colet, [23 septembre 1847].
(3) *Ibid.*, p.478, lettre à Louise Colet, [21 octobre 1847]. この日付については既に論じた。ジャン・ブリュノは、1847年10月とだけしている。

これ以外には特に文体について彼は述べていないので、『野越え浜越え』執筆の際、彼にとって重要であった文体上の主たる関心事は、「同語反復 (répétitions de mots)」、「同義反復 (redites)」、《QUE》の用法、この三つであったことがわかる。形容詞の選択の問題は、従来多くの作家にとっても関心の高いものであったから、これが特にフロベールに特徴的なものとは言えないであろう。

　　『ボヴァリー夫人』の執筆開始から半年も経たない頃、既に文体に関する彼の関心のありようが以前のそれとは異なっていることが彼の書簡によってわかる。従来までの「同語反復」、「同義反復」、《QUE》の用法に加えて、文章の音韻構造における「同音反復」の問題が彼の注意を強く惹いているのである。例えば、1852年2月末のルイーズ・コレ宛の手紙では、彼女の詩『メトレ感化院』[1]について、音韻的側面から詳しい批評を行っているし、また、同年の6月13日のルイーズ宛の手紙においては、彼女の詩『プラディエ』[2]の批評も同様の観点から為されている。このような文の音韻構造に対する美的観点からの彼の過大とも言える要求は、ただ詩にたいしてのものだけではなく、散文にたいしても同じである。例えば次の手紙などが良い例である。

　　『グラジエラ』の話に戻ろう。これには、『朝起きる (se lever le matin, etc.)』というような全て不定法で書かれた一頁にわたる一節がある。このような文章を書く人間は聴覚が狂っている。作家とはいえない。筋骨隆々として肩を聳やかし足音高らかな古の文章などは全く見あたらない。だが、僕にはひとつの文体が頭の中にある。いつの日か、10年後、いや10世紀の後に誰かが創造するであろう美しい文体、詩句のようにリズミカルで、科学用語のように正確で、しかもチェロの奏でる波動のような響きに溢れ、炎の煌めく輝きをそなえた文体。思考の中に短剣の如く切れ込んでくる文体、そして、追い風を背に受けて小舟が水面を滑走するように自分の思考が磨き抜かれた平面上を進んで行く、そういう文体を僕は頭の中に思い描いている。散文は昨日誕生したばかりなのだ。これを忘れてはいけない。詩は優れて古代の文学

---

(1) 《La Colonie de Mettray》in *Ce qui est dans le coeur des femmes*(1852).

(2) 《Pradier》in *Ce qui est dans le coeur des femmes*(1852).

5章　フロベールの訂正・推敲について (1847-1852)　73

形式なのだ。これについては、既にあらゆる音韻上の組み合わせが為されている。だが散文についてはまだ殆ど為されていないと言ってよいほどだ。⑴

このフロベールの言葉からわかるように、彼にとって『ボヴァリー夫人』執筆中には、文体上の問題として新たに音韻構造の重要性が加わり、これが技術上の観点からして、他の問題より遥かに彼の頭を悩ませるものとなっていく。この事実は、これ以降の彼の書簡がはっきりと示している。彼は、「音韻上の組み合わせ(combinaisons prosodiques)」と言っているがその実体は何であろうか。彼の言葉を拾ってみると、《consonances à enlever》⑵,《assonances à éviter》⑶,《phrases dissonantes》⑷,《mauvaises assonances》⑸,《éviter des assonances》⑹,《Les répétitions sont un cauchemar.》⑺,《Ils ne faisaient nulle attention aux assonances》⑻,《la meilleure intention rate son effet, dès qu'il s'y trouve une assonance ou un pli grammatical》⑼,《désagréble à l'oreille》⑽というような言葉が次々と書簡に現れる。『ボヴァリー夫人』を書き上げたあと、『サランボー』に着手する直前には、「文を生み出す苦しみ(les affres de la phrase)」、「類似母音の拷問(les supplices de l'assonance)」⑾という言葉も使われている。《assonance》,《consonance》をそれぞれ「同一または類似母音の反復」、「同音または類似音(母音および子音)の反復」と考えるならば、結局、フロベールにとっては、「同音または類似音の不快な反復

⑴　*Corr.*, II, p.79, lettre à Louise Colet, [24 avril 1852].
⑵　*Ibid.*, p.139, lettre à Louise Colet, [22 juillet 1852].
⑶　*Ibid.*, p.229, lettre à Louise Colet, [3 janvier 1853].
⑷　*Ibid.*, p.245, lettre à Louise Colet, [29 janvier 1853].
⑸　*Ibid.*, p.262, lettre à Louise Colet, [11 mars 1853]; p.268, lettre à Louise Colet, [14 mars 1853].
⑹　*Ibid.*, p.311, lettre à Louise Colet, [20 avril 1853].
⑺　*Ibid.*, p.344, lettre à Louise Colet, [2 juin 1853].
⑻　*Ibid.*, p.350, lettre à Louise Colet, [6 juin 1853].
⑼　*Ibid.*, p.523, lettre à Louise Colet, [19 février 1854].
⑽　*Ibid.*, p.552, lettre à Louise Colet, [18 avril 1854].
⑾　*Ibid.*, p.752, lettre à Ernest Feydeau, [6 août 1857].

(Cacophonie)」を避けて「文章の美しい響き (Harmonie de la phrase)[1]」を追究することが文体上の最大の関心事であることになる。彼の考えでは、「正確さが力強さを生み出す。文体においても音楽の場合と同じで、最も美しく、もっとも貴重なもの、それは音の純粋さだ」[2]ということであるから、《Cacophonie》のない、「純粋な音」による「文章の美しい響き」を創造するためにあらゆる「音韻上の組み合わせ」の可能性を追究する、というのが、『ボヴァリー夫人』執筆におけるフロベールの課題であり、これまでになかった新しいものである。彼はいつごろからこのような文体についての考えを抱くようになり、いつごろからこの考えを実践に移すようになったのであろうか。既に指摘したように、1847年9月23日付けの手紙のなかで彼は音楽的比喩を用いて、「耳はいいのにヴァイオリンを弾くと音を間違えるようなものだ。この音だとわかっていても、指が言うことをきかず、正確な音が出てこない」[3]と言っているのだが、この音楽的比喩は、1852年4月24日の手紙の中でラマルチーヌの『グラジエラ』を批判して、「このような文章を書く人間は聴覚が狂っているのだ。作家とはいえない」[4]と言っている時と同じレヴェルでの、またはそれに近い文体論上の美意識を示しているのだろうか。

　　文体論上のフロベールの意識の進展をできるだけ正確に跡づけることができたならば、その結果を『野越え浜越え』、『聖アントワーヌの誘惑』の初稿から第2稿への訂正・推敲のあり方と比較することができる。『野越え浜越え』に関して言えば、A.J.トゥークの校訂本が唯一提供してくれている自筆原稿の清書する前の草稿における訂正・推敲のあり方を確認してから、清書された部分(I章、III章、V章・カルナックまで)が典拠となっているカンタン版、シャルパンチェ版と筆写原稿との異同比較を行え

---

(1) 例えば《harmonie》という語は、ルイーズ・コレの詩『メトレ感化院』の批評においても使われている (*Corr*., II, p.53)。

(2) *Ibid*., p.137, lettre à Louise Colet, [22 juillet 1852]：《C'est la précision qui fait la force. Il en est en style comme en musique；ce qu'il y a de plus beau et de plus rare c'est la pureté du son.》

(3) *Corr*., I, p.473, lettre à Louise Colet, [23 septembre 1847]：《C'est comme un homme qui a l'oreille juste et qui joue faux du violon；ses doigts se refusent à reproduire juste le son dont il a conscience.》

(4) *Corr*., II, p.79, lettre à Louise Colet, [24 avril 1852]：《L'homme qui adopte de pareilles tournures a l'oreille fausse. Ce n'est pas un écrivain.》

ば、清書部分を結果的に生み出した訂正・推敲が、フロベールのいつ頃の文学的美意識を反映しているかがわかる。この結果、清書部分の執筆時期について、おおよそ正確な推測が可能になる筈である。また、『聖アントワーヌの誘惑』に関しては、初稿 (1849) を執筆している時の文体上の関心がいまだ「同音または類似音の不快な反復 (Cacophonie)」を回避する方向になかったならば、第2稿 (1856) を完成させるための訂正・推敲は、この新たな文体上の問題意識を中心になされた可能性が非常に高いことになる。この『聖アントワーヌの誘惑』(第2稿) 執筆時の文学的美意識が、『ボヴァリー夫人』執筆時のそれとほぼ変わらないとすれば、1852年3月時点までに、『野越え浜越え』の訂正・推敲が為されたかどうかを検討するために、『聖アントワーヌ』の初稿から第2稿へかけての訂正・推敲のスピードを基にして『野越え浜越え』の清書部分の訂正・推敲に要するであろう日数を算出した我々の基本的方針は間違っていなかったことになり、同時にその結論も正当なものとなる。

　フロベールの文体論上の意識の進展を検証するにあたって、我々は彼の書簡を第一次資料としてとりあげることにする。手紙の内容もさることながら、書簡自体に彼が残している、手紙の文章の訂正・推敲を検討することで、手紙の書かれた時期の彼の文体上の関心のありようを、かなり正確に跡づけることができるからである[1]。

　この試みは、1846年8月12日から1847年5月17日までのほぼ1年間に関しては、ジャン・ブリュノによって既に為されている[2]。彼の結論を纏めて示すとつぎのようになる。

　1) 同語反復 (répétitions de mots) の削除・訂正

---

(1) 我々はジャン・ブリュノ編、ガリマール社のプレイヤード版『書簡集』を底本として用いる。ブリュノは全ての訂正・推敲を注として復刻してはいないので、現時点では、彼の『書簡集』にとりあげられた訂正・推敲の跡を参考にするしかないのが現状である。しかし、東方旅行中の書簡の内、エジプトからのものについては、Antoine Youssef Naaman, *Les Lettres d'Egypte de Gustave Flaubert*, d'après les manuscrits autographes, édition critique (Nizet, 1965) が、手紙の加除訂正も全て復刻しているので、これを主として用いる。

(2) Jean Bruneau,《Autour du style épistolaire de Flaubert》in *Revue d'Histoire Littéraire de la France* (Armand Colin), 1981, No.4-5, pp.532-541.

2) 助動詞 (être, avoir, faire) を嫌い具体的で表現力に富む動詞を好む
3) 無機的な代名詞、指示詞を避け、具体的な名詞を選ぶ
4) 紋切り型の表現を嫌う
5) 語の的確さ、絵画的表現力を指向
6) 修辞的技法 (例:対句表現、対照表現)
7) 《Cacophonie》の排除 (非常に稀)

(2), (3), (4), (5), (6)に関してはフロベールの姿勢はこれ以降もまったく変化がない。我々の注意を最も惹くものは、(7)の「同音または類似音の不快な反復 (Cacophonie)」の忌避である。ジャン・ブリュノによれば、1846年から1847年のおよそ1年間の書簡のなかに、非常に稀であるがその例が存在するという。

> De plus, dans des cas d'ailleurs très rares, car il ne gueule pas les phrases de ses lettres, Flaubert s'aperçoit en se relisant d'une cacophonie : 《... ç'a été un moment radieux dont [l'éclat]<le reflet> éclairera toujours notre coeur》.[1]

確かにフロベールはここで、《l'éclat》・《éclairera》において /ekl/ という同音の連続と反復を避ける形で訂正を行ってはいる。しかし、《un moment radieux dont l'éclat éclairera》の各語に「強い光 (lumière vive, brillante)」という意が潜在しているので、この三つの語は意味上非常に近似的なものである。更に、フロベールはこの手紙の中で、一週間前のルイーズ・コレとの逢い引きを回想しているのであり[2]、ここには意味上、当然のこととして時の流れが含意されている。そのことは、《ç'a été un

---

(1) Jean Bruneau, art., cité, p.539. Lettre à Louise Colet, [8-9 août 1846], Corr., I, p.280. ブリュノはこの例しかあげていない。なお、[ ] は削除、< >は加筆を示す。以下同じ。

(2) Corr., I, p.280, lettre à Louise Colet, [8-9 août 1846] : 《Il y a huit jours que s'est passé notre belle promenade au bois de Boulogne, quel abîme depuis ce jour-là! Ces heures charmantes, pour les autres sans doute, se sont écoulées comme les précédentes et comme les suivantes, mais pour nous ç'a été un moment radieux dont le reflet éclairera toujours notre coeur. 》

momemt radieux ...》という動詞時制のうちにも明らかである。この「時の流れ」を判然と意識している主体にそって考えるならば、「輝くばかりのあの時 (un moment radieux)」と表現される輝きの記憶は、その「輝きそのもの (l'éclat)」ではなく、かつての「輝き (le moment radieux)」の「反映 (reflet)」としての「輝き」となる筈であり、この記憶に残る「反映 (reflet)」が「僕たちの心の中をいつまでも照らし続けるだろう」ということになる。つまり、フロベールは「強い光 (éclat)」ではなく、時の流れの中で次第に弱くなっても残っている「光」としての「反映 (reflet)」を選んだことになる。知り合ったばかりのルイーズ・コレと熱烈な恋に陥ったフロベールであるが、彼には無限に流れゆく時の中では、人間の営みがいかに儚く虚しいものであるかという強い意識があった。彼は、「愛している、と言葉をかわしてから、『永遠に』とつけ加えないのはどうしてなのか、と君は僕に尋ねる。何故かって、それは僕には将来が見えているからさ。僕には、今と違う反対のことが絶えず眼に浮かんでくるんだ。(…)子供だなあ君は。永遠に僕を愛すると思うとは。永遠に、だなんて人間が口にするのは思い上がりがすぎる。僕もそうだが、君だって他の人を愛したことがあっただろう。その時も、永遠に、と言ったことを忘れちゃいけない。」[1]と数日前にもルイーズに書いている。従って、《éclat》から《reflet》への訂正は、このような彼の意識を反映したものとも言える。この訂正は /ekl/ という音の反復を避けるためとも言えるし、またジャン・ブリュノが指摘しているうちの、(5)「語の的確さ、絵画的表現力を指向」、という項目に該当するもの、あるいは、意味上の重複 (Redites) を避けるためのものとも解し得るのである。このように考えると、フロベールのこの訂正が「同音または類似音の不快な反復 (Cacophonie)」を避けるためのものであったとは断定できないことになる。

　　フロベールは、「反復は僕にとって悪夢だ (Les répétitions sont un cauchemar.)」[2]と言っている。ジャン・ブリュノが指摘した先の問題を念頭におきながら、「同音または類似音の不快な反復 (Cacophonie)」、「同語反復 (Répétitions de mêmes mots)」、「意味上の重複 (Redites)」という三つ

---

(1) *Ibid.*, p.275-276, lettre à Louise Colet, [6 ou 7 août 1846].
(2) *Corr.*, II, p.344, lettre à Louise Colet, [2 juin 1853].

の「反復」についてフロベールの書簡を検討することにする。

　「このようにフロベールが反復を嫌悪するのは、いったい何に由来しているのであろうか。ルーアン王立学校での学習の結果であろうか。正確な位置に置かれた正確な語に対する崇拝、これは究極的には近い位置にある如何なる反復をも禁止するものだが、これに起因するのだろうか。私にはわからない。」[1]とブリュノは言っているが、同語反復に関していえば、書簡で確認できる限り、王立学校に在学している時から既にその例がある。

《Depuis 7 à 8 jours je n'ai le coeur de travailler à quoi que ce soit ; (...) Que sais-je? rien du tout. A peine si j'ai le [coeur]<courage> de fumer. J'ai le coeur rempli d'un grand ennui.》[2]

《Que dis-je? la collection complète du *Colibri* pâlirait devant, et Condor avec ses deux pâtés et Orlowski avec ses douze cafés [pâlirait devant] se prosterneraient la tête dans la poussière à la façon orientale.》[3]

《(...) quelque douce que soit sa pente elle nous semble escarpée jusqu'à pic, impossible à gravir, et il se fait pourtant qu'en allant toujours on se trouve enfin l'avoir [gravie]<escaladée>.》[4]

　また、フロベールが1847年10月21日の手紙で触れている「《QUE》の凌辱」を避けている例も既にある。

---

(1) Jean Bruneau, art., cité, p.539.
(2) *Corr.*, I, p.34, lettre à Ernest Chevalier, 26 décembre 1838 / variante, p.860. 引用文中の下線は我々のものである。同語反復で訂正の原因となった語に下線を付しておく。以下同じ。
(3) *Ibid.*, p.39, lettre à Erneste Chevalier, [18 mars 1839] / variante p.862.
(4) *Ibid.*, p.58, lettre à Ernest Chevalier, [18 décembre 1839] / variante p.876.

5章　フロベールの訂正・推敲について (1847-1852)　79

　《MOI：Oui.
　LA PORTIÈRE：C'est que, voyez-vous, rien ne contente plus les parents [que] comme de voir leurs enfants bien travailler(…).》[1]

次の例は、《Cacophonie》を嫌ったものであろうか、それともブリュノが指摘した助動詞(être, avoir, faire)を避け具体的な意味の動詞を選択したもの、あるいは語の的確さを指向したものであろうか。

　《Le temps n'est plus où les cieux et la terre se mariaient dans un immense hymen, le soleil pâlit et la lune [est] devient blême à côté des becs de gaz, (…)》[2]

我々には、《pâlir》と《devenir》と、動きを示す動詞を対比的に用いるための訂正と思われるのだがどうであろうか。この時期(1841年)フロベールが類似音の反復(ここでは et(/e/) – est(/ε/))を忌避している明らかな例はまだみあたらない。1848年1月16日までの書簡における訂正・推敲は我々の知りうる限り、三つの「反復」のうち、「同語反復」を避ける例のみである[3]。「同音または類似音の不快な反復」を避ける例は、我々が指摘したもの(1841年9月21日の手紙)とジャン・ブリュノが指摘したもの(1846年8月8-9日の手紙)、この二つの例しかないのだが、これについては我々は疑念を呈しておいた。時期的に考えれば、ジャン・ブリュノの例は『野越え浜越え』の執筆時期に近いので、「類似音の不快な反復」を忌避した例と考えても差し支えないように思われる。だがこの作品を「厳しい鍛錬

---

(1) *Ibid.*, p.139, lettre à sa soeur Caroline, [après 21 décembre 1842] / variante p.914.

(2) *Ibid.*, p.85, lettre à Ernest Chevalier, [21 septembre 1841] / variante p.887.

(3) 残りの例を示す(*Corr.*, I)：Lettre à sa soeur Caroline, [6 octobre 1840], pp.73-74 / variante p.883,《pays》の訂正；Lettre à Ernest Chevalier, [9 avril 1842], p.100 / variante p.893,《consoler》の訂正；Lettre à sa soeur Caroline, [9 février 1843], p.141 / variante p.915,《jours》の訂正；Lettre à sa soeur Caroline, [2 juin 1843], p.169 / variante p.930,《gai》の訂正；Lettre à sa soeur Caroline, [22 mars 1845], p.217 / variante p.950,《matin》の訂正。

(un rude exercice)[1]」であると言っているフロベールが、執筆中および脱稿後に言及している文体上の関心事は、既にみたように、「同語反復 (Répétitions de mêmes mots)」、「意味上の重複 (Redites)」、「《QUE》の用法」の三つであり、「同音または類似音の不快な反復 (Cacophonie)」については全く言及していない。また、『聖アントワーヌの誘惑』の執筆中に、「その頃[8月]かろうじて書きあがるかどうかだ。それに推敲に時間がかかるだろう、推敲といっても、文章推敲ではなく、文学的効果についての推敲だ。」[2]と彼は言っている。この「文学的効果についての推敲」という言葉を、「作品の全体的結構、たとえば章立ての問題、各場面ごとの効果的配置によって生み出される文学的効果についての推敲」と考えるならば、フロベールは「同音または類似音の不快な反復」という文章自体の最も細部に関する訂正・推敲は考えていないことになる。従って、ジャン・ブリュノの指摘した例は、たとえ「同音または類似音の不快な反復」を避けるためのものだとしても、いまだフロベールにとっては確立された文学的美意識に基づいたものではなく、偶発的なものと考えられる。また、1847年9月23日の手紙の中で彼が用いている音楽的比喩は単なる比喩であって、その背後に、文章の音韻構成についての確立された文学的美意識があったわけではない。ブリュノが言っているように、「声を張り上げて朗読する (gueuler)」ことは、自分自身の文章の音韻的側面に強い関心を持っていることの証左であるが、フロベールが自分の書いた文章を、「声を張り上げて朗読」し、これを文章推敲の一手段とするようになるのは、『ボヴァリー夫人』執筆中からであり、『聖アントワーヌの誘惑』執筆中にこれを行っていた形跡はみられない。

　　『聖アントワーヌ』の執筆中にはフロベールは、文体上の問題について殆ど情報を提供してくれない。1849年9月12日、作品完成後、フロベ

---

(1) *Corr.*, I, p.475, lette à Louise Colet, [9 octobre 1847]. この手紙の日付については既に論じた。

(2) *Ibid.*, p.497, lettre à Maxime Du Camp, [fin mai 1848]：《À peine s'il sera fini à cette époque, et je prévois que la correction, non pas pour les phrases mais pour les effets, sera longue.》

5章　フロベールの訂正・推敲について (1847-1852)　81

ールはルイ・ブイエとデュ・カンをクロワッセに呼び作品の朗読をして彼等の評価を問うが、その答は全く否定的なものであった。彼はこの後すぐに東方旅行の準備にかかり、1849年10月29日にデュ・カンとともにパリを出発する。

　旅行中の手紙でも彼は相変わらず「同語反復」には注意を払い削除・訂正を繰り返している。例は数多くあるのでもう引用はしない。この期間の手紙で特徴的なことは、旅行出発以前には見られなかった、「同音または類似音の不快な反復」を避ける訂正が明確な形で見られることである。いまここにその例をすべて挙げて問題点を指摘する。

(1) 《Sur le quai, dans une baraque de toile nous vîmes deux demoiselles-laineuses avec leur papa. C'étaient des créatures qui avaient pour cheveux véritables des toisons de moutons. Elles [passaient]<circulaient> entre les bancs de la société et toutes les pattes des matelots (qui étaient là) tiraient dessus pour vérifier l'authenticité de leur tignasse.》[1]

同音反復：/pa/.

(2) 《Nous sommes entrés à Alexandrie sans qu'on ait ouvert nos bagages(1200 livres). [Et] nous avons donné 50 sols & tout a été dit. Voilà donc 6 jours (...)》[2]

《Et》と《&》の同語反復かもしくは /e/ の同音反復。

(3) 《(...); Giuseppe, l'écumoire à la main, marmitonnait sa cuisine,

---

[1] Aontoine Youssef Naaman, *Les Lettres d'Egypte de Gustave Flaubert*, d'après les manuscrits autographes, edition critique, Nizet, 1965, p.116, lettre à sa mère, 17 novembre 1849 / Bruneau, *Corr.*, I, p.527. 問題の箇所に下線を施しておく。以下同じ。

[2] *Ibid.*, p.151, lettre à sa mère, 14 décembre 1849 / Bruneau, *Corr.*, I, pp.549-550.

et autour [des]<de leurs> feux nos Arabes chantaient des litanies ou écoutaient un d'entre eux raconter une histoire. 》(1)

《des》の同語反復および /de/ の同音反復。

(4)《Ta longue et bonne lettre du 16, pauvre chère vieille, m'est arrivée [en]<pour mon> cadeau de jour de l'an, mercredi dernier. J'étais en train de faire une visite officielle à M. notre consul, quand on lui a [amené] apporté un gros paquet qu'il a décacheté immédiatement.》(2)

同音反復：/ ã / ?

(5)《Sur un des coins du divan était assis un vieux roquentin, à mine renfrognée, à barbe blanche, dans une grande pelisse et flanqué de livres de [tous les] en écritures baroques épars de tous [les] côtés. 》(3)

同音反復：/d/, および、同語反復：限定詞《de ...》が別の限定詞《de...》によって修飾されている。

(6)《Mais ceux qui restent ne se doutent pas du temps et du dérangement qu'une lettre à écrire exige. On est en [route]<course> du matin à la nuit, et le soir on s'aperçoit que l'on a rien fait du tout. Tu vois, malgré cela, pauvre mère adorée, que je ne ménage pas le papier avec toi. Chaque fois que je commence je crois que je serai court, mais cela s'allonge en route malgré moi et sans que j'y prenne garde, [comme]<ainsi que> les petits quarts d'heure

---

(1) *Ibid.*, p.154, lettre à sa mère, 14 décembre 1849 / Bruneau, *Corr.*, I, p.552.
(2) *Ibid.*, p.161, lettre à sa mère, 5 janvier 1850 / Bruneau, *Corr.*, I, p.556.
(3) *Ibid.*, p.165, lettre à sa mère, 5 janvier 1850 / Bruneau, *Corr.*, I, p.559.

que tu fais dans mon cabinet, quand tu outrepasses [le m<u>o</u>ment] <la minute> fixée d'avance sur ma pendule.》⁽¹⁾

同音反復：/mã/, /kɔm/ または / ɔmã /。

(7)《(...) le Persan dans sa pelisse [fourrée]<de fourrure>, le Bé<u>d</u>ouin <u>du</u> <u>d</u>ésert [<u>d</u>ont le]<au> visage [est] couleur <de> café, et qui marche gravement, <tout> enveloppé dans des couvertures blanches...》⁽²⁾

同音反復：/d/ および　限定詞《de ...》による二重の限定：《le Bédouin <u>du désert</u> <u>dont le visage</u>》。

(8)《Travaille toujours, reste ce que tu es. Continue ta dégou<u>tan</u>te et sublime [exis<u>ten</u>ce]<façon de vivre>, et puis nous verrons à faire résonner la peau de [nos]<ces> <u>tam</u>bours que nous [devions]<<u>ten</u>dons> si dru depuis long<u>temps</u>.》⁽³⁾

同音反復：/tã/.

(9)《La flûte <u>est</u> <u>ai</u>gre, [<et>] les tambourins vous retentissent dans la <u>poitrine</u>, le chanteur domine tout. Les danseurs passent et reviennent, ils marchent <u>remuant</u> le bassin avec un mouvement court et convulsif. C'est un *trille de muscles* (seule expression qui soit juste). Quand le bassin <u>remue</u>, tout le reste du <u>corps</u> est immobile. Lorsque c'est au contraire [le]<la> [<u>t</u>orse]<<u>p</u>oitrine>

---

(1) *Ibid.*, p.168, lettre à sa mère, 5 janvier 1850 / Bruneau, *Corr.*, I, p.561.
(2) *Ibid.*, pp.172-173, lettre au docteur Jules Croquet, 15 janvier 1850 / Bruneau, *Corr.*, I, p.563.
(3) *Ibid.*, p.179, lettre à Louis Bouilhet, 15 janvier 1850 / Bruneau, *Corr.*, I, p.567.

qui remue, tout le reste ne bouge.》⁽¹⁾

類似音反復：/ɛ/ – /e/．同音反復：/ɔr/ および /ɔrs/。ここでフロベールは /ɔrs/ の反復を避けるため同語《poitrine》を繰り返している。

⑽ 《Dans les saluts et révérences leurs grands pantalons rouges se [bouffit] bouffissent [et s'étale partout se répandant lentement] <tout à coup comme des ballons> ovales, puis semblent fondre, en versant l'air qui les gonfle.》⁽²⁾

同音反復：/pã/, /pa/, または /ã/。

⑾ 《Ce jour–là (avant-hier lundi) mon kellak me frottait doucement, [quand étant]<lorsqu'étant> arrivé aux parties nobles, il a retroussé mes boules d'amour (…)》⁽³⁾

同音反復：/ã/．

⑿ 《Se fiant peu à ce que Du Camp lui avait dit, il a [dû]<été> s'informer aux Affaires étrangères où l'on s'est trompé […]》⁽⁴⁾

同音反復：/dy/。

---

(1) *Ibid.*, pp.184–185, lettre à Louis Bouilhet, 15 janvier 1850 / Bruneau, *Corr.*, I, p.571.
(2) *Ibid.*, p.185, lettre à Louis Bouilhet, 15 janvier 1850 / Bruneau, *Corr.*, I, p.571.
(3) *Ibid.*, p.186, lettre à Louis Bouilhet, 15 janvier 1850 / Bruneau, *Corr.*, I, pp.572–573.
(4) *Ibid.*, p.198, lettre à sa mère, 18 janvier 1850 / Bruneau, *Corr.*, I, p.577.

⒀《Le soleil se couchait sur les montagnes, une grande prairie verte s'étendait devant nous, [couverte] entre des dattiers qui l'encadraient, et au loin le Nil brillait [tacheté] dans la découpure <inégale> des rochers de granit qu'il traverse.》(1)

同音反復：/vɛrt/. 同音反復の訂正が最も明白な形で現れるのは、このように、異なる単語における同音部分の訂正の場合である。

⒁《Eh bien! je n'ai pas baisé (le jeune Du Camp ne fit pas ainsi), exprès, par parti pris, afin de garder la mélancolie de ce [beau] tableau et faire qu'il restât plus profondément en moi. Aussi je suis parti avec un grand éblouissement, et que j'ai gardé. Il n'y a rien de plus beau que ces femmes vous appelant. Si j'eusse baisé, un(*sic*) autre [tableau]<image> serait venu(*sic*) pardessus [celui]<celle>–là et en aurait atténué la splendeur.》(2)

同音反復：/o/, および同語反復：《beau》,《tableau》.

⒂《(…); le bas [de son]<du> corps [était] caché par ses immenses pantalons [blancs] roses, le torse tout nu couvert d'une gaze violette, elle se tenait(…)》(3)

同音反復：/ã/ または、類似鼻母音の反復：/lɔ̃/ – /lã/ (4)。

---

(1) *Ibid.*, p.231, lettre à sa mère, 12 mars 1850 / Bruneau, *Corr.*, I, p.598.

(2) *Ibid.*, p.242, lettre à Louis Bouilhet, 13 mars 1850 / Bruneau, *Corr.*, I, p.605.

(3) *Ibid.*, p.243, lettre à Louis Bouilhet, 13 mars 1850 / Bruneau, *Corr.*, I, pp.605–606.

(4) *Ibid.*, p.243, note ⒄ de Naaman. ナアマンはここでフロベールが音の響きに注意を払っていることを指摘している。

(16) 《Il se livre ainsi à l'éducation des chiens, tu sais que c'est le pays des [belles levrettes]<beaux lévriers>. Il convoite toutes [celles]<ceux> qu'il voit, (...)》[1]

同音連続：/l/ – /l/.

　フロベールは勿論このほかに、《QUE》の反復を避けたり、「意味上の重複」を避ける努力をしている[2]。
　1851年6月16日にクロワッセに戻った彼は旅行中に書きとめたノート、母親やルイ・ブイエ宛に出した手紙などを参考にしながら『東方旅行記』(*Voyage en Orient*) の執筆を始める。彼はこの執筆を同年7月19日に終えている[3]。『ボヴァリー夫人』執筆開始直前のこの『旅行記』においても、旅行中の手紙が示している「同語反復」、「同音または類似音の不快な反復」を避ける努力は為されている[4]。『ボヴァリー』執筆中も勿論この音に対する彼の文体上の要求は一層強くなっていく。例えば、1852年2月

---

[1] Bruneau, *Corr.*, I, p.701, lettre à sa mère, 7 novembre 1850 / variante p.1118.

[2] 《QUE》については：《Je ne sais, cher ami, si tu as reçu un mot de moi daté du Caire en réponse à un envoi de ta seigneurie, envoi [que]<dont> je n'ai pu apprécié que l'intention puisqu'il est arrivé à Rouen [que]<comme> j'étais déjà en Egypte.》(Naaman, p.264, lettre à Emmanuel Vasse de Saint-Ouen, 17 mai 1850)；《(...) et puis à Rome je t'attendrai. Ce sera quelque chose de ce qu'on éprouve dans une cour de diligences à [attendre]<*espérer*> quelqu'un [qu'on]<quand on> chope de long en large dans la rue (...)》(Bruneau, p.767, lettre à sa mère, 26 mars 1851 / variante p.1136).「意味上の重複 (Redites)」：書簡は文学作品そのものとは異なるのでこの例はあまり多くないが例えば、《Les nouveaux mariés qui s'asseoient là-dessus, le soir au clair de lune, doivent se chauffer le cul sur les bancs de lave. La vieille [chaleur]<ferveur> des volcans leur monte au coeur, par les fesses, (...)》における《chauffer》–《chaleur》の意味上の類似性は大きな単位ではなく小さな単位での意味上の重複といえるであろう。

[3] Gustave Flaubert, *Voyage en Egypte*, édition intégrale du manuscrit original, établie et présentée par Pierre-Marc de Biasi, Grasset, 1991, p.78, note (41)et p.80.

[4] この点については我々は Pierre-Marc de Biasi と見解を異にする。彼によれば、「(同語)反復や同音・類似音の反復を避けようとする文章推敲は全く為されていない (《aucun retravail des phrases n'est venu faire la chasse aux répétitions et aux

5章　フロベールの訂正・推敲について (1847-1852)　87

末および同年3月27日の手紙における、ルイーズ・コレの詩『メトレ感化院』についての彼の批評にそれは明らかに現れている。

　以上のことから、「同音または類似音の不快な反復」にフロベールが敏感になり、これを避けるようになるのは、東方旅行中からであることが確認できたと思う。従って、『野越え浜越え』、『聖アントワーヌの誘惑』の執筆中はこのような同音、類似音を避けようとする文学的美意識は、フロベールにはまだ確立されていなかったと言える[1]。『聖アントワーヌ』の第2稿(1856)を完成させる時の彼の文章についての最大の関心事は、従って、この音の問題であったはずである。『野越え浜越え』を『ボヴァリー』執筆中に訂正・推敲したならば、当然この「同音・類似音の不快な反復」を避

---

assonances》)」(édition citée, p.88) ということであるが、我々が調べた結果はこれと全く異なっている。同語反復の訂正（ページは全て Pierre-Marc de Biasi の校訂本による）：《larmes》(p.128, fo 3 vo), 《le vasistas》(pp.140-141, fo 6 vo), 《banquettes》(p.146, fo 9), 《passer》(p.150, fo 11), 《rouler》(p.159, fos 12-12 vo), 《passions》(p.166, fo 15 vo), 《grande》(p.179, fo 17 vo), 《voix》(p.184, fo 19 vo), 《étendus》(p.197, fos 22 vo-23), 《s'endorment》(p.209, fo 25 vo), 《visité》(p.214, fo 27), 《montrait》(p.233, fo 33), 《avec》(p.279, fo 45), 《et》(p.302, fo 51), 《voit》(p.303, fo 51 vo), 《toute》(p.308, fo 53), 《comme》(p.336, fo 60 vo), 《ennui》(p.347, fo 65), 《posée》(pp.365-366, fo 70), 《rive》(p.373, fo 71), 《sont》(p.384, fo 75), 《tête》(p.396, fo 79 vo), 《droite》(p.397, fo 80), 《fond》(p.427, fo 89), 《de côté》(p.432, fo 91 vo)。// 同音反復の訂正：《plaisir》-《plaisantes》(p.141, fo 7), 《écarquillés》-《qui》(p.146, fo 9), 《eûmes》-《vu》(p.214, fo 27), 《en》-《en》(p.315, fo 55), 《rose》-《posée》(p.365, fo 70), 《grands》-《blonds》-《cendré》(p.366, fo 70), 《s'agite》-《cette》-《petite》(p.374, fo 71 vo), 《franges》-《rang》(p.387, fo 76), 《n'ai-je pas》-《déjà》(p.414, fo 86), 《elles》-《les》(p.437, fo 93 vo)。

(1) 1847年から1852年までの間に書かれたもので、我々の考証にとって第一次資料としての価値を持つものはほかにもある。それは、次のフロベールの原稿である：(1)*Carnets de voyage*, Nos 2 et 3(Bibliothèque historique de la Ville de Paris); (2) *Carnet de Travail* (dit de《Notes de lecture》), No 3 (Bibliothèque historique de la Ville de Paris); (3)*La Tentation de saint Antoine* (version de 1849), Bibliothèque Nationale, NAF 23664(version de 1849), NAF 23668-23670 (brouillons), NAF 23671 (plans et scénarios); (4) *Carnets de voyage*, Nos 4, 5, 6, 7, 8, 9 (Bibliothèque historique de laVille de Paris); (5) *Conte Oriental (Les sept fils du derviche)*, Bibliothèque Nationale, NAF 14152, *Carnets de voyage*, Nos

ける努力が払われたことであろう。しかしながら、このような形での訂正・推敲を、『ボヴァリー』執筆中にするだけの時間的余裕は、フロベールには全くなかった筈であり、このことは第3章で述べたとおりである。

　1, 3, et *Carnet de Travail* (dit de 《Notes de lecture》), No 3. (1),(2),(5)については、刊本があるのでそれに依って訂正推敲の跡を調べた結果、結論は同じである。(4)に関しては、これをもとにして *Voyage en Égypte* が書かれているので、本章で述べたとおりである。我々にとって問題なのは(3)である。初稿『聖アントワーヌの誘惑』およびその草稿 (brouillons) を我々は実際に調べてはいない。しかし、第3章でみたとおり、初稿『聖アントワーヌ』、約427ページ (『ボヴァリー夫人』の原稿換算) を1年4ケ月で書き上げたフロベールが、487ページの『ボヴァリー夫人』に4年半の年月をかけていることから考えて、初稿『聖アントワーヌ』の時点では、「同音または類似音の不快な反復」の問題はフロベールにはまだなかったと考えられる。この我々の推測は、Kim Yong-Eun, *La Tentation de saint Antoine, version de 1849, Genèse et Structure*(Kangweon University Press, 1990) が提示している NAF 23664 fos 272-278 の転写からも確認できる。フロベールは『聖アントワーヌ』第2稿のために書き込みや訂正をしているが、同音、類似音の反復箇所にかなりの数の下線を引いている。これは初稿の時には彼がこのような同音、類似音の反復に気付かなかったことを示しているからである。

6章 『野越え浜越え』自筆原稿の訂正・推敲

　ここで我々はまず草稿状態の原稿における訂正・推敲のあり方を検討し、その後、自筆原稿の清書部分と筆写原稿との異同を検討する。その目的は、前章で確認した「同音または類似音の不快な反復」を避ける推敲が為されているかどうかを調べることであり、その結果から、第4章で述べたこと、『野越え浜越え』の第 I, III, V 章の清書部分の浄書がなされたのは、少なくとも 1848 年 5 月 24 日 (『聖アントワーヌの誘惑』の執筆開始) 以前のことであるという我々の考えを検証することである。

　自筆原稿が現在個人蔵であり直接見ることが出来ないことはすでに述べた。従って、我々が検証の対象にしうるのは、A.J. トゥークが彼の校訂本に掲載している僅か 2 ページ (自筆原稿 fo 80 verso, fo 81 recto) だけである[1]。勿論この僅か 2 ページだけの検討で十分だとは思わないが、フロベールの当時の作業についての理解にかなり役立つことと思う。この部分は第 V 章、カルナック石群およびカルナック教会での葬儀の場面のあとに位置するもので、浄書された状態ではない。原稿の転写は A.J. トゥークのものをそのまま利用する。まず初めに自筆原稿を提示し、これの訂正推敲を検討するが、同時に筆写原稿も提示しておく。これは自筆原稿から筆写原稿へいたる訂正推敲の大きな流れを把握するためである。その後に推敲の理由、目的等について我々の見解を述べていく。あとの検討に便利なように、各パラグラフに番号を付し、推敲の対象となった語 (群) にも番号を付しておく[2]。

[I]　*80 verso*

[1]　　les [petites](1) places de sable [entre] qui se trouvent décou-

---

[1]　Gustave Flaubert / Maxime Du Camp : *Par les champs et par les grèves*, édition critique par Adrianne J.Tooke, Droz, 1987, 《Appendice B : Deux pages du manuscrit autographe de Flaubert》, pp.815-818.

[2]　原稿において、[ ] は削除、< > は加筆・訂正を示す。なお、各語 (群) に付した番号は後の説明における番号となる。異なる語 (群) に付いた同一番号は、勿論、推敲において関連があることをを示している。

vertes [et (*2 mots illisibles*)] entre les rochers – laissaient couler dans des rigoles des [<petites>](1) filets d'eau qui s'entrecroisaient en courant(2) vers [(*1 mot illisible*)] des niveaux plus bas – les vareks(3) [(*2 mots illisibles*)] [<(*2 mots illisibles*)>]<remuaient leurs(4)> lanières gluantes(5) – les goemons(6) ependaient en pleurs leurs(4) longs crins [(*1 mot illisible*)]<mobiles>(5) – [(*5 mots illisibles*)] l'eau(7) debordait(8), – [(*6 mots illisibles*)] des petits(1) cailloux, sortait par les fentes des pierres, faisait mille clapotements – mille jets – le sable(9) trempé , buvait son onde et se rechauffant au soleil, blanchissait sa teinte jaune –

[2] Un flux revenait – alors les Courants(2) dans le sable(9) remontaient tout pleins [vers] et debordaient(8) l'un sur l'autre (10), les galets roulaient, [(*5 mots illisibles*)] [tout] [(*4 mots illisibles*)] l'eau(7) gonflée [accourant](2) <arrivant(11) aubord> muette et rapide [(*1 mot illisible*)] [<(*1 mot illisible*)>] chassée [<(*1 mot illisible*)>] par le flot bouillonnant qui arrivait(11) <accourait(2) du large> a gd bruit et [couvrait tout de sa] d'un seul coup couvrait(12) tout de sa masse [(*4 mots illisibles*)] <ecumeuse> – puis les vareks(3) soulevés(13) de leurs racines, elevaient(13) dans l'eau(7) l'eparpillement de leurs rameaux qui se soutenaient dessus(14) et ondulaient(15) comme une chevelure de femme abandonnee sur(16) les ondes(15)

[3] [Quand]<Dès qu'>(17) il y avait [(*5 mots illisibles*)] de la place pr nos pieds nous passions(18) [et(*4 mots illisibles*)]<et> sautant sur(16) les roches nous allions(18) toujours devant nous – elles augmentèrent [(*1 mot illisible*)] bientot leur amoncellement desordonné [(*5 mots illisibles*)]. – tournées [de tous]<dans tous(19)> les sens – renversées [(*2 mots illisibles*)] l'une sur(16) l'autre(10) bousculées, entassées elles couvraient(12) à elles [toutes](19) <seules> [la plage (*3 mots illisibles*) qui (*1 mot illisible*)]<(*1 mot illisible*)><l'espace restant> entre la falaise et la mer – [des] <toutes(19) sortes de> plantes marines, [(*4 mots illisibles*)] <mousses noires herbes roussâtres> goemons(6),

varek⑶, fucus, [mousses]<et> lichens, [(*1 ou 2 mots illisibles*)] – [(*2 mots illisibles*)] les vetissaient <uniformement> d'une couleur [(*1 mot illisible*)] de bronze⑳. [(*5 ou 6 mots illisibles*)] – nous nous cramponnions dessus⑭ : nos mains glissaient㉑ à les saisir – <et> nos [(*3 mots illisibles*) dessus⑭] – nos pieds se crispaient㉑ en vain sur leurs aspérités – [(*4 mots illisibles*) entre] la couche visqueuse

81 recto

qui les tapissait – effaçait tous les angles⑳
[4]　la falaise [haute] etait haute – si haute qu'on en avait presque peur quand on levait㉒ la tete [(*4 mots illisibles*)] [<et elle>]<elle vous ecrasait㉓ de sa> placidité formidable [(*2 mots illisibles*)] <et> elle vous charmait prtant [(*1 mot illisible*)] car on la contemplait malgré soi et les yeux ne s'en laissaient(*sic*) pas.
[5]　il passa une hirondelle – nous la regardames voler㉔ – elle venait de la mer – [elle [s'eleva㉒] [<monta>] dans l'air㉕, où ses ailes nageaient en plein㉖ – et semblaient jouir de㉗ toutes les se deployer toutes libres – et de㉗ couper du㉗ tranchant de ㉗ ses plumes l'atmosphère㉕ fluide et lumineuse㉖]

elle montait doucement coupant au tranchant de ses plumes l'air fluide et lumineux, où ses ailes nageaient en plein et semblaient [<(*2 mots illisibles*)>] jouir de se deployer toutes libres ㉘ – [(*1 mot illisible*)]
[6]　elle monta encore – depassa la falaise – elle [vola㉔] planait dessus㉙ – elle pouvait <la> voir㉚ [d'en haut] <de làhaut> – et ㉛ voir㉚ la mer... [et㉛] voir㉚ la Campagne . . . . . ㉜
[7]　Cependant nous rampions [(*1 mot illisible*)] <toujours㉝> sur les rochers [dont le chaos qui continuait a] [a] <dont> chaque detour de la cote nous [montrait] <renouvelait> la perspective. par [places] momens leur encombrement [(*2 mots illisibles*)] <s'interrompait> et㉞ <alors> nous marchions㉟ sur de gdes pierres [plates] Carrées – [et㉞] plates comme㊱ des dalles où

[*3 lignes barrées + 2 insertions*] des fentes qui se prolongeaient (37) <en avant> deux à deux et presque symetriques – faisaient comme(36) les ornières de quelque antique voie d'un [autre] <autre> monde [perdu(38)]

[8] leurs lames calcaires se presentant(37) obliquement etaient un [(*1 mot illisible*)] faciles a marcher(35) [(*1/2 mot illisible*)] nos pieds(39) [(*4 mots illisibles*) –] ecrasaient(23) dessus(29) [les moules et]<des> ecailles de moules, et des coquilles encrustées(40) – [de place en place <(*1 mot illisible*)> de gdes flaques d'eau s'eten-daient [(? *1 mot illisible*)] immobiles comme(36) sont les fonds(41) [qu] verdatres qu'elles laissaient voir – et aussi limpides et aussi tranquilles – [perdus(38)] dans(42) le sejour des tempêtes – qu'au fond(41) des bois [dans(42)]<sur> son lit de cressons la source la plus pure–]<de place en place [aussi] immobiles comme (36) leurs fonds(41) verdatres qu'elles laissaient voir – s'etendaient de gdes flaques d'eau [dont la sur] qui(43) etaient aussi limpides <aussi tranquilles> et <qui(43) > ne remuaient pas plus [dans] qu'au [fond(41)]<sein> des bois sur son lit de cressons – à l'ombre des saules, la source la plus pure(44)

[II] *Résultat de la correction(fo 80 verso, fo 81 recto)*[1]

[1] les places de sable qui se trouvent decouvertes entre les rochers – laissaient couler dans des rigoles des filets d'eau qui s'entrecroisaient en courant(2) vers des niveaux plus bas – les vareks(3) remuaient leurs(4) lanières gluantes(5) – les goemons (6) ependaient en pleurs leurs (4) longs crins mobiles (5) – l'eau(7) debordait(8) des petits(1) cailloux, sortait par les fentes des pierres, faisait mille clapotements – mille jets – le sable(9) trem-pé, buvait son onde et se rechauffant au soleil, blanchissait sa teinte jaune –

(1) 筆写原稿 (Copie manuscrite de Croisset) に最終的に残らなかった部分に下線を施しておく。

[2]　　Un flux revenait – alors les Courants(2) dans le sable(9) remontaient tout pleins et debordaient(8) l'un sur l'autre(10), les galets roulaient, l'eau(7) gonflée arrivant(11) au bord muette et rapide chassée par le flot bouillonnant qui arrivait(11) <accourait(2) du large> a gd bruit et d'un seul coup couvrait(12) tout de sa masse ecumeuse – puis les vareks(3) soulevés(13) de leurs racines, elevaient(13) dans l'eau(7) l'eparpillement de leurs rameaux qui se soutenaient dessus(14) et ondulaient(15) comme une chevelure de femme abandonnée sur(16) les ondes(15)

[3]　　Dès qu'il(17) y avait de la place pr nos pieds nous passions (18) et sautant sur(16) les roches nous allions(18) toujours devant nous – elles augmentèrent bientot leur amoncellement desordonné. –tournées dans tous(19) les sens–renversées l'une sur(16) l'autre(10) bousculées, entassées elles couvraient(12) à elles seules l'espace restant entre la falaise et la mer–toutes(19) sortes de plantes marines, mousses noires herbes roussâtres goemons(6) varek(3), fucus, et lichens, les vetissaient uniformement d'une couleur de bronze.(20) – nous nous cramponnions dessus(14) : nos mains glissaient(21) à les saisir – et nos – nos pieds se crispaient (21) en vain sur leurs aspérités – la couche visqueuse qui les tapissait – effaçait tous les angles(20)

[4]　　la falaise etait haute – si haute qu'on en avait presque peur quand on levait(22) la tete elle vous ecrasait(23) de sa placidité formidable et elle vous charmait prtant car on la contemplait malgré soi et les yeux ne s'en laissaient(*sic*) pas.

[5]　　il passa une hirondelle – nous la regardames voler(24) – elle venait de la mer – elle montait doucement coupant au tranchant de(27) ses plumes l'air(25) fluide et lumineux(26), où ses ailes nageaient en plein(26) et semblaient jouir de(27) se deployer toutes libres(28) –

[6]　　elle monta encore–depassa la falaise – elle planait dessus (29) – elle pouvait la voir(30) de làhaut – et(31) voir(30) la mer .... voir (30) la Campagne ..... (32)

[7]　　Cependant nous rampions <u>toujours</u>(33) sur les rochers dont chaque detour de la cote nous renouvelait la perspective. par moments <u>leur encombrement</u> s'interrompait et(34) alors nous marchions(35) sur de gdes pierres Carrées – plates comme(36) des dalles où des fentes q<u>ui</u> se prolongeaient(37) <u>en avant deux à deux et</u> presque symetriques – <u>faisaient comme</u>(36) les ornières de quelque antique voie d'un autre monde

[8]　　<u>leurs lames calcaires se presentant</u>(37) <u>obliquement etaient un faciles a marcher</u>(35) <u>nos pieds</u>(39) <u>ecrasaient</u>(23) <u>dessus</u>(29) <u>des ecailles de moules, et des coquilles encrustacées</u>(40) – de place en place immobiles comme(36) leurs fonds(41) verdatres <u>qu'elles laissaient voir</u> – s'etendaient de gdes flaques d'eau qui(43) etaient aussi limpides aussi tranquilles et q<u>ui</u>(43) ne remuaient pas plus qu'au sein des bois sur son lit de cressons – à l'ombre des saules,　la source la plus pure

[III]　*Copie manuscrite de Croisset*

[1]　　(...) Quand une vague s'était retirée sur le sable, aussitôt les courants(2) s'entrecroisaient en fuyant vers les niveaux plus bas. Les varechs(3) remuaient leurs(4) lanières gluantes(5), l'eau (7) débordait(8) des cailloux,　sortait par les fentes des pierres, faisait mille clapotements,　mille jets. Le sable(9) trempé buvait son onde, et se séchant au soleil, blanchissait sa teinte jaune.

[3]　　Dès qu'il(17) y avait de la place pour nos pieds, sautant par-dessus les roches,　nous continuions devant nous. Elles augmentèrent bientôt leur amoncellement désordonné , bousculées, entassées, renversées l'une sur l'autre(10); nous nous cramponions de nos mains qui se glissaient(21), de nos pieds qui se crispaient(21) en vain sur leurs aspérités visqueuses.(20)

[4]　　La falaise était haute, si haute qu'on en avait presque peur, quand on levait(22) la tête; elle vous écrasait(23) de sa placidité formidable, et elle vous charmait pourtant : car on la contem-

plait malgré soi, et les yeux ne s'en lassaient pas.

[5]　Il passa une hirondelle; nous la regardâmes voler㉔; elle venait de la mer, elle montait doucement, coupant au tranchant de㉗ ses plumes l'air㉕ fluide et lumineux㉖ où ses ailes nageaient en plein㉖, et semblaient jouir de㉗ se déployer toutes libres.㉘

[6]　Elle monta encore, dépassa la falaise, monta toujours㉝, disparut.㉜

[7]　Cependant nous rampions㉝ sur les rochers, dont chaque détour de la côte nous renouvelait la perspective. Ils s'interrompaient par moment, et㉞ alors nous marchions㉟ sur des pierres carrées, plates comme㊱ des dalles, où des fentes se prolongeant㊲ presque symétriques, semblaient㊳ les ornières de quelqu'antique voie d'un autre monde.

[8]　De place en place, immobiles comme㊴ leurs fonds㊶ verdâtres, s'étendaient de grandes flaques d'eau qui㊸ étaient aussi limpides, aussi tranquilles, et ne remuaient pas plus qu'au sein des bois, sur son lit de cresson, à l'ombre des saules, la source la plus pure; (…)[1]

次に訂正・推敲の対象になった語(群)について説明する。各項目の番号は原稿に付した番号と対応している。

(1)　petites / petits：同語反復
(2)　courant / Courants / accourant / accourait：同語反復
(3)　vareks：同語反復
(4)　leurs:同語反復。ここでは、《les goemons épendaient en pleurs leurs longs crins mobiles》における /lœːr/ の同音反復は意識されていないと考えられる。
(5)　les vareks remuaient leurs lanières gluantes – les goemons

---

(1) A.J.Tooke, édition citée, pp.292-293.

épendaient en pleurs leurs longs crins mobiles：同義反復 (意味上の重複)。二つの文章には近似的なイメージがあり従って意味的にも類似性が生じてくる。(4)で言及した /lœːr/ の同音反復は一度も訂正されずに、筆写原稿において第二番目の文が全文削除されている。このことから、フロベールは同音反復ではなく、同義反復を意識していたと思われる。

(6) goémons：同語反復
(7) eau：同語反復
(8) débordait / débordaient：同語反復
(9) sable：同語反復
(10) l'un sur l'autre / l'une sur l'autre：同一表現、同語反復
(11) arrivant / arrivait：同語反復
(12) couvrait / couvraient：同語反復
(13) soulevés / élevaient：同語反復 (ともに《lever》を含む)
(14) dessus：同語反復。[III]–[3] において《sautant pardessus》が現れる。
(15) ondulaient / ondes：同語・同義反復(ともに《onde》を含んでいる)
(16) sur：同語反復
(17) [Quand]<Dès qu'>：この訂正・推敲は二つの側面から検討する必要がある。一つは、パラグラフ [2] が全て削除されれたこと、第二は、パラグラフ [2] の削除によって文の与えるスピード感が強くなったこと、である。

まず、(5)でも指摘したことであるが、《les vareks remuaient leurs lanières gluantes – les goemons ependaient en pleurs leurs longs crins mobiles》という部分全体と、パラグラフ [2] の《puis les vareks soulevés de leurs racines, elevaient dans l'eau l'eparpillement de leurs rameaux qui se soutenaient dessus et ondulaient comme une chevelure de femme abandonnée sur les ondes》の間にはイメージの類似性、さらには意味上の重複がある。その他、既に指摘した同語の反復等から、このパラグラフ [2] は全て削除される。削除の理由はこれだけにとどまらない。恐らく、二人の旅行者が海岸に降り立ち、砂浜と岩場を、寄せて

は引く波の合間をぬって、ひたすら歩いて行くとすれば、パラグラフ [2] は [1] でも描いたことの繰り返しになり、さらには打ち返してくる波を待って眺めていることにもなる。従って、パラグラフ [2] は、のんびりとした冗漫な印象を与えることになり、語り全体の流れを阻害することになる。パラグラフ [2] の削除に伴って、[Quand]<Dès qu'> の訂正が為されたのはこのことによるのであろう。

⒅　nous passions / nous allions：同一主語、同一時制の動詞が繰り返し用いられている。

⒆　tous / toutes：同語反復

⒇　toutes sortes de plantes marines, mousses noires herbes roussâtres goemons, varek, fucus, et lichens, les vetissaient uniformément d'une couleur de bronze / la couche visqueuse qui les tapissait effaçait tous les angles：同義反復。さらに、varek, goemons 等はパラグラフ [1], [2] でも用いられていた。

㉑　nos mains glissaient / nos pieds se crispaient：同語反復、同一時制の動詞の反復による文章の緩慢さ。⒅で述べたことも参照されたい。《nous nous cramponions dessus …. la couche visqueuse qui les tapissait effaçait tous les angles》は [III]-[3] において文全体が凝縮 (Condensation) されている。

㉒　levait / s'eleva：同語反復 (共に《lever》を含む)

㉓　écrasait / écrasaient：同語反復

㉔　voler / vola：同語反復

㉕　l'air / l'atmosphère：同義語反復

㉖　l'air où ses ailes nageaient en plein / l'atmosphère fluide et lumineuse：類似する比喩の反復、そこから類似的意味の反復。二つの比喩は凝縮 (Condensation) され文章の緩慢さがなくなる。

㉗　de / de / de / de：不愉快な同音反復 (mauvaise assonance)？

㉘　パラグラフ [5] では、最初は動詞時制は、《il passa》-《nous la regardâmes》-《elle venait》-《elle monta》-《ses ailes nageaient》-《semblaient》であったのが、《il passa》-《nous la regardâmes》-《elle venait》-《elle montait》-《ses ailes nageaient》-《semblaient》となり、単純過去と半過去とが結果的に判

然と使い分けられている。語り手の眼前に生じた事柄とそれによって喚起された内面世界の状態との描き分けが動詞時制によって為されていると考えられる。このことは、次のパラグラフ [6] でさらに明らかになる。

㉙　dessus / dessus：同語反復
㉚　voir / voir / voir：同語反復
㉛　et / et：同語反復
㉜　パラグラフ [6] は初め動詞時制は、《monta》–《dépassa》–《planait》–《pouvait》という連続であったが、訂正後、《monta》–《dépassa》–《monta》–《disparut》と全て単純過去に統一される。パラグラフ [5] との関係で言えば、単純過去・半過去・単純過去、という動詞群に判然と別れており、単純過去は眼前に生じたことの視覚的な把握、半過去はその視覚的刺激によって喚起された内面世界を表現するものとしての役割を担っていると言える。つまり、単純過去は動的性格をもち、半過去は静的性格をもっていて、崖を登りつつある旅行者が、崖を登るのを一時やめてひと休みしながら燕の飛翔を眺めている部分が半過去によって表現されている。
㉝　toujours：同語反復。[I]–[7], [II]–[7] における《toujours》は、[III]–[6] に《(…) monta toujours, disparut.》と《toujours》が現れるとこの時点で削除される。
㉞　et /et：同語反復
㉟　marchions / marcher：同語反復
㊱　comme / comme / comme / comme：同語反復
㊲　se prolongeaient/se présentant：同一の表現形式の反復。[III]–[7] で《se prolongeaient》が《se prolongeant》と分詞に変更されると [I]–[8], [II]–[8] にあった分詞《se présentant》が削除される。さらに、筆写原稿ではこの部分のすぐ後で、《puis de nouveau, les rochers se présentaient(…)》と、《se présenter》の同語が使用されているため《se présentant》を残すと同語反復が生じる。
㊳　perdu / perdus：同語反復
㊴　nos pieds：同語反復。[I]–[3], [II]–[3], [III]–[3] に《nos pieds》が二回使用されている。

⑷⓪　この二文は同語反復を含む上に [7] の最後の部分と描写の類似性がみられ、意味上の重複が生まれかつ語りが緩慢になるため削除される。

⑷①　les fonds / au fond / leurs fonds / au fond：同語反復

⑷②　dans / dans：同語反復

⑷③　qui / qui：同語反復。この《qui》とともに《que》にも注意しておきたい。

[I]-[8]：《(…) les fonds verdâtres qu'elles laissaient voir(…)》 / 《(…) séjour des tempêtes – qu'au fond des bois(…)》

[II]-[8]：《(…)leurs fonds verdâtres qu'elles laissaient voir(…)》 / 《(…) pas plus qu'au sein des bois(…)》

[III]-[8]：《(…)leurs fonds verdâtres(…)》 / 《(…) pas plus qu'au sein des bois(…)》

この《qui》,《que》については、彼のルイーズ・コレ宛の書簡：「(…) ああ、もし君が僕の心の中を覗き見ることが出来たなら、形容詞と関係詞《QUE》の陵辱でどんなに僕が恥ずかしい思いをしているかが判ってかわいそうになることだろう。(…)」[1]を思い出す必要がある。

⑷④　ここの訂正は主として語順の問題であり、主語：《de grandes flaques d'eau》をこの一文の中央に配し、全体のバランスを考えた推敲にフロベールが気を使ったことが見て取れる。

以上のことを「同音反復」、「同語反復」、「同義反復」の三つの点に付いて整理すると、次のようになる。

　　　　同音反復　：　2ケ所[2]
　　　　同語反復　：　35ケ所[3]

---

(1) *Correspondance*, tome I, Gallimard, éd. de Jean Bruneau, p.478, lettre à Louise Colet, [21 octobre 1847]. この手紙の日付けについては既に論じた。ジャン・ブリュノは、1847年10月とだけしている。

(2) 原テクストに付した番号でしめす (以下同じ)。㉗, ㊲. しかし、この二つがこの時期、同音反復についての訂正・推敲を示しているかどうか断言はできない。

(3)：⑴, ⑵, ⑶, ⑷, ⑸, ⑹, ⑺, ⑻, ⑼, ⑽, ⑾, ⑿, ⒀, ⒁, ⒂, ⒃, ⒄, ⒅, ⒆, ㉑, ㉒, ㉓, ㉔, ㉙, ㉚, ㉛, ㉝, ㉞, ㉟, ㊱, ㊲, ㊳, ㊴, ㊶, ㊷, ㊸

同義反復 ： 8ケ所[1]

従って、『野越え浜越え』の執筆期間(1847年9月12日－1848年1月3日)における訂正・推敲については、「同語反復」・「同義反復」がその中心的対象となっていることが明かである。

　次に、自筆原稿の清書部分(I, III章、及びV章のカルナックの描写まで)と、筆写原稿の異同について検討する。A.J.トゥークの綿密な検証によれば、カンタン版及びシャルパンチエ版の『野越え浜越え』の第I章・III章、およびカルナック石群の描写の直後の教会での葬儀の場面は、自筆原稿(清書部分)がその元本である[2]。A.J.トゥークが彼の校訂本の序で述べていることを要約して示すと次のようになる。

カンタン版・シャルパンチエ版

I　章 III 章	・自筆原稿清書部分 (1848年?, 1852年?, 1858年?)
V　章 (カルナック石群) 　　　(カルナック教会の葬儀場面)	・『芸術家』誌発表部分 (1858年) ・自筆原稿清書部分 (1848年?, 1852年?, 1858年?)
V　章 (教会での葬儀場面以降) VII章 IX 章 XI 章	・クロワッセの筆写原稿 (1848年－1849年)

---

(1)：(5)，(15)，(17)，(18)，(20)，(25)，(26)，(37)．更に、フロベールが『聖アントワーヌの誘惑』を執筆中、デュ・カン宛の手紙(1848年5月末, *Corr.*, I, p.497)で言及している、『文学的効果についての推敲』(《la correction pour les effets》)として、(17)，(21)，(26)，(28)，(32)，(43)をあげることができるであろう。

(2)　A.J.TOOKE, *Par les champs et par les grèves*, édition critique, Droz, 1987, p.70.

つまり、カンタン版・シャルパンチエ版は、『野越え浜越え』の三つの異なるテクスト（自筆原稿清書部分＋『芸術家』誌＋筆写原稿）が共存するテクストなのである。そこで、ここでは、自筆原稿清書部分とクロワッセの筆写原稿の異同を比較検討して、清書がなされた時期はフェラシェーの筆写時期の前なのか後なのかを明確にしようと思う。A.J.トゥークがその校訂本にカンタン版・シャルパンチエ版と筆写原稿との異同を全て載せているので、この異同を基にして比較検証を行う。先程の自筆原稿 fo 80 verso, fo 81 recto における、フロベールの訂正推敲の検証には、「同音反復」、「同語反復」、「同義反復」の三つの反復を中心に見たが、今回もこの三つの反復について、どのような訂正推敲がなされたかが我々の関心の中心的なものとなるであろう。

我々がカンタン版・シャルパンチエ版（自筆原稿清書部分）と筆写原稿の異同を調べた限りでは、この異同は殆ど、同語反復、同義反復、Qui / Que、および特定の言い回し（C'est- / Il y a -）に関するものが多いように思われる。しかし、まず初めに、筆写原稿と自筆原稿清書部分とではどちらの執筆時期が早いのかを決める必要がある。そこで、幾つかその異同部分を併記して較べてみる。

(1) 自筆原稿清書部分

　　Dans le jardin, au milieu des lilas et des touffes d'arbustes qui retombent dans les allées, s'élève la chapelle, ouvrage du XVIe siècle, ciselée sur tous les angles, vrai bijou d'orfèvrerie lapidaire, plus travaillée encore au dedans qu'au dehors, découpée comme un papier de boîtes à dragées, taillée à jour comme un manche d'ombrelle chinoise.

筆写原稿

　　Dans le jardin, au milieu des lilas et des touffes d'arbustes, s'élève la chapelle, bijou d'orfèvrerie lapidaire du XVIe siècle, plus travaillé encore en dedans qu'en dehors, et taillé à jour comme un manche d'ombrelle chinoise.[1]

---

(1)　A.J.Tooke, *op. cit.*, p.108.

(2) 自筆原稿清書部分

　　Je ne sais quoi d'une suavité singulière et d'une aristocratique sérénité transpire du château de Chenonceaux. Il est à quelque distance du village qui se tient à l'écart respectueusement. On le voit, au fond d'une grande allée d'arbres, entouré de bois, encadré dans un vaste parc à belles pelouses. Bâti sur l'eau, en l'air, il lève ses tourelles, ses cheminées carrées. Le Cher passe dessous et murmure au bas de ses arches, dont les arrêtes pointues brisent le courant. C'est paisible et doux, élégant et robuste. Son calme n'a rien d'ennuyeux et sa mélancolie n'a pas d'amertume.

筆写原稿

　　Je ne sais quoi d'une suavité singulère et d'une aristocratique sérénité transpire du château de Chenonceaux. Placé au fond d'une grande allée d'arbres, à quelque distance du village qui se tient respectueusement à l'écart, bâti sur l'eau, entouré de bois, au milieu d'un parc à belles pelouses, il lève en l'air ses tourelles et ses cheminées carrées. Le Cher passe en murmurant sous ses arches, dont les arrêtes pointues brisent le courant. Son élégance est robuste et douce, et son calme mélancolique, sans ennui ni amertume. [1]

(3) 自筆原稿清書部分

　　Au pied de deux grands arbres dont les troncs s'entrecroisent, un jour vert coulant sur la mousse passe comme un flot lumineux et réchauffe toute cette solitude. Sur votre tête, un dôme de feuilles troué par le ciel qui tranche dessus en lambeaux d'azur, vous renvoie une lumière verdâtre et claire qui, contenue par les murs, illumine largement tous ses débris, en creuse les rides, en épaissit les ombres, en dévoile toutes les finesses cacheées.

---

[1] *Ibid.*, p.115.

筆写原稿
　Au pied de deux grands arbres dont les troncs s'entrecroissent, un jour verdâtre passe sur la mousse et le dôme des feuilles rabat sur vous une claire lumière, qui largement illuminant tous ces débris, en épaissit les ombres et en dévoile les finesses.[1]

　この三つの例に共通してみられるのは、筆写原稿の方が自筆原稿（清書）に較べ、文章全体が短縮され、凝縮されていることである。このような簡潔な表現による文章の凝縮化は、既に、自筆原稿の fo 80 verso, fo 81 recto の検証でもみられたことである。
　例(1)では、自筆原稿では、《la chapelle》に対して置かれた同格名詞が二つあり（《ouvrage du XVIe siècle》/《vrai bijou d'orfèvrerie lapidaire》）、さらにこの同格名詞によって分断される形で三つの分詞（《ciselée》/《travaillée》/《taillée》）が《la chapelle》に関係する構文となっている。ところが、筆写原稿では、同格名詞は一つ（《bijou d'orfèvrerie du XVIe siècle》）となり、冗漫さを廃し凝縮化がなされ、分詞による形容詞句は二つ（《plus travaillé.... et taillé...》）に減少し、この二つはともに同格名詞に関係する構文となっている。
　例(2)では、《le château de Chenonceaux》に関する描写において、自筆原稿の《Il est à quelque distance du village.... On le voit.... il lève ses tourelles....》という三つの文章が、筆写原稿では、分詞の使用により、しかもこれを全て主語（《il = château》）に関係させる形で一つの文章に凝縮され、文章の硬質化、ひいてはイメージの統一化がなされている：《Placé ....., bâti...., entouré..., il lève ses tourelles...》。《Le Cher》の描写に関して、自筆原稿では二つの動詞（《passe》/《murmure》）が主語に関係しているが、筆写原稿では、定形動詞を一つにしぼり、もう一つの動詞はジェロンディフにして一文のイメージの分散化を避けている。最後の部分は、自筆原稿は、《C'est...》というありふれた表現で始まり、《paisible et doux》/《élégant et robuste》、《Son calme n'a rien d'ennuyeux et sa mélancolie n'a pas d'amertume》という全く同一の構文をもつ文章構造となっている。これが、筆写原稿では、《Son élégance est robuste et douce,

---

[1] *Ibid.*, p.186.

104　6章　『野越え浜越え』自筆原稿の訂正・推敲

et son calme mélancolique, sans ennui ni amertume》となり、同一の文構造の反復が避けられ、主語に名詞を配することで文の硬質化およびイメージの明確化がなされている。ここでフロベールが用いている《‥ et ‥》という構造(併置されるのは形容詞、関係節、文そのものが多い)は、他の部分にも頻出するものであるが、自筆原稿と筆写原稿とでは、後者において減少している。

　　例(3)では、自筆原稿にみられる《vert》–《verdâtre》,《lumineux》–《lumière》の同じ語源を持つ類似語の反復、そして《qui》の反復が筆写原稿では解消されている。また自筆原稿の《un jour vert coulant sur la mousse passe comme un flot lumineux》と《un dôme de feuilles... vous renvoie une lumière verdâtre et claire》の描写におけるイメージおよび意味上の重複が筆写原稿では消えている。さらに、定形動詞に関しては、自筆原稿の《un jour vert...passe...et réchauffe...》が筆写原稿では《un jour verdâtre passe...》と一つに減少し、関係節《une lumière verdâtre et claire qui...illumine..., en creuse..., en épaissit..., en dévoile...》についても、《une claire lumière qui largement illuminant.., en épaissit...et en dévoile...》と、筆写原稿においては、同様に定形動詞の数が減少しイメージの明確化がなされている。また、例(2)で指摘した《‥ et ‥》＝《une lumière verdâtre et claire》が《une claire lumière》となり、付加形容詞が接続詞をはさんで連続使用される表現は、他の《et》との関係からも消滅している。

　　例(1), (2), (3)が我々に示しているのは、自筆原稿(清書)と筆写原稿の執筆時期は明らかに前者が先であるという事実である。自筆原稿(草稿状態)の fo 80 verso, fo 81 recto における執筆・推敲の経過が、自筆原稿(清書)－筆写原稿の執筆・推敲の経過と全く反対の方向を示すことは考えられないからである。ここで我々が気がついた同語反復の訂正推敲の例を幾つか示すことにしよう。[　]＝自筆原稿(清書)、<　>＝筆写原稿、という形で同時に同テクスト上に提示してみる。[1]

---

(1)　先程述べたように、執筆時期は自筆原稿(清書)のほうが先であると考えられるから、[　]＝削除、<　>＝加筆・訂正と読み替えても構わない。同語反復、同義反復等、訂正・推敲の対象となっている語群に下線を付しておく。なお、我々の論証

(4) Nous nous sommes promenés le long des galeries vides et dans les chambres <u>abandonnées</u>, où l'araignée tend sa toile sur les salamandres de François Ier.⁽¹⁾ (…) c'est comme une hôtellerie [<u>abandonnée</u>]<délabrée>, où les voyageurs n'ont pas même laissé leur nom aux murs.⁽²⁾

(5) [Un sentiment navrant vous prend à cette <u>misère qui</u> n'a rien de beau.] Ce n'est pas la ruine de partout (…) c'est au contraire une <u>misère honteuse, qui</u> brosse son habit râpé et fait la descente.⁽³⁾

(6) [Il y a là]<vous sentez partout> un effort stérile pour conserver ce qui meurt (…)⁽⁴⁾ Voilà ce qu'<u>il y avait</u> dans la cour d'honneur du château de Chambord (…)⁽⁵⁾

(7) Et p<u>uis</u> on dirait que tout a voulu contribuer à lui jeter l'outrage à ce pauvre Chambord!⁽⁶⁾ (…) <u>puis</u> c'est Louis XIV qui, d'un seul étage, en fait trois: (…) [Puis]<Ensuite> on l'a donné au maréchal Saxe, on l'a donné aux Polignac(…)⁽⁷⁾

(8) (…) on l'a donné à tout le monde comme si personne n'en <u>voulait</u>, ou ne [<u>voulait</u>] <pouvait> le garder.⁽⁸⁾

に必要な部分のみの訂正・推敲の状態を提示するので、全体的な詳しい訂正・推敲の状態を把握したい場合は、A.J. トゥークの校訂本をもとに再構成した巻末の付録を参照されたい。

(1) *Ibid.*, p.101.
(2) *Ibid.*, p.102.
(3) *Ibid.*, p.101.
(4) *Ibid.*, p.101.
(5) *Ibid.*, p.103.
(6) *Ibid.*, p.101.
(7) *Ibid.*, p.102.
(8) *Ibid.*, p.102.

(9) On monte au château par une pente douce qui mène dans un jardin élevé en terrasse, d'où la vue [s'étend en plein] <s'ébat> sur la campagne d'alentour. Elle était d'un vert tendre. Les lignes de peupliers s'étendaient sur les rives du fleuve.[1]

(10) On a, sur une des tours, construit en dépit du bon sens le plus vulgaire, une rotonde vitrée, [qui sert de]<pour faire une> salle à manger. [Il est vrai que la]<La> vue qu'on [y] découvre <de là > est superbe ; mais le bâtiment est d'un si choquant effet, [vu du dehors,] qu'on aimerait mieux, je crois, ne rien voir [de la vie] ou aller manger à la cuisine. Pour regagner la ville nous avons descendu par une tour qui servait aux voitures à monter jusque dans la place.[2]

(11) Chez toutes ces femmes, à moitié hommes, la spiritualité ne commence qu'à la hauteur des yeux[.] <:> [Tout] le reste est [resté] <demeuré> dans les instincts du sexe.[3]

(12) Sur un coteau – au [pied]<bas> duquel se joignent deux rivières – dans un frais paysage (…)[4]

Quand on a passé le pont et qu'on se trouve au pied du sentier raide qui mène au Château (…)[5]

(13) Les fossés, (…), ont une courbe [large et] profonde, [comme la haine et comme l'orgueil;] et la porte [d'entrée], avec sa vigoureuse ogive un peu cintrée, (…)

---

(1) *Ibid.*, p.106.
(2) *Ibid.*, p.110.
(3) *Ibid.*, p.120.
(4) *Ibid.*, p.184.
(5) *Ibid.*, p.185.

Entré dans l'intérieur, vous êtes surpris, émerveillé par le mélange des ruines et des arbres. [C'est bien là]<Voilà bien> l'éternel et beau rire, (…) [voilà bien]<toutes>les insolences de sa richesse, la grâce [profonde] de ses fantaisies, (…) Un enthousiasme grave [et songeur] vous prend à l'âme. On sent que la sève coule dans les arbres, et que les herbes poussent [avec la même force et le même rythme] <en même temps> que les pierres s'écaillent et que les murailles s'affaissent.⁽¹⁾

⑭ On s'avance, on s'en va, errant le long des barbacanes, (…); les lézards courent sous les broussailes, les insectes [montent le long des]<grimpent contre les> murs, (…) De longues traînées noires montent encore en diagonale le long des murs, (…) Des trous symétriques alignés dans la maçonnerie indiquent la place des étages où l'on [montait] <arrivait> jadis par ces escaliers (…)⁽²⁾

⑮ Il y a une fenêtre [,une grande fenêtre qui donne]<donnant>sur une prairie que l'on appelle *la prairie des chevaliers*.⁽³⁾

⑯ (…), et l'enfant qui éclairait sur le seuil passait toujours la main [sur] <devant> sa chandelle pour empêcher le vent de l'éteindre.⁽⁴⁾

⑰ (…), et je me suis [effacé]<reculé> pour laisser passer une femme. Courbée – serrant les poings sur la poitrine, baissant la face, allant en avant sans remuer les pieds, essayant de regarder, (…)⁽⁵⁾

代表的な例は今列挙したものであるが、これだけでも自筆原稿(清

---

(1) *Ibid.*, pp.185-186.
(2) *Ibid.*, p.187.
(3) *Ibid.*, p.188.
(4) *Ibid.*, p.271.
(5) *Ibid.*, p.272.

書)に手をいれて書き直したものが筆写原稿であることは明確になったと思う。これらの訂正推敲では殆ど同語反復、同義反復、類似表現の反復がその対象となっている。ただ僅かながら同音反復を回避しているのではないかと思われる例が存在する。それは次の四つである。

(10)　(…) [Il est vrai que la]<La> vue qu'on [y] découvre <de là> est superbe; mais le bâtiment est d'un si choquant effet, [vu du dehors,] qu'on aimerait mieux, je crois, ne rien voir [de la vie] ou aller manger à la cuisine. (…)

(18)　[C'est]<Tout> en nous laissant aller à ces [hautes] considérations philosophiques [que] notre carriole nous traîna jusqu'à Tiffauges.[1]

(19)　Nous sommes descendus à travers les ronces [et les broussailles]<,> dans une douve profonde [et sombre]<,> cachée au pied d'une [grande] tour qui se baigne dans l'eau et dans les roseaux. Une seule fenêtre [s'ouvre sur un de ses pans:] <ouvre> un carré d'ombre<,> [coupé]<coupée> par la raie grise de son croisillon de pierre;(…)[2]

(20)　L'avoine y [a poussé]<pousse>, et les arbres ont remplacé les colonnes. Cette chapelle [, il y a quatre cents ans,] <jadis> était [remplie]<pleine> d'ornements de [drap] <draps> d'or et de soie, (…)[3]

例(10)、(18)における《que》= /k/ 音の反復は既に自筆原稿の fo 80 verso, fo 81 recto を検証した時に指摘しておいたものであり、フロベールは『野越え浜越え』の執筆時期には既に《qui》、《que》の反復には敏感であった。どちらかといえば、例(18)が /k/ 音の反復を嫌った純粋な例と言えるであろう。例(10)における《de là》-《de la》 = /dəla/ は、一方で《qu'on》= /kɔ̃/ の反復を見過ごしているので何とも言えない。例(19)は /ɔ̃br/ の反復例

---

(1)　*Ibid.*, p.200.
(2)　*Ibid.*, p.201.
(3)　*Ibid.*, pp.202−203.

とも考え得るが、一方では、《à travers les ronces [et les broussailles]》、《une douve profonde [et sombre]》、《une tour qui se baigne dans l'eau et dans les roseaux》などにみられる《A et B》という形での表現の反復を嫌った結果かもしれない。例(20)は /rãpl/ という音の反復を嫌ったものかもしれないが、一方では、《d'ornements de draps d'or》に含まれる /d/, /dɔr/ 音の反復は見落とされている。

　　以上のことから、自筆原稿(清書)－筆写原稿の段階では、同語反復、同義反復、類似表現の反復を解消する方向での推敲がなされ、正確で簡潔な表現を獲得するために、文章の凝縮化がなされている例が圧倒的に多いことがわかる。『ボヴァリー夫人』執筆中(1852年)、もしくは執筆後(1858年)に、『野越え浜越え』の自筆原稿が手直しされ、この手直し部分の清書がなされたのであれば、この時期フロベールにとって最大の文体上の問題でありかつ課題でもあった、不快な同音反復(Cacophonie)の回避を示す推敲例が全くと言ってよいほどみられないという事実の説明は不可能となる。また、例(4)から例(17)までの訂正・推敲例において、推敲順序を逆転させて、[ ]＝筆写原稿、< >＝自筆原稿清書部分、という形で再構成した場合、例(4)から例(17)で提示した全ての同語反復、同義反復、類似表現の反復は推敲の結果生まれたものということになる。フロベールがこのような推敲をすることはまずありえない。従って、二つのテクストの執筆順番は、自筆原稿清書部分－筆写原稿、というこの順番しかありえない。と同時に、「同音または類似音の不愉快な反復」(Cacophonie)を避けるための推敲が、自筆原稿(清書)から筆写原稿への段階で殆どなされていないことから、自筆原稿(清書)の清書がなされたのは、少なくとも『聖アントワーヌの誘惑』執筆開始(1848年5月24日)以前であることは間違いない。従って、ルネ・デシャルムが指摘し、A.J. トゥークもまた示唆しているような形での、『野越え浜越え』の訂正推敲が1852年、『ボヴァリー夫人』執筆中にフロベールによってなされた可能性は全くないと断言できるであろう。この結論は、執筆速度から導きだした結論(3章)、「今だったらゴチェに読んでもらっても構わない」という言葉の解釈から導きだした結論(4章)と同じものである。

7章　自筆原稿（清書部分）の清書の時期および筆写原稿の問題

　我々は第3章、4章、6章で、自筆原稿清書部分の清書は、遅くとも1848年5月24日（『聖アントワーヌの誘惑』執筆開始）以前になされたことを確認した。そしてまた自筆原稿（清書）が筆写原稿よりも時期的に先行するものであることも確認した。ここでもう少し精確に自筆原稿（清書）の成立時期を特定してみようとおもう。既にいくどか指摘したように、フロベールは1848年1月3日に『野越え浜越え』を一応脱稿し、同年1月16日のルイーズ宛の手紙で、「同語反復をなくし、数多い内容上の繰り返しを削り落として全体の見直しをするのに、あと6週間はたっぷりかかるでしょう。」[1]と書いている。全体の見直しとは、彼が執筆分担をした『野越え浜越え』の第 I, III, V, VII, IX, XI 章全ての見直しということであろう。予定どおり作業が進んだとすれば、6週間後とは2月27日頃ということになり、おおよそ2月いっぱいはこの見直し作業が続いたと考えてよいだろう（1848年は閏年で2月は29日まである）。

　さて、清書についてであるが、次の二つの考え方ができる。ひとつは、一応の脱稿をみた1月3日以降、全体の見直しをしてそれが済んでから清書に着手した場合。この場合、清書は1848年1月3日以降、5月24日以前になされたことになる。もうひとつは、『野越え浜越え』の執筆開始（1847年9月12日）以降、数章書き進んだ時点で、その分量の清書に着手した場合である。第2章で我々が確認したように、フロベールは、1847年10月9日時点でカルナックに関する部分は既に書き終えていると考えられる[2]。フロベールが清書しているのは、カルナック石群とこれに続く教会の葬儀の場合までであるから、ここまで書き進んだ時点でこの分量を清

---

(1) Corr., I, p.472, lettre à Louise Colet, dimanche soir, [16 janvier 1848]. この手紙の日付けについては既に第1章で論じた。

(2) 我々の計算によれば（手紙 [4] を10月9日付けとする解(A)）、10月9日時点でフロベールは106ページから110ページ（草稿換算）書いていることになり、これにはカルナック石群のみではなく、次のカルナックの教会での葬儀の場面もふくまれる。

7章　自筆原稿(清書部分)の清書の時期および筆写原稿の問題　111

書したと仮定しよう。カルナック石群とこれに続く教会の葬儀場面までをフロベールが一応書き上げるのは、10月5日頃であろうと考えられる[1]。ところで、この10月5日という日付の解釈をはっきりさせておかねばならない。我々はこれまで清書状態の部分(I, III, V章・カルナックまで)も全て草稿状態に換算して考えて来た。現実に草稿状態であるVII, IX, XI章に関する執筆時間等の算出には何の問題も生じない。だが、草稿状態に換算した清書部分については、算出された執筆時間は草稿の最終段階における執筆時間を意味するのではない。これは、草稿の段階も含め、清書がなされた時点までの執筆に要した時間を意味する。従って、第二の考え方では、清書は1847年10月5日以前になされたことになる。第一の考えでは、清書は、1848年1月3日以降5月24日以前、第二の考えでは、1847年10月5日以前となり、清書時期の下限が大きく違ってくる。これから、この清書時期の二つの可能性について検討してみよう。

　　まず、第一の可能性(1848年1月3日以降5月24日以前)から考えてみよう。
　　フロベールはブルターニュ旅行にデュ・カンと出発する前から『聖アントワーヌの誘惑』のための準備を始めていた。『野越え浜越え』を一応脱稿するとすぐに再び『聖アントワーヌ』の準備にとりかかる[2]。1848年4月7日、友人のアルフレッド・ル・ポワトヴァン[3]の死を伝えるデュ・カン宛の手紙の中でフロベールは次のように書いている:「月曜の夜、真夜中にアルフレッドが死んだ。昨日彼を埋葬して戻ってきた。二晩、最後の夜は一晩中、彼のそばにいた。彼をシーツに包み、別れのキスをした。それから彼の棺は接合された。あそこで僕は二日、長い二日を過ごした。彼

---

(1) 第V章、カルナックの教会の葬儀場面まではClub de l'Honnête Homme版で最初の10ページである。草稿換算にして約21ページ。従ってここまでの総ページ数は93ページ(I = 35p., III = 37p., V = 21p.)。解(A)によれば9月12日から9月23日までの平均執筆速度は一日約4.944ページ。9月24日から10月21日までのそれは一日約2.967ページ。9月23日までに約53ページ書き上げ、残り34ページは約12日で書き上げることになる。9月24日から12日目というと10月5日である。
(2) Cf.: *Corr.*, I, pp.414, 436, 462, 466, 467, 470, 472, 475.
(3) Paul-Alfred Le Poittevin (le 29 septembre 1816-le 3 avril 1848).

のそばで僕はクロイツアーの『古代宗教』を読んでいた。(…) 三週間しないとパリには行けないだろう。幾つか終わらせてしまわなければならないことがある。全て片づけておいて、こちらに戻ったらノートを読み返し、作品に取りかかるだけにしておきたいのだ」[1]。彼のこの言葉からすると、1848年4月は殆どこの『聖アントワーヌ』の準備に費やされたことになる。従って、『野越え浜越え』自筆原稿の清書の時期は遅くとも1848年3月末日まで遡らせることができるであろう。この時期をもう少し特定できないであろうか。

　　　自筆原稿清書部分(カンタン版、シャルパンチエ版)と筆写原稿の異同に次のような部分がある。

[À]<Dans> l'intérieur du Château, l'insipide ameublement de l'Empire se reproduit dans chaque pièce <avec ses pendules mythologiques ou historiques, et ses fauteuils de velours à clous dorés>. Presque toutes sont ornées [des]<de> bustes de Louis-Philippe et Madame Adélaïde. La famille régnante [actuelle] a la rage de se reproduire en portraits; elle peuple de sa figure tous les pans de mur, toutes les consoles et toutes les cheminées où elle peut l'y établir[2] [.]<:> [C'est un] mauvais goût de parvenu, [une] manie d'épicier enrichi dans les affaires, et qui aime à se considérer [lui-même] avec du rouge, du blanc, et du jaune, avec ses breloques au ventre, ses favoris au menton, et ses enfants à ses côtés.[3]

---

(1) *Corr.*, I, pp.493-495：《Alfred est mort lundi soir à minuit. Je l'ai enterré hier et je suis revenu. Je l'ai gardé pendant deux nuits (la dernière nuit, entière), je l'ai enseveli dans son drap, je lui ai donné le baiser d'adieu et j'ai vu souder son cercueil. J'ai passé là deux jours… larges. En le gardant je lisais *Les Religions de l'antiquité* de Creuzer. (…) Je n'irai pas à Paris avant 3 semaines. J'ai plusieurs choses à finir. Je voudrais être quitte de tout pour n'avoir plus à mon retour qu'à relire mes notes et me mettre à l'oeuvre.》(lettre à Maxime Du Camp, [Croisset], vendredi soir.[7 avril 1848]).

(2) 《elle peuple (…) établir》、この一文はカンタン版、シャルパンチエ版にはない。

(3) A.J.Tooke, *op. cit.*, p.109 および p.745(注102)。

7章　自筆原稿(清書部分)の清書の時期および筆写原稿の問題　113

　　　　[(…)]<Madame Deshouliers, (…) m'a remis en mémoire, à l'occasionde de la bouche> qui est grosse, avancée, charnue et charnelle, la brutalité [singulière] du portrait de Madame Staël par Gérard. Quand je le vis, il y a deux ans, (…) je ne pus m'empêcher d'être frappé par ces lèvres rouges et vineuses, par ces narines larges, reniflantes et[1] aspirantes. La tête de G. Sand offre quelque chose d'analogue. Chez toutes ces femmes, à moitié hommes, la spiritualité ne commence qu'à la hauteur des yeux [. Tout]<:> le reste est [resté]<demeuré> dans les instincts [matériels]<du sexe>.<Presque toutes aussi sont grasses et ont des tailles viriles : Madame Deshouliers, Madame de Sévigné, Madame de Staël, G.Sand, et Madame Colet. Je ne connais que Madame Anaïs Ségalas qui soit maigre.>[2]

　前例において問題の部分は、《La famille régnante [actuelle] a la rage de se reproduire en portraits》の一文である。自筆原稿清書部分(第Ⅰ章・アンボワーズ城)には、《la famille régnante actuelle》と《actuelle》があるのだが、筆写原稿ではこの《actuelle》が削除されているのである。我々はルイ・フィリップの七月王政が、1848年2月22・23・24・25日の二月革命によって倒れたことを知っている。さらに、この革命のさなかの2月23日、フロベールがルイ・ブイエと一緒に、「芸術的観点から」この革命を見にパリにやって来て、数日を過ごしていることも我々にはわかっている[3]。つまり、二月革命でルイ・フィリップの七月王政が崩壊するのを目の当たりに見たフロベールが筆写原稿の段階[4]で、「現王家:《la famille régnante actuelle》」の「現:《actuelle》」という語を削除したと考えられるのである。フロベールが、ルイ・フィリップを批判し皮肉っているこの

---

(1)　カンタン版、シャルパンチエ版にはこの《et》が欠けている。
(2)　A.J.Tooke, *op. cit.*, pp.119-120 および pp.748-749 の注 152-156。
(3)　Maxime Du Camp : *Souvenirs de l'Année 1848, la révolution de février / le 15 mai / l'insurrection de juin*, Slatkine Reprints, 1979, p.51 et pp.75-77.
(4)　筆写原稿の成立過程、すなわち、筆写作業がどのような手順で行われたのかはあとで論じる。

部分(および次のパラグラフ)を強く意識していたことは、彼の手紙(1847年10月9日)からも窺える：

> (...)これを出版するのは不可能だろうね。多分、僕たちの読者は主席検事だけだろうよ。彼の気に入らないような考察が幾つかあるからね。(...)[1]

従って、二月革命後、このルイ・フィリップに関する部分を彼が思い出すのは何の不思議もないし、むしろ当然のことであろう。何故なら、「現王家：《la famille régnante actuelle》」というものは、革命後存在しなくなったのであるから。自筆原稿清書部分にはこの「現：《actuelle》」という語が存在し、筆写原稿には存在しないという事実は、自筆原稿の清書が二月革命以前に既に済んでいたことを示している。

第二例も第I章からのものであり、I章最後のシュノンソー城の描写部分に含まれるフロベールのコメントである。フロベールはここでデズリエ夫人の肖像画をきっかけにして、スタール夫人、ジョルジュ・サンドという非常によく知られた女性作家をとりあげながら、彼女たちの容貌の類似性と、その容貌が喚起する性格を批判的な眼で眺めているのであるが、この部分には、女性に対するフロベールのある種の嫌悪感が感じられる。我々が問題にしたいのは、最後の三つの文である：「半分男のようなこの女たちにおいては、目から上の部分だけが彼女らの精神性を表し、残りの部分は全て性的本能の中に埋没している。また、この女たちの殆どが太って、腰ががっしりしている：デズリエ夫人しかり、セヴィニエ夫人しかり、スタール夫人、G. サンド、コレ夫人もだ。僕の知る限り、痩せている女はアナイス・セガラ夫人だけだ」。この三つの文の内、最後の二文は自筆原稿にはないもので、筆写原稿の段階で書き加えられたものである。加筆部分で新たに加えられた女性は、セヴィニエ夫人、ルイーズ・コレ、ア

---

[1] *Corr.*, I, p.475:《(...) Quant à le publier ce serait impossible. Nous n'aurions, je crois, pour le lecteur que le procureur du roi à cause de certaines réflexions qui pourraient bien ne lui pas convenir.(...)》(lettre à Louise Colet, [9 octobre 1847])．この手紙の日付けに関しては第1章で論じた。この時点でフロベールは第V章カルナックまで既に書き上げている。

ナイス・セガラ⑴の三人である。セヴィニエ夫人は確かにスタール夫人、ジョルジュ・サンドと肩を並べてもおかしくないのだが、ルイーズ・コレとアナイス・セガラはどうであろうか。しかも、セガラ夫人はルイーズに較べ「痩せて」いるのである。ここで「痩せて」いることは肯定的な意味合いをもっているはずである。このような提示の仕方、そして加筆の仕方から、加筆部分でフロベールが最も問題にしたかったのはルイーズ・コレであろうとおもわれる。女性に対する嫌悪感、他の女性とルイーズ・コレとの対比的な提示の仕方、しかもルイーズにとっては好意的とは言えない提示の仕方。これらの中に、フロベールとルイーズの愛の破局（一回目の）の反映とその影響を見ることができるのではないだろうか。1848年1月16日以降、フロベールが東方旅行から戻って来るまで（1851年7月）の間、ルイーズ宛の手紙は1848年3月（前半）のものと8月25日のものが残っているだけである⑵。この時期ルイーズにはフロベール以外にも愛人がいて、彼女はその男の子供を妊娠中だったのである⑶。この3月（前半）の手紙はルイーズに対するフロベールの別れの手紙となっている。従って、ここ第二例における筆写原稿段階での加筆は、1848年二月革命を目撃した後、クロワッセに戻ってルイーズに手紙を書いた1848年3月（前半）頃、またはそれ以降になされたものであろう。

　以上のことから、第一の可能性については、清書時期の下限を、二月革命をフロベールが目撃する前日の2月22日まで遡らせることができるであろう。また、二月革命以降、3月中も彼が加筆訂正をしていた、ということも明らかである⑷。従ってこの場合清書時期は、

---

(1) Anaïs Ségalas(1814–1895). 作家。ルイーズ・コレの友人。
(2) *Corr.*, I, pp.492–493, lettre à Louise Colet, [Croisset, mars 1848] et p.502, lettre à Louise Colet, [Croisset, 25 août 1848]。後者はたった三行の手紙である。
(3) 上記の手紙についてのブリュノの注参照 (*Corr.*, I, p.1043, note 2)。
(4) この加筆訂正がいつまで続いたかはあきらかではない。ただ、フロベールが執筆分担した部分の後半、第IX章にも、二月革命以降でなければ書けない文章がある。《Que pleurez-vous? Est-ce la monarchie? Sont-ce les croyances? Est-ce la noblesse ou le prêtre? Moi, je regrette la fille de joie!》(A.J.Tooke, *op. cit.*, p.506)。従って1848年3月以降も彼は自分が分担した6章全ての見直しをしていたと思われる。

1)　1848年1月3日から2月22日まで

ということになる。

　　それでは、第二の可能性（1847年10月5日以前）に移ろう。この場合は、フロベールがカルナックまで書き進んでから清書に着手したら、という条件つきであった。しかし、一定の分量を書き上げた時点ということについては色々な考え方ができる。I章、III章、それぞれを書き上げた時点も考えられる。従って、カルナックまでを書き上げた時点というのは、これらの可能性のうちの一つにすぎない。この清書時期の第二の可能性がはらむ問題を解決するには、執筆作業と筆写作業がどのような関係にあったかを明らかにしなければならない。

　　デュ・カンが1847年10月26日頃書いてフロベール宛に出した手紙の中に次のような部分がある：

　　（…）僕のシャツはアマールに預けないでくれ。僕のII章、IV章、VI章をフェラシェーが筆写し終わったら、君がオリジナル原稿、筆写原稿と一緒にシャツを僕に送ってくれ。（…）[1]

デュ・カンがクロワッセに滞在したのは、『野越え浜越え』を二人で書き始める1847年9月12日の前日、9月11日から10月19日までの約1ヶ月である[2]。従って彼の手紙から考えると、10月19日にはデュ・カンは既にII, IV, VI章を書き上げて、筆写生フェラシェーに原稿を預けていたことになる。つまりフェラシェーの筆写作業は、10月中旬には既に始まっていたことになる。デュ・カンはII, IV, VI章をまとめて一緒にフェラシェー

---

(1) Maxime Du Camp : *Lettres inédites à Gustave Flaubert*, éd. par Giovanni Bonaccorso et Rosa Maria Di Stefano, Edas Messina, 1978, p.123：《(…) Ne remets pas mes chemises à Hamard; tu me les enverras avec l'original et la copie de mes chapitres II, IV, VI, quand le Fellaché(*sic*) les aura mené(*sic*) à bonne fin-(…)》. この手紙の日付けに関しては第1章の最後で既に論じた。
(2) 執筆開始の時期、デュ・カンのクロワッセ滞在の期間については第1章で既に論じた。

に渡したのであろうか、それとも、各章を書きおえるごとに筆写にまわしたのであろうか。後者の場合フェラシェーは9月下旬には筆写を開始していた可能性もでてくる。一方、フロベールの場合はどうだったのであろうか。フロベールは1848年1月3日に一応脱稿した後、すべてを見直して、それから部分的に清書し、それをフェラシェーに渡したのだろうか。それとも、デュ・カンと同じく、出来上がったものからフェラシェーに渡していったのであろうか。我々の考えでは、1847年10月19日までに、フロベールとデュ・カンは、それぞれ I,III,V 章、II,IV,VI 章まで、各人三章ずつを書き上げ、10月19日前後にフェラシェーに筆写を始めさせたか、または既に始めさせていたと思われる。この時点で一応の区切りをつけたデュ・カンはパリに戻ったのであろう。このように考える根拠は三つある。第一は、1847年10月19日時点で、フロベールも第V章まで書き上げていると考えられること。第二は、1847年12月4日に書かれたと思われるデュ・カンの手紙の内容であり、第三はフロベールが自筆原稿につけている連続したページ番号である。それではこの三つの点についてこれから検討する。

　　フロベールが執筆したうち、I章、III章、V章は草稿換算にして126ページである[1]。10月9日時点で、彼は106ページから110ページ書いている。10月10日から10月19日までは10日間。この時期の平均執筆速度は、一日約2.967ページである（解Aによる）。従って、10月10日から10月19日までに29.67ページ、約30ページ書き進むことになる。この結果、10月19時点では、136ページから140ページ目を書いていると考えられ、既に第V章を書きおえて第VII章を執筆していることになる。

　　1847年12月4日に書かれたと思われる手紙の中で、デュ・カンは、『ドン・キホーテ』、『野越え浜越え』の第VIII章、およびフロベールの母から頼まれていたフランネル生地などを一緒に送るからと述べたあとで、次のように書いている：

　　(…)『ブルターニュ』のX章はまだ始めていないんだ。困ったよ。し

---

[1] I章＝35ページ、III章＝37ページ、V章＝54ページ、合計して126ページである。このこと、およびこれから述べることは第2章で論じたことをその根拠としているので第2章を参照されたい。

かしどうしようもないんだ。東方旅行記で手いっぱいなもので自由な時間は一日5分もないくらいだ。君のXI章には、モン・サン・ミシェルの衛兵達が「気を付け」の号令を一晩中かけていたあの陰鬱な印象を書き忘れないでくれ。(…) フェラシェーには僕の分なしで仕事を続けさせてくれ。各章はページが新しく始まるんだから、それで困ることはないだろう。それにもうすぐ書き始めることが出来るから。そうなったら、もう離しはしないさ。(…)[1]

このデュ・カンの手紙が12月4日頃に書かれたものであることは、「君のXI章には (…) あの陰鬱な印象を書き忘れないでくれ」という言葉からわかる。この言葉は、フロベールが既にXI章を書き始めたか、またはこれから書き始めようとしていることを示しているからである。我々の考えでは、フロベールがIX章を書き終えて、XI章を書き始めるのは12月5-6日頃のはずである[2]。従ってこの時期に二人が書き上げた章はI章からIX章までということになる。フロベールはあとXI章を残すのみであるが、

---

(1) Maxime Du Camp, *Lettres inédites à Gustave Flaubert*, édition citée, p.125: 《(…) Je n'ai pas encore commencé mon X de la *Bretagne* : c'est désolant, mais qu'y faire, je suis tellement pris par le voyage d'Orient que je n'ai pas cinq minutes de libre dans la journée. Dans ton XI n'oublie pas au M[ont] S[ain]t-Michel l'effet lugubre des sentinelle[s] garde à vous répété pendant la nuit. (…) Que Fellacher continue sans moi, comme chaque chap.[itre] commence sur une feuille séparée il me rattrapera toujours bien; au reste bientôt je pourrai m'y mettre et une fois que je le tiendrai je ne le lâcherai pas.》

(2) デュ・カンは手紙の中で「昨日の夜(金曜日)…」と書いているのでこの手紙は土曜日に書かれたものである(*ibid.*, p.124)。これ以前の彼の手紙は1847年10月26日のものであった。そこで1847年11月、12月の土曜日を調べると、11月は6, 13, 20, 27の各日、12月は4, 11, 18, 25の各日である。フロベールは11月2日までに178ページ書いている(VII章まで)。残りページは、287 − 178 = 109。この109ページを、11月3日から翌年の1月3日までの62日間で書いているので、この間の平均執筆速度は、109p. ÷ 62日 = 1.758p./日、一日に約1.76ページである(第2章の最後参照)。フロベールが11月3日からIX章を書き始めたならば、IX章は58ページであるから、58p. ÷ 1.76p. = 32.95…。約33日でIX章を書き上げることになる。11月3日から33日目というと12月5日である。この12月5日に最も近い土曜日は、12月4日である。

7章 自筆原稿（清書部分）の清書の時期および筆写原稿の問題　119

一方デュ・カンにはX,XII章が残っている。デュ・カンの執筆が遅れているのである。事実、デュ・カンがX章を書き上げるのは1848年3月29日頃であり[1]、XII章は5月末である[2]。一方、フロベールは既にXI章を1848年1月3日に書き終えている。フェラシェーはI章から順番に各章を筆写していたのであろう。フロベールがIX章を書き上げた時点でデュ・カンはまだX章に手をつけていないから、筆写作業がIX章までのところで停滞することになる。実際、既に筆写作業に影響がでるような事態になっていたと考えられるのである。何故なら、フロベールがVII章を書き終えるのは11月2日であり、デュ・カンがVIII章を書き終えてフロベールに送るのが12月4日であるから、フェラシェーの作業が順調に進んで、12月4日以前に既にVII章の筆写が済んでいるなら、筆写作業は一時中断せざるを得ないことになるからである。このように考えると、「フェラシェーには僕の分なしで仕事を続けさせてくれ。各章はページが新しく始まるんだから、それで困ることはないだろう」というデュ・カンの言葉の意味がはっきり理解できる。この言葉は、VIII章の執筆が遅れたために、既に筆写作業に影響がでたか、または、今の状況では、X章、XII章の執筆がだいぶ遅れそうなので、これからは「僕の分なしで」構わず筆写を続けさせてくれ、という意味であろう。そしてまた、「僕の分なしで」という彼の言葉は、この時期以前の執筆分、特にI章からVI章までは、各章そろって筆写にまわすことが出来たことを意味している。つまり、1847年10月19日、デュ・カンがクロワッセを離れパリに戻る時には、フロベールはI III,V章までを、デュ・カンはII,IV,VI章までを仕上げ、フェラシェーは、I章からVI章まで継続して筆写作業を行うことができる状態にあったことになる。しかしながら、I章からVI章まで、各章が連続した状態で筆写がなされていたという事実は、これ自体では、フロベールとデュ・カンが、それぞれ三章書き上げた時点でフェラシェーを呼び、彼にI章からVI章までをまとめて手渡したことを意味しない。つまり、10月19日までに、I章とII章、III章とIV章、V章とVI章、という形で二章ずつ手渡すことも可能な筈だからである。

---

(1) Maxime Du Camp, *Lettres inédites à Gustave Flaubert*, édition citée, p.130.
(2) *Corr.*, I, p.497, lettre à Maxime Du Camp([Croisset,] mercredi.[Fin mai 1848]) および、Maxime Du Camp, *Lettres inédites à Gustave Flaubert*, édition citée, p.132, lettre à Gustave Flaubert([Paris,] Vendredi matin.[2 juin 1848]).

さて、自筆原稿にフロベールがつけたページ番号の問題に移ろう。自筆原稿にはフロベールの筆跡で、各章の表ページのみに、次のようにページ番号がふってある。I章：1-17、III章：32-49、V章：66-89、VII章：103-128、IX章：153-181、XI章：201-226。既に何度も述べたように、フロベールの自筆原稿はI章からV章の途中まで(カルナックまで)清書状態であり、残りは草稿状態である。このフロベールのページ番号から、デュ・カンが執筆した各章のページは次のようなものになる。II章：18-31、IV章：50-65、VI章：90-102、VIII章：129-152、X章：182-200、XII章：227- ?[1]。

　フロベールが自分の執筆した章に整然とページ番号をふり、デュ・カンが書いた章に相当するページ番号を空けていることは、二人がお互いに相手の書いた各章の最終ページの番号を知っていたことを示している。このことはデュ・カンが第X章を書き上げて、その原稿をフロベールに送ることを知らせる1848年3月29日の手紙からも知ることができる：

　　　友よ。明日夜明けとともにアシル宛に汽車で紙束を送る。X章だ。XI章にページをふって、ページ番号を教えてくれると有り難いんだがな。知っているだろう、僕がこんな馬鹿な事にどんなに気を使うかってことは。僕には、最初のページの頭に数字と題名が必要なんだ。そうでないと駄目なんだ。明日の夜、XII章にとりかかる。できるだけ早く送るから。(…)[2]

　自分の書く章の最初のページにページ番号を書かないと仕事ができない、というデュ・カンの言葉をそのまま信じるならば、これは他の章についてもいえることであろうから、X章についてもそうであったのであろ

---

(1) デュ・カンの自筆原稿は紛失したと思われるので、XII章の最終ページはわからない。

(2) Maxime Du Camp, *Lettres inédites à Gustave Flaubert*, édition citée, p.130：《Cher vieux demain au lever de l'aurore on mettra au chemin de fer à l'adresse d'Achille un rouleau de papier qui est le X chap.[itre] – Tu me feras le plaisir de numéroter le XI et de m'envoyer la pagination: tu sais combine je suis bête pour ces sortes de choses, il me faut en tête de ma page mon chiffre et mon titre, sans cela ça ne na pas. Demain soir je me mettrai au XIIème. Je te l'expédierai le plus promptement possible, (…)》([Paris,] Mercredi soir [29 mars 1848]).

う。事実、この手紙で X 章のページ番号について彼は何も言及していない。従って、デュ・カンは X 章の第一頁のページ番号を知っていた筈であり最後の頁にも番号をふって、この原稿をフロベールに送ったことになる。この時点でフロベールはまだ自分の書いた XI 章に、最終的なページ番号をふっていなかったはずである。そうでなければ、デュ・カンが手紙の中で、X 章の原稿を送るから、「XI 章にページをふって、ページ番号を教えてくれ」と言っていることの意味が不明になる。フロベールが書いた XI 章の最終ページ番号がわかれば、デュ・カンは自分がこれから書こうとしている XII 章の第一頁にページ番号を書き込むことができるのである。パリとクロワッセに離れていた二人は、このような手順を、VII 章、VIII 章、IX 章でも踏んだはずである。

　デュ・カンがクロワッセを去る 10 月 19 日頃には、フロベールは第 VII 章を執筆していた筈であり、この時点で既にフロベールの執筆の方が先行していた。この事実をデュ・カンは知っていた筈である。パリに戻ってからのデュ・カンはまず他の仕事を優先させて、『野越え浜越え』の第 VIII 章の執筆は後回しにしている。このことは、10 月 26 日のデュ・カンの手紙でわかる。

　　僕はこれを旅行記の最初に序文として付けるつもりだ。君の意見を聞かせてくれ。校正は今朝全てすんだ。明日から三部会とアングーモワ地方の記事に取りかかるつもりだ。それからあの『ブルターニュ』の続きを書こう[1]。

フロベールの執筆が先行していることを知りながら、他の仕事を優先させ、VIII 章をまだ書き始めていないのは、フロベールが VII 章を書き上げるのを待っていたからだと考えられる。そうすれば、第 VIII 章の第一頁のページ番号もわかる。つまり、二人は別れる時にこのような執筆手順を決めておいた

---

(1) Maxime Du Camp, *Lettres inédites à Gustave Flaubert*, édition citée, p.119：《Voici, cher bon vieux, ce que je compte mettre à la tête de mon voyage en manière de préface: donne-m'en ton avis; j'ai fini de tout corriger ce matin et demain je me mettrai à mon article sur les États-Généraux et l'Angoumois, puis je continuerai cette pauvre *Bretagne*.》([Paris, Mardi soir, 26 octobre 1847]). この時点では、デュ・カンはまだ第 VIII 章に着手していない。

と思われる。9月12日から10月19日までの執筆を経た二人は、互いにそれぞれの執筆速度、作品の進捗具合がわかったはずである。フロベールは、I章、III章、V章の三章(草稿換算で126ページ)、デュ・カンも、II章、IV章、VI章の三章(86ページ)を仕上げたのであるから、約5週間で三章である。単純計算しても、二人とも2週間あれば、これまでと同頁位の章は書ける、と考えたであろう。フロベールが第V章を書き上げるのが10月15日頃か16日頃であり[1]、第VII章を書き終えるのは11月2日である。従って、フロベールはほぼ2週間で予定どおりVII章を書き上げたことになる。一方、デュ・カンがVIII章を書き終えるのは12月4日頃である。三章(86ページ)をを約5週間で仕上げたデュ・カンであるから、2週間もあれば30ページ位の章は仕上げられると思っていたとしても不思議はない[2]。ところが別の仕事でVIII章の出来上がりが遅れ、「『ブルターニュ』のX章はまだ始めていないんだ。困ったよ。しかしどうしようもないんだ。東方旅行記で手いっぱいなもので(...)」という12月4日の手紙の言い訳になったのであろう。フロベールがVII章を11月2日に仕上げ、ページ番号も含めてこのことをすぐに知らせたとしたら、デュ・カンは自分の予測よりも3週間近く遅れてVIII章を書き上げたことになる[3]。そしてこのVIII章には当然ページがふられていた筈であるから、フロベールは、12月5日頃に仕上げていた自分のIX章にページ番号をふって、最

---

(1) フロベールは10月9日時点で106ページから110ページ書いている。V章までで126ページであるから、残りは16ページから20ページ。9月24日から10月21日までの平均執筆速度は、一日約2.967ページ。従って、残り分は6日から7日で書き上げることになり、それは10月15日か16日頃である。既に述べたように、この日までに清書も済んでいる。

(2) デュ・カンが書いた章のページは、II = 28p., IV = 32p., VI = 26p.であり、平均すると一章30ページ弱である。実際にデュ・カンがかいたVIII章は48ページあり、これも執筆が遅れた原因であろう。

(3) 1847年9月12日から10月19日まで実働38日。デュ・カンがこの間に書いたのは86ページ。平均執筆速度は、一日約2.3ページ。VIII章は実際には48ページあるから、これに要する日数は約21日。11月2日にフロベールから連絡を受けてすぐ11月3日にVIII章を書き始めたと仮定するならば、11月24日には書きおえる筈である。ところが書き終えたのは12月4日頃であるから、当初から50ページ位の章を予定していたとしたら、10日程遅れたことになる。しかし、VIII章を30ページ位と予定していたら、20日近い遅れとなる。

終ページ番号をデュ・カンに知らせたことであろう。この知らせを受けて、デュ・カンはX章の第一頁にページ番号を書き込んだはずであり、彼にはX章のページ番号はわかっていたはずである。先に引用した1848年3月29日のデュ・カンの手紙がX章のページ番号について何も言及していないのはこのためであろう。

　このような経過を経て二人の執筆が進んだことはほぼ間違いないことと思われる。デュ・カンがフロベールのVII章の仕上がりと、その最終ページ番号の知らせを待っていたとするならば、この10月19日から11月2日までの間、少なくともフロベールは既にVII章の第一頁のページ番号を知っていた筈である。彼がこれを知るのは、筆写のために、フェラシェーにVI章を渡す時、もしくはそれ以前のはずである。筆写のために原稿を渡す時は既に原稿にページがふられているに違いないからである。デュ・カンは、自分の書く章のページ番号がわかっていなければ仕事にならない、と言っているほどであるから、自分の原稿にページをふらずに、それをフロベールに預けてパリに戻るなどということはまずありえないだろう。従って、デュ・カンがパリに戻る10月19日頃、またはこれ以前に原稿にページがふられ、フェラシェーに手渡されたはずである。このことは、この時点で、フロベールはI, III, V章を、デュ・カンはII, IV, VI章を、それぞれ三章ずつ書き上げ、I章からVI章まで全てにページ番号が付けられていたということを意味する。

　さてこれで、1847年10月19日頃、デュ・カンがパリに戻るときまでには、I章からVI章までが書き上げられ、ページがふられ、この原稿が筆写生フェラシェーに渡されたことが明らかになった。残る問題は清書の時期である。

　既に述べたように、フロベールの自筆原稿には整然とページがふられている。原稿をフェラシェーに手渡した後に、フロベールが自分の執筆した部分を手直しして、これを清書したとしたら、清書する前と後では必ずやページ数にずれが生じるはずである。自筆原稿80 versoおよび81 rectoにおけるフロベールの訂正推敲で明らかなように、彼は意味的に重複する部分を削除したり、緩慢で冗漫な文などを凝縮して簡潔な文章に訂正している。また同語の反復については、これを削除するか別の語に代えるかしている。このような訂正推敲がそのまま記載されている草稿状態の

原稿を清書し直せば、ページ数が変化し、当然の結果として既にフェラシェーに手渡した原稿のページ番号が狂ってしまうはずである[1]。ところが、第Ⅴ章、カルナックまでの清書状態の原稿部分と、カルナック以降の草稿状態の原稿部分とのページ番号は整然と連続しているのである。このことは、清書がなされたのは、原稿をフェラシェーに手渡す前であるということを示している。

我々はこの章の前半で、清書時期について、二つの可能性を示しておいた。それは、

(1) 1848年1月3日から2月22日まで

(2) 1847年10月5日以前

の二つの可能性であった。前者の可能性はこれで全くなくなったのであるが、後者は訂正しなければならない。清書は遅くとも10月19日までになされたことは確かである。ここで清書のやり方を考えてみよう。これには三とおり考えられるであろう。一つは、数章書いてから、区切りの良いところで、その分量を一挙に清書する場合。もう一つは、フロベールがⅠ章、Ⅲ章を書き上げるたびに、その章を清書していく場合である。三つ目は、章単位ではなく、もっと小さな単位、例えば、ブロワ城、シャンボール城の場面ごとを区切りとしてその分量までを清書していく場合である。第一の場合、カルナックまで一応書き上げた時点をフロベールが一区切りとしたか、Ⅴ章の最後までを一区切りと考えたかによって変わってくる。フロベールがカルナックまでを一区切りとして、ここまでを一挙に清書したと考えれば、清書時期は1847年10月5日以前ということになり、Ⅴ章の最後まで一応書き進んでから、清書に着手したならば、清書時期は10月15-16日以前ということになる。第二の場合、つまり、フロベールがⅠ章、Ⅲ章の各章を書き上げるたびに、その章を清書していった場合はどうであろうか。我々の考えでは、彼が第Ⅰ章を書き上げ、清書も済ますのは、9月

---

[1] 勿論、清書する時にフロベールがページ番号が狂わないように工夫しながら清書したということもあり得るだろうが、そのような無駄な労力を費やす者はあまりいないだろう。

7章　自筆原稿(清書部分)の清書の時期および筆写原稿の問題　125

18日頃であり、III章については9月28日頃であろうと思われる[1]。第V章は、I章、III章と同じ方法を取ることになるので、一応V章の最後まで書き進んでからV章の清書に取りかかったと考えれば、カルナックまでの清書が済むのは、10月15日か16日ということになる。第三の場合、I章、III章の清書が済むのは、第二の場合と変わらず、それぞれ、9月18日頃と9月28日頃である。しかし、V章は、フロベールがカルナックまでを一区切りと考えた可能性が高くなるので、ここまでをまず清書したとすれば、この清書は10月5日頃に済んでいることになる。

　さて、フロベールはこの三つの清書の仕方のうちどれを選択したのであろうか。1848年3月29日のデュ・カンの手紙の言葉、「僕には、最初のページの頭に数字と題名が必要なんだ。そうでないと駄目なんだ」を思い出すならば、デュ・カンはできるだけ早く自分の執筆するII章、IV章、VI章の第一頁のページ番号を知りたがったであろうことが想像される。これにフロベールが応えるためには、清書の仕方のうち第二、第三のやり方しかない。つまり、できるだけ早くI章の最終ページ番号を確定し、III章、V章についでも同じように努めることである[2]。この結果、清書の時期は、

───────────

(1)　I章は草稿換算で35ページ。9月12日から9月23日までの平均執筆速度は、一日約4.944ページ。従って、約7日でI章を書き上げる (35÷4.944＝7.07..)。9月12日から7日目は9月18日である。III章は37ページ(草稿換算)。9月19日から9月23日までの日数は5日。この間の平均執筆速度は、一日約4.944ページ。5日間で約25ページ書くから、9月23日時点でIII章の残りは12ページ。9月24日から10月21日までの平均執筆速度は、一日約2.967ページ。従って残り12ページを約5日で書き上げることになる (12÷2.967＝4.44...)。9月24日から5日目は9月28日である (以上、解Aをもとに計算している)。
(2)　勿論、フロベールがI章を書いている間、デュ・カンが何もせず安閑とこれを待っているはずはないから、彼も既にII章の執筆を始めていたはずである。パリとクロワッセに二人が別れてからの執筆手順と、クロワッセに一緒にいる時の手順は自ずから異なっていたであろう。クロワッセでの約一ケ月間は、執筆速度、作品の進捗具合を測る試験的な期間でもあったろうから、デュ・カンもこの間はそれほどページ番号には拘泥しなかったであろう。デュ・カンがページ番号に強く固執していたならば、フロベールは少なくとも一週間早く、デュ・カンよりも先に執筆を開始していなければ、デュ・カンのこの欲求に応えることはできないはずである。ところがフロベールが先に執筆を開始した形跡は『書簡集』からは窺えない。

1847年9月12日–18日のある日から1847年10月15日–16日までの約一ケ月間

ということになる。このように考えると、一ケ月の予定でクロワッセにやって来たデュ・カンが滞在を一週間程延ばしたことの理由も理解される[1]。フロベールがV章の最後まで書き上げるのは、10月15日か16日である。デュ・カンが実際に彼のVI章を書き上げたのがいつであるかは確定できないが、予定通りパリに戻るつもりで執筆し、順調に仕事が進んだとしても、彼は10月11日–12日には、自分の書いたVI章にページ番号をまだ記入できないことになるのである。デュ・カンがVI章にページ番号を書き込めるのは、フロベールのV章の最終ページ番号が決まる時でしかない。それは10月15日か16日である。この最終ページ番号が確定するということは、清書部分と草稿状態の部分とが共存するV章のすべてのページ番号が確定するということである。これが、自筆原稿の清書部分と草稿状態の部分とのページ番号が連続していることの理由であろう。

以上でフロベールとデュ・カンの二人がどのような手順を踏んで執筆を進めていたのか、およそいつ頃各章の執筆が済んだのか、フロベールはいつ頃清書したのかがはっきりした。残る問題は、筆写原稿そのものに関することだけである。

第1回目の筆写作業の結果生まれた筆写原稿(仮にこれを筆写[I]とする)は、そのまま決定稿となったわけではない。筆写原稿は、筆写[I]、筆写[II]、筆写[III]等々と幾つかあって、それぞれが再び推敲を経ているはずである。既に指摘したように、ルイ・フィリップ、ルイーズ・コレに関する部分(第I章)の訂正がこのことを示している。また1848年1月16日時点の書簡で、フロベールは「全体の見直しをするのに、あと6週間はたっぷりかかるでしょう」と言っているが、この見直しは、フェラシェーに渡した自筆原稿の上に加筆訂正の語句を書き込むのではなく、この自筆原稿をもとに作成された筆写原稿の上に推敲を加えることを意味している。

---

(1) 第1章の最後で引用したデュ・カンの手紙に関する注を参照されたい。我々はこの手紙の日付を1847年10月26日とし、デュ・カンのクロワッセ出発を10月19日とした。そしてデュ・カンの滞在が一週程延びたであろうと考える根拠として、フロベールの癲癇の発作、ルイーズ宛の手紙の内容、およびデュ・カンの手紙の内容をあげておいた。

7章　自筆原稿(清書部分)の清書の時期および筆写原稿の問題　127

このことは、彼の手紙(1848年5月末)と、これに対するデュ・カンの返事(6月2日)からも明らかである。

> 君の章が届くような気がしていたんだ。何故かって、パラン伯父にアシルの家まで取りに行ってもらったからさ。いい出来だ。前のより遥かにいいね。思うに、もう少しでこれは「素晴らしい」ものになるよ。幾つか空を削ったほうがいいだろう。似たような「色」が多すぎるのと、個人的で些細なことが多すぎる事、それだけだ。(…)8月の末に『聖アントワーヌ』の朗読が聞けるなどとは幻想だよ。(…)土曜から一行も書いてない。話の移行場面で引っかかってしまい。巧く書けないのだ。腹立たしさ、焦燥感、無力感に苛まれている。僕のことを「変わった」と、昨日パラン伯父が言ったよ。それで今日の午後は小便ばかりしていた。そしたら嬉しいことに、君の章が届いたというわけさ。(…)フェラシェーは金曜か土曜にやって来るだろう。来週の初め頃には、この章は君の手元に届くだろう。[1]

> 友よ、XII章に君が満足しているのでこんなに嬉しいことはない。訂正のことについては二人で話そう。しかし、いつになるかはまだわからない。(…)『ブルターニュ』の僕の分はできるだけ訂正を済ませて

---

(1) *Corr.*, I, pp.497–498：《J'avais flairé l'arrivée de ton chapitre, car j'avais envoyé le père Parain chez Achille pour le prendre. – Il est bon et cent fois meilleur que le précédent. Il faudrait peu de choses pour le rendre, je crois, *excellent*. Ce serait quelques ciels à retrancher. Il y a trop de *couleurs* semblables, et trop de petits détails personnels, voilà tout. Ôte-toi l'illusion qu'à la fin du mois d'août tu entendras *Saint Antoine*.(…) Depuis samedi je n'ai pas écrit une ligne, je suis arrêté par une transition dont je ne peux sortir. – Je me ronge de colère, d'impatience, d'impuissance. Hier, le père Parain m'a trouvé *changé*. Et aujourd'hui je n'en ai pas *dépissé* de tout l'après-midi. Heureusement que ton chapitre est venu. (…) J'espère que Fellacher viendra vendredi ou samedi. Tu auras ton chapitre pour les lers jours de la semaine.》(lettre à Maxime Du Camp, [Croisset,] mercredi, 1 heure du matin.[Fin mai 1848]).「君の章」とは『野越え浜越え』のXII章のことであり、「前のもの」というのはX章のことである。

持って行くから。[1]

デュ・カンが言っている「『ブルターニュ』の僕の分」というのは、フロベールが「全体の見直し」と言っている場合と同じく、XII章だけのことではなく、彼が分担した『野越え浜越え』の全ての章(偶数番号の章)のことである。XII章は最後の章であり、他の章は全て既に第1回目の筆写は済んでいるはずだから、この時点でデュ・カンの手元に筆写[I]が全て揃う事になる。彼が「訂正を済ませて持って行く」のはこの筆写[I]以外には考えられない。何故なら、自筆原稿と筆写[I]とを較べ、転写が正確になされていない場合訂正されるのは筆写[I]のはずであるから、フロベールが指摘しているような自筆原稿のテクストに対する削除訂正が書き込まれるのもこの筆写[I]のはずである。そして当然のことながら、フロベールの場合もこのことは同じであったはずである。この筆写原稿が第何稿まであったかはわからない。筆写[I]、筆写[II]等々にあたる原稿が残っていないと思われるからである。

ところで、今引用したフロベールの手紙は興味深い情報をもう一つ与えてくれる。この手紙に対するデュ・カンの返事は編者の言うとおり、6月2日(金曜日)のものであろう[2]。フロベールが『聖アントワーヌの誘惑』の執筆を開始するのは1848年5月24日(水曜日)である。ところが、この手紙も水曜日に書かれたものであり、しかも彼は「土曜から一行も書

---

[1] Maxime Du Camp, *Lettres inédites* à *Gustave Flaubert*, édition citée, p.132:《Cher vieux, j'ai vu avec moult plaisir que tu étais satisfait du XII chap.[itre]. Quant aux corrections nécessaires nous en causerons tous les deux, mais je ne sais quand encore. (...) Je ferai tout mon possible pour te porter corrigée ma part de *Bretagne*.》(lettre à Gustave Flaubert, [Paris.] Vendredi matin. [2 juin 1848]

[2] このデュ・カンの手紙には「金曜日、朝」としか書かれていない。しかし、手紙のなかに、「一昨日、サン・ドニ門の群衆を追い払うために召集がかかった。石が一個飛んで来て、当たったのは勿論この僕にさ、右足にね」と書いていること、1848年の6月暴動の前触れとなるこのような群衆の集まりが始まるのは5月29日以降であること、デュ・カンが著書:*Souvenirs de l'année 1848*(Slatkine Reprints, 1979. Réimpression de l'édition de Paris 1876)、の中で「石をぶつけられたこと」をやはり書いていること(pp.212-214)、さらに、『野越え浜越え』のXII章を受け取ったというフロベールの手紙との関係から、この金曜日は1848年6月2日であろう。

いていない」と言っているので、この手紙は5月31日(水曜日、深夜[1])に書かれたものであろう。フロベールが既にデュ・カンの原稿を読んでいるのは確かであるが、原稿が届いたのは5月31日であろうか、それとももっと早い時期だろうか。手紙からすると、土曜日(5月27日)以降、『聖アントワーヌの誘惑』の執筆がうまく進まず苛々しているところにデュ・カンの原稿が届いたのであるから、原稿が到着したのは、5月27から31日までの間と言うことになる。フロベールが原稿を読んで、既に5月28日(日曜日)または29日(月曜日)頃にフェラシェーにこれを渡しているのであれば、「金曜か土曜にやって来る」フェラシェーは、出来上がった筆写原稿を持って来ることになり、確かに、デュ・カンは筆写原稿を翌週の初め頃には手にすることが出来るであろう。XII章の筆写に要した日数は6日から7日ということになる。一方、フロベールが5月31日に原稿を受取りこれを読んだとすれば、フェラシェーが「金曜か土曜にやって来る」のは、デュ・カンの原稿を受取に来るのであり、従って、筆写作業は6月2日(金曜日)か3日(土曜日)から始まることになる。デュ・カンが筆写原稿を受け取る翌週の初め頃というのを、水曜日以前と考えるならば、遅くとも、6月6日(火曜日)までには筆写が完了していなければならないであろう。この場合の筆写に要した日数は4日から5日ということになる。

　　さて、ここで筆写の速度を考えてみよう。デュ・カンの自筆原稿のXII章は、何ページあるのか確定は出来ないが、推測はできる。Club de l'Honnête Homme 版の印刷ページ数を基にして、他の章との比較をすればよいはずである。フロベールの自筆原稿にふられたページ番号から、デュ・カンの書いたX章の原稿には、182–200 のページ番号がふられていたはずである。即ち、彼のX章の原稿は38ページあったはずである。これと、Club de l'Honnête Homme 版のX章のページ数の比率から、自筆

---

(1)　フロベールは、この手紙の日付として《mercredi, 1 heure du matin》としか書いていない。しかし、これは「水曜日の朝1時」ではなく、正確には「木曜日の朝1時」である。このような書き方をするのは、夜の間ずっと執筆をするため、手紙を書く頃には12時を過ぎて翌日になることが多いのであるが、フロベールの意識のなかでは、まだ暦のうえでの前日が続いているからである。このことは、例えば1847年12月11日–12日の手紙でも明らかである (Corr., I, p.488, lettre à Louise Colet, 手紙 [10])。

130　7章　自筆原稿（清書部分）の清書の時期および筆写原稿の問題

原稿XII章のページ数を算出すると約30ページということがわかる[1]。従って、筆写速度は、最も遅い場合で一日約4.3ページ、最も早い場合で一日約7.5ページということになる[2]。つまり一週間あれば、30ページの原稿は筆写可能だったわけである。ここで、フロベールとデュ・カンの自筆原稿ページ数を示そう。

フロベール	デュ・カン
I 章 ＝ 32	II 章 ＝ 28
III 章 ＝ 36	IV 章 ＝ 32
V 章 ＝ 48	VI 章 ＝ 26
VII 章 ＝ 52	VIII 章 ＝ 48
IX 章 ＝ 58	X 章 ＝ 38
XI 章 ＝ 51	XII 章 ＝ 30(推測)

I章からVI章までは202ページであるから、フェラシェーはこの6章の筆写を47日位で完了する筈である。10月19日頃から47日後というと、12月4日頃である。この筆写は順調に進んだはずである。何故なら、フロベールの原稿は、V章・カルナックまで清書してあるからである。V章後半が草稿状態であっても、12月4日には6章分の筆写は終わっていたと考えてよいであろう。フロベールがVII章を書き上げるのが、11月2日である。フェラシェーがこのVII章の筆写を12月5日頃からはじめたとするなら、VII章は52ページであるから、13日（2週間弱）で筆写をおえる。これは、12月17日頃のはずである。12月17日には、VIII章（48ページ）、IX章（58ページ）が既に書き上がっている。12月18日から、このVIII章、IX章の筆写にとりかかれば、25日間で筆写をおえる。従って、1848

---

(1) 自筆原稿X章＝38ページ。Club de l'Honnête Homme 版X章＝18ページ。自筆原稿XII章＝Xページ。Club de l'Honnête Homme 版XII章＝14ページ。従って、38：18＝X：14。18X＝14×38。これから、X＝29.55…。従って、自筆原稿のXII章は約30ページであったろうと思われる。

(2) Club de l'Honnête Homme 版を基準にして、フロベールとデュ・カンの執筆分の印刷頁数と自筆原稿頁数の比率を算出すると、それぞれ、1：2.064、1：2.111、となり、二人の原稿用紙はほぼ同一の大きさであることがわかる。従って、フェラシェーの筆写速度は、二人の原稿に関してほぼ同一とみなしてよいであろう。

7章　自筆原稿（清書部分）の清書の時期および筆写原稿の問題　131

年1月11日には、このVIII章とIX章の筆写をおえている。IX章は既に1月3日に出来上がっており、デュ・カンがX章の執筆の遅れそうなことを言い、「フェラシェーには僕の分なしで仕事を続けさせてくれ」と12月4日頃の手紙で言っているので、このX章を待たずに、フロベールがXI章をすぐに筆写にまわしたとすれば、フェラシェーは、XI章の筆写に1月12日からとりかかれる。12日あればこの筆写を完了するはずであるから、1月24日には、フロベールの執筆分は全て筆写がすむ計算になる。これは、フェラシェーの筆写速度を最も遅く想定した場合のことである。

　　フロベールは、『野越え浜越え』を書き上げたことを知らせるルイーズ宛の、1848年1月16日の手紙の中でこう書いている：

　　　僕の筆写生はひどく仕事が遅く、馬鹿で間抜けなものだから、いつ筆写をおえるのか、二つ作らせる筆写原稿のうち、僕のものをいつ君に貸すことができるのかわかりません。(1)

彼は何を嘆いているのであろうか。最も遅い場合でも、フェラシェーは1月12日から既にXI章の筆写に取りかかっているはずであり、筆写が予定どおり進んでいれば、1月24日にはXI章の筆写が完了するはずである。デュ・カンが、X章、XII章をまだ書き上げていないことを嘆くのであれば、それは理解できる。しかし、彼はフェラシェーが「ひどく仕事が遅い」と嘆いているのである。実際、フェラシェーの仕事が遅かったとすれば、それはフェラシェーの責任ではなかったであろう。それは、フロベールの自筆原稿が原因であっただろう。彼の原稿は、V章のカルナック以降は清書されていない草稿状態なのである。A.J.Tookeは、この部分について、所によっては、加筆訂正の勢いで頁が破れているほどであると言っている(2)。我々が検討した、自筆原稿80 verso, 81 rectoの訂正状態からすると、草稿状態の部分は読むのに相当の困難が伴うであろうと思われる。つまり、現存する自筆原稿以外には自筆原稿は存在せず、半分は清書、半分

---

(1) *Corr.*, I, pp.472–473：《Mon copiste va si lentement, est si bête et si sot que je ne sais quand il aura fini et quand je pourrai vous prêter le manuscrit qui sera mien, des deux que nous ferons faire.》(lettre à Louise Colet, [Croisset,] dimanche soir. [16 janvier 1848])

(2) A.J.Tooke, *op. cit.*, p.68.

は草稿状態というこの原稿をフェラシェーに筆写させたと考えれば、彼の筆写作業、特にVII章以降の筆写作業が手間取ったであろうことは容易に想像できる[1]。このために、先ほどのフロベールの嘆きとなったのであろう。

　このように考えると、1852年3月8日に、フロベールがパリに持って行ってルイーズに見せた『野越え浜越え』の原稿がどの原稿であったかがわかる。きちんと製本され、二人の執筆した全ての章を含む筆写原稿(最終稿)であれば、紛れ込んでいたデュ・カンの一頁を心配しているルイーズに、『パリ評論』(1852年4月1日号)に掲載されたデュ・カンの執筆した『野越え浜越え』の断章を読むように勧める訳がないことは既にトゥークが指摘したとおりである[2]。筆写にフェラシェーが手間取るような自筆原稿、しかもすぐには判読しがたいような原稿をフロベールがルイーズに見せたとは考え難い。フロベールはもっと読み易いテクストをルイーズに持参したであろう。それに、彼は、筆写させている事実をルイーズに教えているし、1月16日の手紙でも、またこれ以前の手紙でも、ルイーズに「筆写原稿」をみせるから、と言っているのである[3]。彼女に見せたのが、製本された筆写原稿(最終稿)ではないけれども、それでもやはり筆写原稿であったとすれば、それは筆写[I]、筆写[II]、筆写[III]等々のうち、フロベールの章が全部揃っているもの以外には考えられない。このような筆写[X]が存在したであろうことは既に述べた。このことは、フロベールの書

(1) A.J.トゥークは、現存する自筆原稿以外にも他の自筆原稿が存在している、または存在した可能性を指摘し、フェラシェーが筆写したのは、この別の自筆原稿ではないかと言っている。(*ibid.*, p.68)。しかし、その可能性はないと我々は考える。トゥークが言っているように、確かに自筆原稿(草稿部分)と筆写原稿のテクストの懸隔は大きいものがある。だが我々の考えるように、自筆原稿と筆写原稿(最終稿)との中間に、筆写[I]、筆写[II]等々の存在を想定すればこの謎は解消するはずである。
(2) *Ibid.*, p.69.
(3) *Corr.*, I, p.474:《Quand ce livre sera fini (dans 6 semaines environ), ce sera peut-être drôle à cause de sa bonne foi et de son sans-façon; mais bon? Au reste, comme nous le ferons recopier pour en avoir chacun un exemplaire, tu pourras le lire si tu veux.》(lettre à Louise Colet, [Croisset,]jeudi soir.[23 septembre 1847]). *Ibid.*, pp.475-476:《Quand il sera recopié et corrigé je te prêterai mon exemplaire.》(lettre à Louise Colet, [Croisset,] nuit de samedi, 2 h[eures]. [9 octobre 1847]). *Ibid.*, p.478:《Tu liras ce voyage quand il sera fini et recopié. - Il en existera deux copies, je te prêterai la mienne,(…)》(lettre à Louise Colet, Croisset, jeudi soir. [21 octobre 1847]).

簡からも推測できる。彼は、書簡の中で数回にわたって、「筆写する（させる）」、「訂正する」という語を使い、かつ何回かは同時に使っている。

手紙[3]（1847 年 9 月 23 日）
　この本が出来上がったら（およそ 6 週間後）、その誠意と気取りのなさからきっと面白いものになるだろう。だが、いい作品になるか、どうかな。とにかく、二人がそれぞれ一冊ずつ持てるように筆写させるから、よかったら君に読ませてあげよう。[1]

手紙[4]（1847 年 10 月 9 日）
　筆写が済んで訂正が済んだら僕の一部を貸してあげよう。[2]

手紙[6]（1847 年 10 月 21 日）
　この旅行記が出来上がって、筆写が済んだら、読んでもらいたいな。筆写原稿は二部あるから僕の一部を貸してあげよう (…)[3]

手紙[10]（1847 年 12 月 11-12 日）
　是非とも君に『ブルターニュ』を見せたいのだが、いつ読んでもらえるかわからない。元日までに最後の章は出来上がらないだろう。出来上がったら、今度は全部を読み返して、訂正をして、筆写しなければならない。春までに見せられるような原稿はまずできないだろう。[4]

手紙[2]（1848 年 1 月 16 日）
　僕の筆写生はひどく仕事が遅く、馬鹿で間抜けなものだから、い

---

(1) *Corr.*, p.474. Lettre à Louise Colet, [23 septembre 1847]. 前注参照。
(2) *Corr.*, I, pp.475-476. Lettre à Louise Colet, [9 octobre 1847]. 前々注参照。
(3) *Corr.*, p.478. Lettre à Louise Colet, [21 octobre 1847]. 三つ前の注参照。
(4) *Corr.*, I, p.490:《Je ne sais quand je te ferai lire *La Bretagne* que j'ai fort envie de te montrer. Je n'aurai pas fini mon dernier chapitre avant le jour de l'An. Puis il faudra relire le tout, corriger, et ensuite recopier. Je n'aurai guère un manuscrit sortable avant le printemps.》(lettre à Louise Colet,[11-12 décembre 1847]).

つ筆写をおえるのか、二つ作らせる筆写原稿のうち、僕のものをいつ君に貸すことができるのかわかりません。[1]

　これらの手紙すべてにおいて、「筆写する (recopier)」のはフェラシェーであろう。A.J. トゥークは、手紙 [3]、[2] では「筆写させる (faire recopier, faire faire)」と使役形になっているのに、手紙 [10] では、「出来上がったら、こんどは全部を読み返して、訂正をして、筆写しなければならない」と、使役形になっていないことから、フロベール自身が「書き写し (recopier)」をした可能性があると考え、ここから現存する自筆原稿以外の別の自筆原稿の存在を示唆している[2]。しかし、そうであろうか。使役形になっていないのは手紙 [10] だけではない。手紙 [4]、[6] も使役形ではなく、この二通は受動態である。トゥークはこの二通においても「書き写す (recopier)」のはフロベールだと言うのであろうか。手紙 [10] では、問題の部分は、《Puis il faudra relire le tout, corriger, et ensuite recopier.》となっており、動作主が明示されていない。もしフロベールの考えの中に、「読み返し、訂正する」のは自分であり、「筆写する」のはフェラシェーだという前提があれば、当然、動作主を明示する必要はなかったであろう。

　このように考えると、手紙 [4] に不思議な表現があることに気づく。フロベールは、この五通の手紙全てにおいて「筆写する」という語を、ルイーズに読ませるつもりの最終的な筆写原稿と関連させて使っている。ところが、手紙 [4] には、「筆写が済んで訂正が済んだら (《Quand il sera recopié et corrigé》)」という言葉がある。「訂正が済んで筆写が済んだら (《Quand il sera corrigé et recopié》)」とはなっていないのである。フェラシェーが「筆写した」ものに「訂正をする」のであれば、訂正したその原稿は再度筆写されなければならないはずである。従って、この原稿は最終筆写原稿ではなく、筆写 [I]、[II] 等々の、自筆原稿と最終筆写原稿との中間に位置するものであったはずである。既に何度も引用した手紙 [2] で

---

[1] *Corr.*, I, pp.472–473：《Mon copiste va si lentement, est si bête et si sot que je ne sais quand il aura fini et quand je pourrai vous prêter le manuscrit qui sera mien. des deux que nous ferons faire.》(lettre à Louise Colet, [16 janvier 1848]).

[2] A.J.Tooke, *op. cit.*, p.68.

も、そしてここの手紙 [10] でもフロベールは、「全体の見直し」、「全部を読み返して、訂正をして」と言っている。1847年12月11-12日および1848年1月16日時点での彼の言う「訂正、見直し (corriger)」は、自筆原稿ではなく、出来上がって来る筆写原稿の上になされたはずである。I 章から VI 章までの筆写 [I] は、12月4日頃にできあがっていると思われる。我々は自筆原稿と最終筆写原稿との中間に筆写 [I]、筆写 [II]、筆写 [III] 等々の段階が存在し、このうち、フロベールの執筆した章全部が揃っているような筆写[X]が存在していたはずだと考える。フロベールがルイーズに見せた原稿はこの筆写[X]であろう。そうすれば全て説明がつく。

　ルイーズに見せた原稿は、それがフロベール自身の自筆原稿ではなかったために、恐らく後になって紛失したのであろう。ジャン・ブリュノは、パリのある書籍商が『野越え浜越え』の草稿 (brouillons) を所有していると言っている(1)。この書籍商とは、自筆原稿の現所有者ピエール・ブレスのことであろうか。もしそうでなければ、これはどのような草稿なのであろうか。もしかしたら、筆写 [I], [II] 等にあたるものなのだろうか。それとも、清書された I 章、III 章、V 章 (カルナックまで) に相当する草稿を含む下書きのようなものであろうか。いずれにせよ、これで筆写原稿にまつわる謎は解けたと思う。最後に、執筆経過と筆写経過がわかるように、各章が書き上げられたであろうと思われる日付とフェラシェーの筆写作業に関する日付を一覧表にしておく。

	フロベール/デュ・カン	フェラシェー
1847年9月12日	執筆開始	
9月18日	I 章	
9月24日	II 章	
9月28日	III 章	
10月7-8日	IV 章	
10月15-16日	V 章	

---

(1) Corr., I, p.1031 (note 1 pour la page 456):《(...) Les brouillons de *Par les champs et par les grèves* sont en la possession d'un libraire parisien;(...)》. このプレイヤード版『書簡集』第一巻は1973年に出版されているので、ブリュノの言葉はこの時点のものである。

		この日までにフロベール清書 (I, III, V) 完了	
10月18-19日	VI章		筆写開始 (I–VI)
11月2日	VII章		
12月4日	VIII章		筆写[I](I–VI) 了
12月5日	IX章		筆写[I](VII) 開始 (?)
1848年1月3日	X章		
2月25日 (?)		この日以降フロベール筆写 [?](I章) の訂正	
3月29日頃	X章		
5月末	XII章 [(1)]		
6月2-6日			筆写 [I](XII) 了
10月9日			筆写 [II][(2)] ?
1849年10月15日	製本中 [(3)]		
10月26日	製本完成 [(4)]		

---

(1) デュ・カンが第XII章の丁度中頃の部分、カーン到着の夜明けを書いているのは1848年5月14日 (日曜日) の夜のことである：《(…) j'écrivais le récit d'un voyage à pied que, l'année précédente, j'avais fait avec Gustave Flaubert dans l'Anjou, la Bretagne et la Normandie. Je me rappelle que cette nuit-là je m'appliquai fort à la description d'un lever de soleil sur la ville de Caen.》(Maxime Du Camp, *Souvenirs de l'année 1848/ la révolution de février/le 15 mai/ l'insurrection de juin*, Slatkine Reprints, 1979, p.155)

(2) Cf. Maxime Du Camp, *Lettres inédites à Gustave Flaubert*, édition citée, p.143：《As-tu revu le Mahârâdja? où en est-il de cette vieille *Bretagne*; a-t-il tenu ses promesses? et S[aint] Antoine?》(lettre à Gustave Flauvert, Oran [lundi], 9 [octobre 1848]).

(3) *Ibid.*, p.153：《J'envoie tous les jours chez Lardière p[ou]r la *Bretagne*, mais je ne la vois pas venir.》(lettre à Gustave Flaubert, [Paris,] Lundi soir.[15 octobre 1849])

(4) *Corr.*, I, p.515：《À propos de *Bretagne* le rilieur a apporté aujourd'hui les m[anu]s[crits]; veux-tu que je t'envoie mon exemplaire? seulement je te le recommande beaucoup car c'est un chef-d'oeuvre de reliure.》(lettre à sa mère, [Paris,] vendredi soir. [26 octobre 1849].)

8章 「カルナック石群とケルト考古学」の発表

　1856年4月30日に『ボヴァリー夫人』を脱稿したフロベールは、5月から『聖アントワーヌの誘惑』の書き直しに着手し、10月にこれを了える。この『聖アントワーヌの誘惑』(第二稿)の断片が、さらに手を加えられた形で、同年12月から翌年1857年2月にかけて『芸術家』誌に発表される[1]。そして、同じ『芸術家』誌上に、1848年に脱稿した『野越え浜越え』(*Par les champs et par les grèves*)の一部が1858年4月18日に発表される[2]。これが「カルナック石群とケルト考古学」(《Des pierres de Carnac et de l'archéologie celtique》)と題された小品である。フロベールは『野越え浜越え』の発表を、1851年12月から1852年初頭のパリ滞在中に強く勧められたと思われるのだが、既に『ボヴァリー夫人』執筆中であった彼はこれを拒否し、『ボヴァリー』の執筆に専念する。『ボヴァリー』は、『パリ評論』の1856年10月号から12月号まで6回にわたって掲載される[3]。『ボヴァリー』の雑誌掲載を追いかけるような形で、『聖アントワーヌ』、『野越え浜越え』を断片だけであってもフロベールが発表したことには、彼の作家としての自負と自信とが窺われる。

　我々はフロベールが生前に唯一発表した『野越え浜越え』の断片、「カルナック石群とケルト考古学」の訂正・推敲の実体を調べることで、彼の文学的美意識がどのような形で訂正・推敲の過程で実践されているかを検証してみるつもりであるが、このためには、これまで前章で検討し考察してきたことが、是非とも必要なことであった。デシャルムが提起し、トゥークも完全には解決しきれないでいた問題、自筆原稿の草稿状態の部分、清書部分、そして筆写原稿、この三つのテクストの執筆時期の前後関係が

---

(1) *L'Artiste*:《*La Tentation de Saint Antoine*, Fragments》, 21 décembre 1856, pp.19-22 / 28 décembre 1856, pp.39-40 / 11 janvier 1857, pp.67-73 / ler février 1857, pp.114-119.

(2) *L'Artiste*, 18 avril 1858, pp.261-263.

(3) *Revue de Paris*, ler octobre 1856, pp.5-55 / 15 octobre 1856, pp.200-248 / ler novembre 1856, pp.403-456 / 15 novembre 1856, pp.539-561 / ler décembre 1856, pp.35-82 / 15 décembre 1856, pp.250-290.

138　8章　「カルナック石群とケルト考古学」の発表

明確にならないうちは、『芸術家』誌発表断片をどのテクストと比較検討すべきか、これが決定できないからである。だが、前章までの我々の考察の結果、各テクストの時期的前後関係がはっきりしたので、我々がこれからすすめる推論の前提には何の不安もないと言える。

　　「カルナック石群とケルト考古学」を発表する時、フロベールが訂正推敲の対象としたテクストは筆写原稿であったと考えてよいであろう。筆写原稿は A.J. トゥークの校訂本のテクストを使うことにする。また、「カルナック石群とケルト考古学」のテクストは、『芸術家』誌のテクストをトゥーク自身が彼の校訂本に再録しているのだが[1]、不備な点が多いので『芸術家』誌のものを直接用いることにする[2]。

　　二つのテクストの比較に入る前に、まずフロベールがこの「カルナック石群とケルト考古学」および『野越え浜越え』の当該箇所についてどのような評価をしていたのかを概観しておこう。彼は、書簡の中で次のようなことを述べている。

　　(…) 君が『ブルターニュ』のなかで注目した点は僕もまた一番好きなところだ。僕が最も評価しているものの一つは、ケルト考古学を要約して述べたところで、事実これは完全な説明であると同時にその批判ともなっている。(…) しかし冗談とか卑俗さなどに関しては、この作品には数え切れないほどあるんだが、僕は君と全く同意見だ。(…)。[3]

　親愛なる友へ
　校正原稿を持って来ました、テオに読んでもらいたかったのですが。たぶん、卑猥な (???) 文章がひとつあるんじゃないかな。困ったよ！

---

(1) A.J.Tooke, *op. cit.*, pp.819-824.
(2) 付録として巻末に『芸術家』誌の正確なテクストを載せて、トゥークの再録したテクストの不正確な点を指摘しておく。
(3) *Corr.*, II, p.66：《Ce que tu as remarqué dans *La Bretagne* est aussi ce que j'y aime le mieux. – Une des choses dont je fais le plus de cas, c'est mon résumé d'archéologie celtique et qui [en est] véritablement une exposition *complète* en même temps que la critique. (…) Mais je suis complètement de ton avis quant aux plaisanteries, vulgarités, etc., elles abondent. (…)》 (Lettre à Louise Colet, 3 avril 1852).

こいつは問題だね！3ページ目に男根という語があるんだ。巧く使ってあるのだが。危ない語だと君が思うなら次のように訂正してくれたまえ。：「これら（メンヒル）が似ているものと言えば（…）」様々なものが考えられる。おお、なんという慎み深い破廉恥さよ！等々。単語一つと、行中の一文を削除するということだが。まあ君の好きにしてくれたまえ。早々。[1]

（…）ケルト考古学と言えば、1858年の『芸術家』誌上に揺石について、かなり出来の良いふざけた一文を発表したのですが、その号が手許にありませんし、何月号だったのかも覚えていません。[2]

このフロベールの最後の手紙に対して、ジョルジュ・サンドは次のような返事を書いている。

（…）あなたの美しく優しいお母さまに私から宜しくとお伝え下さい。あなた方お二人と一緒に過ごせるなんて嬉しいことです。ですから、

---

[1] *Ibid.*, p.659：《Mon cher Ami, Je vous ai apporté les épreuves. J'aurais désiré que Théo les lût. Il y a une phrase *peut-être* indécente??? Problème! question! C'est à la 3e page, le mot *phallus* s'y trouve. Il est bien à sa place. Si vous avez peur, voici comment il faut arranger la chose：《On a trouvé qu'ils ressemblaient…》 à bien des choses. O chaste impudeur! etc. Je supprime un mot et une phrase d'une ligne. Faites comme il vous plaira. A vous.》(lettre à Edouard Houssaye, vers le 12 avril 1858). この手紙の日付けに関しては、ジャン・ブリュノは1857年1月初め頃とし、『聖アントワーヌの誘惑』の断片発表と関連付けて理解しているが、我々の考えでは、明らかに「カルナック石群とケルト考古学」の発表と関連したものと思われるので、1858年4月12日頃に書かれたものであろうと思われる。詳しくは、拙論、《Sur la datation d'une lettre de Gustave Flaubert》(岡山大学『独仏文学研究』第11号 1992年3月 pp.57-65)を参照されたい。

[2] *Correspondance*, tomme III, éd. de Jean Bruneau, Gallimard, La Pléiade, 1991, p.531：《A propos d'archéologie celtique, j'ai publié dans *L'Artiste*, en 1858, une assez bonne blague sur les pierres branlantes. Mais je n'ai pas le numéro et ne me souviens même plus du mois.》(lettre à Georges Sand, 22 septembre 1866).

あのケルトの石についてのふざけた一文を是非見つけておいてください。とても面白そうですから。(…)[1]

これに対してフロベールは、

(…)ドルメンについて僕が書いた記事はみつかりませんでした。でも僕の《未発表作品》のなかにブルターニュ紀行の原稿が全部ありますから。あなたがここにいらした時には、おもいきりその事について話すことにしましょう。是非いらして下さい。(…)[2]

と書きおくっている。ルイーズ・コレ、エドゥアール・ウセー、ジョルジュ・サンド宛の手紙からわかることは、少なくともこの「カルナック石群とケルト考古学」は、批判的意識をもってアイロニカルな観点から書かれ、そこには冗談や卑猥な部分が多分に含まれているということであり、そしてまた、ルイーズに原稿を見せた時点でも、既にこのカルナックの描写部分は、フロベールが自信を持って高く評価していた部分でもあるということである[3]。このことを踏まえた上で、『野越え浜越え』の当該箇所と「カルナック石群とケルト考古学」の比較検討に移ることにしよう。前章までに用いた記号を再び使って、訂正推敲の過程を把握しやすいようにした形で提示する。[ ]＝筆写原稿、< >＝『芸術家』、という形でテクストを提示するが、可能な限り、訂正の原因、および理由を明らかにしていく。二

---

[1] *Ibid.*, p.535：《Embrassez pour moi la belle et bonne maman que vous avez. Je me fais une joie d'être avec vous deux. Tâchez donc de retrouver cette *blague* sur les pierres celtiques, ça m'intéresserait beaucoup.》(lettre à Gustave Flaubert, 28 septembre 1866).

[2] *Ibid.*, p.536：《Je n'ai pas retrouvé mon article sur les dolmens. Mais j'ai le manuscrit entier de mon voyage en Bretagne, parmi mes 《oeuvres inédites》. Nous en aurons à dégoiser, quand vous serez ici! Prenez courage!》(lettre à Georges Sand, 29 septembre 1866).

[3] フロベールが『芸術家』誌にこの部分を発表したのは、これが理由であろう。彼がルイーズに見せた原稿はトゥークがその校訂本の序で述べているように最終筆写原稿ではない。ただし、彼が断言しているように自筆原稿であったかは疑問である。我々は別の筆写原稿 [X] であったと考える(前章参照)。

つのテクストの比較検討に便利なように、原文にはない番号を段落ごとに付しておく。段落番号は『芸術家』誌のテクストを基準にしてつけるので巻末の付録を参照してもらいたい。

(1)　　[Bientôt enfin, nous aperçumes dans la campagne des rangées de pierres noires, alignées à intervalles égaux sur onze files parallèles, qui vont diminuant de grandeur à mesure qu'elles s'éloignent de la mer.]<Le champ de Carnac est un large espace dans la campagne, où l'on voit onze files de pierres noires, alignées à intervalles symétriques et qui vont diminuant de grandeur à mesure qu'elles s'éloignent de la mer.>[Les plus hautes ont vingt pieds environ, et les plus petites ne sont que de simples blocs couchés sur le sol. Beaucoup d'entre elles ont la pointe en bas, de sorte que leur base est plus mince que leur sommet.] Cambry [dit]<soutient> qu'il y en avait quatre mille, et <M.> Fréminville en a compté douze cents [:]<.>[ce]<Ce> qu'il y a de [certain]<sûr>, c'est qu'[il y en a beaucoup]<elles sont nombreuses>.

　　　　[Voilà donc ce fameux champ de Karnac, qui a fait écrire plus de sottises qu'il n'a de cailloux. Il est vrai qu'on ne rencontre pas tous les jours des promenades aussi rocailleuses; mais malgré notre penchant naturel à tout admirer, nous ne vîmes qu'une fecétie robuste, laissée là par un âge inconnu pour exerciter l'esprit des antiquaires et stupéfaire les voyageurs. On ouvre des yeux naïfs, et tout en trouvant que c'est peu commun, on s'avoue cependant que ce n'est pas beau. Nous comprîmes donc parfaitement l'ironie de ces granits, qui depuis les Druides, rient dans leurs barbes de lichens verts, à voir tous les imbéciles qui viennent les voir. Des savants ont passé leur vie à chercher ce qu'on en avait pu faire; et n'admirez pas d'ailleurs cette éternelle préoccupation du bipède sans plumes de vouloir trouver à chaque chose une utilité quelconque. Non content de distiller l'océan pour saler son pot au feu, et d'assassiner des éléphants pour s'en faire des manches de couteau,　son égoïsme s'irrite encore lorsque s'exhume devant lui un débris quelconque dont il ne peut deviner l'usage.]

　　　　第一文の書換えは、『芸術家』誌に発表するために、まず「カルナック」という語を冒頭に持ってくる必要があるとフロベールが考えたための書換えであろう。第二パラグラフの、《ce fameux champs de Karnac》を《le champs de Carnac》とかえて冒頭に位置させている。《Les plus hautes ont (…) plus minces que leur sommet.》の削除は、この部分が、段落⑮、⑯での描写と重なることからなされたのであろう。《Cambry dit qu'il y en avait (…) c'est qu'il y en a beaucoup.》の部分は、まず、《Cambry dit》における /i/ 音の反復が《Cambry soutient》と解消され、三つあった《il y a…》という表現が二つに減り、《ce qu'il y a de certain, c'est qu'il y en a beaucoup》は /se/ 音の反復を避けて、《ce qu'il y a de sûr, c'est qu'elles sont nombreuses》となっている。勿論、《Beaucoup d'entre elles》、《c'est qu'il en a beaucoup》にみられる《beaucoup》の同語反復も影響しているであろう。《Voilà donc (…)》で始まる第二パラグラフは、段落⑲、⑳での結論部分と意味上重なるものがあるので全て削除されたのであろう。しかし、ここには、《qui》、《que》、《quelconque》の同語反復もみられる。ここですぐに気になることは、次のことである。同音反復、特に《qui》、《que》に含まれる /k/ 音がフロベールにとって耳障りであったのであれば、訂正後のテクストの中に /k/ 音が繰り返し出てくるのは何故であろうか：《Carnac》、《campagne》、《symétriques》、《qui》、《qu'elles》、《Cambry》、《qu'il y en avait》、《quatre》、《compté》、《ce qu'il y a》、《c'est qu'elles sont》。すぐに思いつくのは、この小品の標題である。《Des pierres de Carnac et de l'archéologie celtique》、この標題に含まれている /k/ 音は、テクスト全体の音韻構成と関係があるのかもしれない。

(2)　　　A quoi [donc] cela　était-il bon ? Sont-ce des tombeaux ?
(3)　　　Était-ce un temple ? <Un jour, >[St.]<saint> Cornille, [un jour,]

poursuivi <sur le rivage> par des soldats, [qui le voulaient tuer, était à bout d'haleine et] allait tomber dans [la mer] <le gouffre des flots>, quand il [lui vint l'idée, pour les empêcher de l'attraper,]<imagina> de les changer <tous> en autant de pierres, et [aussitôt] les soldats furent pétrifiés [, ce qui sauvat le saint.]<.> Mais cette explication n'était bonne [tout au plus] que pour les niais, pour les petits enfants et pour les poëtes [;]<,> on en chercha d'autres.

　『芸術家』誌のテクストではこの部分は段落が二つになっている。即ち、《St. Cornille, un jour, (...)》のところから改行され、《Un jour, saint Cornille (...)》という形で新しい段落に移行している。ここは、カルナック石群の謎についてこれから様々な解答が示されるわけであるから、改行して新しいパラグラフにするのが適当だとフロベールは判断したのであろう。更に、カルナック石群の謎についての第一の解釈を示す新しい段落の書き出しは、副詞句を文頭に位置させた、《Un jour, saint Cornille (...)》の方がより効果的であろう。《qui le voulait tuer》は《poursuivi》と意味上重なるところ（同義反復＝redites）があり、《était à bout d'haleine et allait tomber》には /alɛ/ の反復があり、更に、《était》は《A quoi donc cela était-il bon?》、《Était-ce un temple?》と既に二度用いられ、最後の文にも一つある。更に、この削除された《qui le voulait tuer, était à bout d'haleine et》の部分は、接続詞《et》を含め、全体が文の流れを遅くしている。《la mer》については、既に第一パラグラフで、《à mesure qu'elles s'éloignent de la mer》と用いられているので反復を避けたのであろう。《la mer》を《le gouffre des flots》に変更したのと同様の変更は、ルイーズ・コレ宛の書簡の中にもみられる：

　　　Enfin n'est-ce pas un parti-pris, lorsqu'on t'avertit de vers désagréables comme：

　　　　　Il semble qu'il ondule en sa marche légère
　　　　　Ainsi que sur la mer il glisse sur la terre

de remettre *mer* au lieu de *flots*, etc., etc. [1]

《quand il lui vint l'idée》には /l/ 音の近接した連続がみられる。ルイーズ・コレの詩について意見を述べながら、フロベールは、

Sur ta joue il luit

désagréable à l'oreille. [2]

と指摘している。勿論これは《il luit》と /l/ 音が連続するからであり、同時に /il/ – /lui/ の中に鏡像関係の位置に、/i – l/ : /l – i/ が現れているからでもある。このような音の連続と関係は、《quand il lui vint l'idée》の《il lui》の中にも見ることができ、更に、《l'idée》の中にも /li/ があり、このために《quand il lui vint l'idée》は《quand il imagina》と変更されたものと思われる。《pour les empêcher de l'attraper》は、聖コルニーユは兵士に追われ、逃げているのであるから、捕まりたくないのは当然であり、《poursuivi (…) par les soldats》と意味上重複することになる。このため、文が遅くなるので削除されたのであろう [3]。《et aussitôt les soldats furent pétrifiés》の中には《aussitôt》、《soldats》と /o/ の反復があり、更に、動詞の単純過去形が兵士達の急激な石化を示すとみれば、《aussitôt》は不要であろう。先に述べたように、文の流れを速やかなものにするために、《était à bout d'haleine et allait tomber dans la mer》の《et》を削除し、ここに《et》を残し、《et les soldats furent pétrifiés》とすること

---

(1) *Corr.*, II, p.263, lettre à Louise Colet, 11 mars 1853.
(2) *Ibid.*, p.552, lettre à Louise Colet, 18 avril 1854.
(3) 我々は先にも、そしてここでも、「文が遅い」という表現を用いたが、これは我々の主観的印象からこの言葉を使っているのではない。「文が遅い」というのは、フロベール自身の言葉でもある。例えば：《(…) flammes *de* tes grands feux *de* branches d'olivier. Des régimes qui se régissent, mauvais et lent. (Si tu savais en ce moment le mal que j'ai pour arranger cette phrase : la vignette d'*un* prospectus *de* parfumerie!)》(*ibid.*, p.221, lettre à Louise Colet, 29

で、接続詞《et》が力強い表現となり、単純過去形と相俟って、兵士達の急激な石化が一瞬のうちになされたことを示すことになろう。従って、当然のことながら次の《ce qui sauva le saint》は、文が遅くなること、兵士達が石像になってしまえば聖コルニーユは助かるに決まっているから、意味上必要のない部分ということになり削除される。

(4)　　Au XVIe siècle, [le sieur] Olaüs Magnus, archevêque d'Upsal (et qui<, > exilé à Rome<, > [s'amusa à écrire]<composa> sur les antiquités de [son pays,] <sa patrie> un livre <fort> estimé partout, si ce n'est dans ce [même] pays <même>, la Suède, où [personne ne le traduisit]<il n'eut pas un traducteur>), avait découvert [de lui-même] que 《[lorsque]<quand> les pierres [sont plantées en] <forment> une seule et longue [ligne]<file> droite, [cela veut dire] <c'est> qu'il y a dessous des guerriers morts en se battant en duel ; [–] que celles qui sont disposées en carré[s] sont consacrées à [ceux qui périrent]<des héros ayant péri> dans une [mêlée]<bataille> ; que celles qui sont rangées circulairement sont des sépultures de famille, et [enfin] que celles qui sont disposées en coin[,] ou sur un ordre angulaire sont [les tombeaux des cavaliers ou même des gens de pied, surtout ceux dont le parti avait triomphé] <*les tombeaux des cavaliers, ou même des fantassins, ceux surtout dont le parti avait triomphé.* >》[:][voilà]<Voilà> qui est clair [,explicite, satisfaisant.]<;>

＼　　décembre 1852) /《En tout cas il faut un plus-que-parfait. Le présent, qui revient là pour un vers, ralentit, puisque le commencement de la phrase est à l'imparfait, de même qu'il faut enlever *Jean*, mot dit plus haut ：《Jean vint s'offrir.》Ces répétitions du sujet par le même mot alanguissent le style.》(*ibid*., p.223, lettre à Louise Colet, 29 décembre 1852). フローベルのこのような文体に関する考えは、まとまった形での統一的研究が是非とも必要とされるのだが、ここでは、我々の書簡からの引用は文体に関する限り、1848年から1858年4月までに限定されているということを述べておこう。

[Mais]<mais> Olaüs Magnus [aurait bien dû]<a oublié de> nous dire [quelle était la sépulture que l'on aurait donnée à]<comment s'y prendre pour enterrer> deux cousins [germains]<,> ayant fait coup double<,> dans un duel <,> à cheval[?]<.>Le duel[, de lui-même,] voulait que les pierres fussent droites; la sépulture de famille exigeait qu'elles fussent circulaires; mais comme [c'étaient des]<il s'agissait de> cavaliers, [il fallait bien]<on devait> les disposer en coin, <prescription,> il est vtrai<,>[qu'on n'y eût pas été absolument contraint]<qui n'était pas formelle,>[：car on n'enterrait ainsi]<puisqu'on n'employait ce système> que 《<pour> ceux surtout dont le parti avait triomphé<.>》 [.] O brave Olaüs Magnus! Vous aimiez donc bien fort le Monte <-> Pulciano [!][?] Et combien vous en a-t-il fallu de rasades pour nous apprendre toutes ces belles choses[?]<!>

　　冒頭の《siècle, le sieur》の部分には /sjɛkllǝsjœ：r/ の中に同音の近接がみられる。特に /l/ 音がそれであり、更に、/sj/ – /l/ ： /l/ – /sj/ が鏡像関係の位置になっている。これは、《le sieur》の削除によって解消される。《(...) exilé à Rome s'amusa à écrire》の部分には /a/ 音の連続がみられる。特に、《s'amusa à écrire》である。ここは《composa》と訂正される。《les antiquités de son pays, (...), si ce n'est dans ce même pays, la Suède, où personne ne le traduisit》の部分には、《pays》の反復があり、また《ce même pays》と《personne》のあいだに、/pe/ – /pɛ/ という類似音の反復がみられる。《les antiquités de son pays》 – 《les antiquités de sa patrie》、《personne ne le traduisit》 – 《il n' eut pas un traducteur》の訂正はこのためであろう。《, avait découvert de lui-même》の《de lui-même》は下の方に同じ語がある：《le duel, de lui-même, voulait (...)》。そのために両方とも削除されてしまう。次は少し複雑な問題に立ち入るので順をおって詳しく述べることにする。
　　フロベールは《avait découvert [de lui-même] que " [lorsque] <quand>(...)"》と訂正しているのであるが、ここにみえる、《que lorsque》、《que quand》という /k/ 音の連続は、ともにフロベール自身が不愉快な音の

連続 (Cacophonie)として嫌い、極力避けようとしたものである[1]。にも拘らず、ここでは、《que lorsque》、《que quand》を避けようとはせず、かえって、/k/ 音が直接に連続するような形に訂正している。フロベールには他の訂正方法は見つからなかったのであろうか。それとも、彼のこの訂正の仕方は、/k/ 音の反復・連続を強調する意図があったのであろうか。つまり、引用符をつけて、明確な形で引用文として提示された部分の推敲では、文章の美的完成へ向けて訂正がなされているのではなく、その反対の方向に、フロベールの特定の意図に基づいて訂正がなされているのであろうか。

　このことを論じる前に、まず引用符を用いないで引用された文章の扱い方を見ておかねばならない。パラグラフ(1)は正確な意味での引用文ではないが、このパラグラフは、A.J.トゥークが示しているようにフレマンヴィルの『モルビアンの遺跡』がその源であるように思われる[2]。そこで、フレマンヴィル、筆写原稿、『芸術家』誌、フロベールの旅行手記 (Carnets de voyage) の文章を比較してみよう。

　　フレマンヴィル

　　　(…) rochers informes, mais symétriquement alignées(…). Ces monuments (…) consistent en plus de douze cents énormes pierres brutes, rangées en ligne droite sur onze files parallèles (…). Les plus élevées ont dix-huit à vingt pieds de haut (…). D'autres enfin sont de gros blocs simplement posés sur le sol (…) un grand nombre de celles qui sont plantées en terre, le sont pour ainsi dire la pointe en bas, c'est-à-dire,

---

(1) 例えば、*Correspondance*, II, pp.614, 633, 641。それぞれ、《que quand》、《que lorsque》、《que lorsque》と、彼は書簡の中で /k/ 音のところに下線を引いている。これは、手紙を再読した時に気がついたもので、この不愉快な /k/ 音の反復を、彼自身が見逃してはいないということを、手紙の受取人に示すためのものである。
(2) Christophe Paulin de la Poix de FRÉMINVILLE: *Monumens du Morbihan*, Brest, Lefournier, 1834, 2e édition. なお、A.J.トゥーク以前に、A.Y.Naaman が既にこのことを指摘し詳しく論じている：*Les Débuts de Gustave Flaubert et sa technique de la description*, Nizet, 1962, pp. 244-245.

que leur volume est infiniment plus considérable à leur sommet qu'à leur base.[1]

筆写原稿

(...) des rangées de pierres noires, alignées à intervalles égaux sur onze files parallèles, qui vont diminuant de grandeur à mesure qu'elles s'éloignent de la mer. Les plus hautes ont vingt pieds environ, et les plus petites ne sont que de simples blocs couchés sur le sol. Beaucoup d'entre elles ont la pointe en bas, de sorte que leur base est plus mince que leur sommet. Cambry dit qu'il y en avait quatre mille, et Fréminville en a compté douze cents : ce qu'il y a de certain, c'est qu'il y en a beaucoup.[2]

『芸術家』誌

(...) onze files de pierres noires, alignées à intervalles symétriques et qui vont diminuant de grandeur à mesure qu'elles s'éloignent de la mer. Cambry soutient qu'il y en avait quatre mille et M. Fréminville en a compté douze cents. Ce qu'il y a de sûr, c'est qu'elles sont nombreuses.[3]

旅行手記

(...) – les pierres de Carnac nous ont peu ému. (nous y avons causé de Véry et de Chemery!) elles vont grandissant vers le côté de la mer. à mesure qu'elles s'en éloignent elles diminuent et finissent par devenir presque des bornes.[4]

---

(1) Cf. : A.J.Tooke, *op. cit.*, p.256. A.Y.Naaman, *op. cit.*, p.245.
(2) A.J.Tooke, *op. cit.*, pp.256–257.
(3) *Ibid.*, p.819. 巻末の付録も参照されたい。
(4) *Ibid.*, pp.688–689.

この部分については、既にアントワーヌ・ユーセフ・ナアマン (Antoine Youssef NAAMAN) が比較検討と分析を行っているのだが[1]、我々がここで再度分析を行うのは、彼が用いた『野越え浜越え』のテクストは、ルネ・デュメニルが1948年に出版した二巻本であり、その不備と不完全な点はトゥークが指摘しているところであること[2]、第二に、ナアマンは『芸術家』誌に掲載されたテクストとの比較を行っていないからである[3]。

　まず、筆写原稿と『芸術家』誌に共通する次の部分：《qui vont diminuant de grandeur à mesure qu'elles s'éloignent de la mer》は旅行手記からわかるように、フロベール自身が直接目にした印象を文章化して書き留めたものであるから、引用文と考えることはできない。また、《Cambry…》から始まる最後の文はフロベールの皮肉なコメントであり、ここの推敲は、文の美的完成へ向けてなされていることは既に指摘した。残りの部分に関しては、まず、文章全体が簡潔になっていること、《symétrique<u>ment</u>》、《simple<u>ment</u>》における同じような接尾辞の使用が、筆写原稿、『芸術家』誌では避けられていること、さらに、フレマンヴィルにみられる、《gros blocs simplement p<u>o</u>sés sur le s<u>o</u>l》が筆写原稿では、《de simples bl<u>o</u>cs couchés sur le s<u>o</u>l》となり、/o/ – /ɔ/ – /o/– /ɔ/ という類似音の連続が、/ɔ/ – /ɔ/ と少なくなっていることなどから、種本 – 筆写原稿 – 『芸術家』誌、と推敲が進むにつれて、文が簡潔な美しさへと向かっていることがわかる。

---

(1) A.Y.NAAMAN, *Les Débuts de Gustave Flaubert et sa technique de la description*, Nizet, 1962, pp.244-245.
(2) *Op.cit.*, pp.64-65.
(3) ナアマンが使用しているテクストは次のようになっている：《(…) pierres noires, alignées à intervalles <u>symétriques</u>,　sur onze files parallèles qui vont diminuant de grandeur à mesure qu'elles s'éloignent de la mer <u>: les</u> plus hautes ont vingt pieds enviro<u>n et</u> les plus petites ne sont que de simples blocs couchés sur le sol. Beaucoup d'entre elles ont la pointe en bas, de sorte que leur base est plus mince que leur sommet... Fréminville en a compté douze cents; ce qu'il y de <u>sûr</u>, c'est qu'<u>elles sont nombreuses</u>.》。下線を施したところが筆写原稿と異なるところである。ナアマンが用いた、デュメニルの版は、明らかに『芸術家』誌のテクストと筆写原稿のテクストが混在している。校訂本としては不完全と言わざるを得ない。

パラグラフ(2), (3)では既に述べたように、筆写原稿から『芸術家』誌への過程で、文章の美的完成へ向けての努力がなされ、簡潔で力強いリズミカルな文となっている。ところで、聖コルニーユの伝説に関する部分は、マエーの『モルビアンの古代遺跡について』[1]から借用したものである。ここで再び、マエー、筆写原稿、『芸術家』誌の文章を比較してみよう。

　　マエー

　　　　les habitants de la commune disent que Saint Cornille, patron de la paroisse, se voyant poursuivi par les soldats, fut arrêté dans sa fuite par la mer, et que n'ayant plus aucun moyen humain de leur échapper, il les changea en pierres. [2]

　　筆写原稿

　　　　St. Cornille, un jour, poursuivi par des soldats, qui le voulaient tuer, était à bout d'haleine et allait tomber dans la mer, quand il lui vint l'idée, pour les empêcher de l'attraper, de les changer en autant de pierres, et aussitôt les soldats furent pétrifiés, ce qui sauva le saint. [3]

　　『芸術家』誌

　　　　Un jour, saint Cornille, poursuivi sur le rivage par des soldats, allait tomber dans le gouffre des flots, quand il imagina de les changer tous en autant de pierres, et les soldats furent pétrifiés.

マエーから筆写原稿への過程で最大の変化は、《(…) disent que (…) et que (…)》という構文が消えたことであろう（伝達動詞　dire、接続詞 que、お

---

(1) J.Mahé, *Essai sur les Antiquités du Morbihan*, Vannes, impr. de Galles aîné, 1825, p.251. Cité par A.J.Tooke, *op. cit.*, p.258.
(2) A.J.Tooke, *op. cit.*, p.258, note (1).
(3) *Ibid.*, p.258.

よび、dire の主語の消滅)。そして、《un jour》という副詞が導入され、典型的な伝説の語りへと移行している。この伝説の語り手は村の人々 (les habitants de la commune) ではなく、フロベールへと変化している。しかし、ここではフロベールが他者の語りを真似て、その内容を反復しながら伝えているということに注意しなければならない。このことは、パラグラフ(2)の疑問文：《A quoi donc cela était-il bon? Sont-ce des tombeaux? Était-ce un temple?》の中に既に感知される。この疑問文の発語者はフロベール自身であると同時に、カルナック石群に興味を抱いた人々でもある。この疑問に対してフロベールは村人達の伝える伝説で応えているのである。この部分は、語りの声の重層性から自由間接話法の特性を全て備えていると言えるだろう。聖コルニーユの伝説について、マエーの提示の仕方とフロベールのそれとを比較した場合、フロベールの文章は語り手の韜晦ぶりを如実に示すものとなっている。音韻的側面からみると、/k/ 音 (接続詞 que) の反復、/ã/ 音を持つ分詞 (se voyant, n'ayant plus) の反復が消滅している。マエーから筆写原稿へと至る過程は、明らかに文の精錬へと向かっている。筆写原稿から『芸術家』誌への過程については既に述べたとおりである。

　以上のことから、一応の結論としてつぎのことが言えるであろう。引用符を付けずに引用または借用された文章は、フロベールの文学的美意識に沿った方向で洗練され、美しいフォルムを備えた文になるように訂正推敲がなされている。

　さて、ここでパラグラフ(4)の引用符を付した形での引用文における訂正推敲の問題に戻ろう。ここのオラウス・マグヌスに関する部分は、A.J. トゥークが指摘しているように、フレマンヴィルの『モルビアンの遺跡』からの引用であろう。そのフレマンヴィルの文と、筆写原稿、『芸術家』誌の文とを比較してみよう。フレマンヴィルの文には、筆写原稿と異なるところに下線を施しておく。

フレマンヴィル

> lorsque les pierres sont plantées <u>sur</u> une seule et longue ligne droite, <u>elles marquent les sépultures de</u> guerriers qui <u>sont</u> morts en se battant en duel; <u>celles qui</u> sont disposées en <u>carré</u> sont consacrées à ceux qui périrent dans une mêlée; <u>celles qui</u>

sont rangées circulairement sont des sépultures de <u>familles</u>; <u>enfin celles qui</u> sont disposées en coin, ou sur un ordre angulair<u>e,</u> sont les tombeaux des cavaliers ou même des gens de pied, surtout <u>de</u> ceux dont le parti avait triomphé.[1]

筆写原稿

(…) avait découvert de lui-même que 《lorsque les pierres sont plantées en une seule et longue ligne droite, cela veut dire qu'il y a dessous des guerriers morts en se battant en duel ; – que celles qui sont disposées en carrés sont consacrées à ceux qui périrent dans une mêlée ; que celles qui sont rangées circulairement sont des sépultures de famille, enfin que celles qui sont disposées en coin, ou sur un ordre angulaire sont les tombeaux des cavaliers ou même des gens de pied, surtout ceux dont le parti avait triomphé》[2]

『芸術家』誌

(…) avait découvert que 《quand les pierres forment une seule et longue file droite, c'est qu'il y a dessous des guerriers morts en se battant en duel; que celles qui sont disposées en carré sont consacrées à des héros ayant péri dans une bataille; que celles qui sont rangées circulairement sont des sépultures de famille, et que celles qui sont disposées en coin ou sur un ordre angulaire sont *les tombeaux des cavaliers, ou même des fantassins, ceux surtout dont le parti avait triomphé.* 》[3]

さて、《avait découvert [de lui-même] que "[lorsque]<quand>(…)"》の訂正における /k/ 音であるが、この音に関していえば、三つのテクストにおける出現度を比較すると次のようになる。

---

(1) Fréminville, *op. cit.*, pp.52-53. Cité par A.J.Tooke, *op. cit.*, p.258.
(2) A.J.Tooke, *op. cit.*, p.259.
(3) *Ibid.*, pp.819-820. 巻末の付録参照のこと。

8章 「カルナック石群とケルト考古学」の発表　153

フレマンヴィル
　　lor<u>s</u>que – mar<u>qu</u>ent – <u>qui</u> – <u>qui</u> – <u>c</u>arré – <u>c</u>onsa<u>cr</u>ées – <u>qui</u> – <u>qui</u> – <u>cir</u><u>c</u>ulairement – <u>qui</u> – <u>c</u>oin – <u>c</u>avaliers(13 ケ所)

筆写原稿
　　dé<u>c</u>ouvert – <u>que</u> – lor<u>s</u>que – <u>qu</u>'il – <u>que</u> – <u>qui</u> – <u>c</u>arrés – <u>c</u>onsa<u>cr</u>ées – <u>qui</u> – <u>que</u> – <u>qui</u> – <u>c</u>irculairement – <u>que</u> – <u>qui</u> – <u>c</u>oin – <u>c</u>avaliers(17 ケ所)

『芸術家』誌
　　dé<u>c</u>ouvert – <u>que</u> – <u>qu</u>and – <u>qu</u>'il – <u>que</u> – <u>qui</u> – <u>c</u>arré – <u>c</u>onsa<u>cr</u>ées – <u>que</u> – <u>qui</u> – <u>c</u>irculairement – <u>que</u> – <u>qui</u> – <u>c</u>oin – <u>c</u>avaliers(16 ケ所)

　つまり、/k/ 音は筆写原稿、『芸術家』誌において種本よりも増加しているのである (筆写原稿から『芸術家』誌への過程で減少していることについてはあとで論じる)。この原因は、フロベールが、《avait découvert que…》という動詞を用いたために、接続詞《que》を少なくとも四ケ所で使わざるを得なくなったことである。勿論、べつな表現、例えば、《avait fait une découverte : "lorsque les pierres …"》というような言い回しで、《que》の反復を避けることはできるのであるから (フレマンヴィルの文章がそうである)、このような《que》の反復使用はフロベールの意識的な選択であると言えるだろう。更に、《que celles qui sont…》という形が繰り返し三度もでてくる。この《que》や《qui》についてフロベールは書簡の中で、その音の耳障りなこと、多くの作家がこれを無自覚にかつ安易に使い、文章における「音の響き」の美的完成をないがしろにしていることを繰り返し述べている。これはあまりにも有名なことなので、一つだけ例をあげるにとどめよう。

　　(…) もう一度繰り返して言うが、我々に至るまで、最近の作家も含めてみんな調和のとれた格調ある文体とは如何なるものかがわかっていない。あの大作家たちにも《qui》や《que》が絡み合って繰り返し出てくる。類似音の反復があっても全然気にかけやしないし、たいてい

の場合彼等の文体には躍動感がない。それに躍動感がある場合には（たとえばヴォルテール）、木切れみたいに潤いがない。これが僕の考えだ。[1]

従って、《avait découvert que "quand(lorsque)…; que celles qui sont…; que celles qui sont… et que celles qui sont…"》という引用文の全体構造は、フロベールが意識的に /k/ 音を含む《que》、《qui》の反復使用によって、オラウス・マグヌスの意見の馬鹿らしさを強調したものと考えることができるであろう。全体構造については今述べたとおりであるが、引用文のそれ以外の細部についてはどうであろうか。《sont plantés en》は《forment》と訂正されている。これは、ひとつには、《sont》の反復を嫌ったためであろう。この語はフレマンヴィルでは8回、筆写原稿では7回、『芸術家』誌では6回使用され、その頻度は減少している。引用文の中の語であるから、マグヌスの考えの馬鹿らしさを強調するのであれば、同語の反復が多いほうが効果的だろうと思うのだが、全体構造の《avait découvert que "quand(lorsque)…; que celles qui sont…; que celles qui sont… et que celles qui sont…"》における /k/ 音に重点をおいたと思われる事、および引用文の前に位置するフロベール自身の言葉の中に、《antiquités》という語があり、《plantées》とのあいだに、/āte/ という音が共通していることがこの訂正の原因であろう。引用文においてマグヌスの愚かしさを強調する手段が自分自身の文章にも影響をおよぼすことは避けたかったのではなかろうか。《longue ligne droite》(フレマンヴィル、筆写原稿）は《longue file droite》（『芸術家』誌）と訂正されている。これは、パラグラフ(5)に《ligne droite》があるので《file droite》と訂正されたのであろう。

---

(1) Corr., II, éd. de Jean Bruneau, Gallimard, La Pléiade, 1980, p.350：《Mais je répète encore une fois que jusqu'à nous, jusqu'aux très modernes, on n'avait pas l'idée de l'harmonie soutenue du style. Les *qui*, les *que* enchevêtrés les uns dans les autres reviennent incessamment dans ces grands écrivains-là. Ils ne faisaient nulle attention aux assonances, leur style très souvent manque de mouvement, et ceux qui ont du mouvement (comme Voltaire) sont secs comme du bois. Voilà mon opinion. 》(lettre à Louise Colet, 6 juin 1853). その他には同書の、pp.95, 105, 394, 640, 687, 725, 770, を参照のこと。

フレマンヴィル

　　elles marquent les sépultures de guerriers qui sont morts en se battant en duel

筆写原稿

　　cela veut dire qu'il y a dessous des guerriers morts en se battant en duel

『芸術家』誌

　　c'est qu'il y a dessous des guerriers morts en se battant en duel

　《sépultures》が削除されたのは後の文に《sépultures de famille(s)》があるので反復を避けたのであろう。その結果、《elles marquent》が《cela veut dire》(筆写原稿)となったが、引用文のあとの文の中に、《[Mais]<mais> Olaüs Magnus [aurait bien dû]<a oublié de> nous dire...》と《dire》が使われていることから、《c'est qu'il y a...》と訂正される。《guerriers qui sont morts en se battant》から《guerriers morts en se battant》へと、関係代名詞の使用を避ける形での訂正がなされたのは、引用文の全体構造の中に繰り返し三回現れる、《que celles qui sont...》が創り出す文体上の効果を阻害しないようにするためになされたものであろう。

フレマンヴィル

　　consacrées à ceux qui périrent dans une mêlée

筆写原稿

　　consacrées à ceux qui périrent dans une mêlée

『芸術家』誌

　　consacrées à des héros ayant péri dans une bataille

　関係代名詞《qui》の削除は、前述の《guerriers qui sont morts en se battant》の場合と同じく、この場所に /k/ 音を含む関係代名詞があると、《(...) que celles qui sont disposées en carré (...)》における、《que...qui...》

の文体上の効果が損なわれるからであろう。《ceux》から《héros》へ、《mêlée》から《bataille》への変更は、イメージの明確さ、音が創り出す力強さを求めたことによるのであろう。

フレマンヴィル
> enfin celles qui sont disposées en coin, ou sur un ordre angulaire, sont les tombeaux des cavaliers ou même des gens de pied, surtout de ceux dont le parti avait triomphé

筆写原稿
> et enfin que celles qui sont disposées en coin, ou sur un ordre angulaire sont les tombeaux des cavaliers ou même des gens de pied, surtout ceux dont le parti avait triomphé

『芸術家』誌
> et que celles qui sont disposées en coin ou sur un ordre angulaire sont *les tombeaux des cavaliers, ou même des fantassins, ceux surtout dont le parti avait triomphé*

《enfin》が最終的に削除されたのは、《en coin》とのあいだに /ã/ – /ɛ̃/ という音が共通しているからであろう。《des gens de pied》から《fantassins》へ、《surtout de ceux dont》から《ceux surtout dont》への訂正は、《des gens de pied》、《surtout de ceux dont》と /d/ 音が連続するのをフロベールが嫌ったからであろう。彼は書簡の中でこのような /d/ 音の近接する反復は好ましくないものとして、自分の文に下線を引いてこのことを示している。例えば、

Je vais ce soir dîner chez Achille, dîner de sheik, le père Lormier, son épouse, Lormier fils et son épouse, champagne! anniversaire de la naissance de la maîtresse de la maison ! Fête de famille ! tableau. [1]

---

(1) *Corr.*, II, p.486, lettre à Louis Bouilhet, 25 décembre 1853.

Je t'avouerai que je ne suis nullement fâché de la chute de la pièce d'ouverture. [1]

筆写原稿の《surtout ceux dont》が『芸術家』誌で、《ceux surtout dont》と語順が変わったのは、フロベールの語感からくる好みによるものだろう。何故なら、筆写原稿の段階で、パラグラフ(4)の最後で同じ語句を再度引用しながら、《car on n'enterrait ainsi que "ceux surtout dont le parti avait triomphé". O brave Olaüs Magnus! (...)》と別の語順で引用しており、これは、このままの語順で『芸術家』誌に残るからである。

　　フロベールは、引用符を付けた引用文の中では、細部にわたってこのような推敲を重ねているが、全体構造の中で全く変えていないものがある。既に幾度か指摘はしておいたが、全体構造は次のような骨組みを持っている。

　　avait découvert que《quand(lorsque)…
　　　　　que celles qui sont disposées en carré …
　　　　　que celles qui sont rangées…
　　　　　que celles qui sont disposées en coin…》

この中で、《que celles qui sont disposées》が第二項と第四項を占めていて、《disposées》という同語反復は訂正されずに残っていること、さらにその上《disposées》の次に類似した表現、しかも /k/ 音を持つ同じ音の連続 (/āk/) が配置されたままになっていることである(既にフレマンヴィルの文でそうである)。これは、《avait découvert que》における /k/ 音と接続詞《que》の反復使用は、フロベールが意識的に行ったものである以上、この全体構造の第二項、第四項に、《disposées》を含む《que celles qui sont disposées en ＋ /k/》を残し、この第二項、第四項自体が同一表現の反復となるように仕組んだものと考えざるを得ないのではなかろうか。そして、この第二項、第四項での同一表現の反復が、/k/ 音を含んでいるが故に、全体構造の文体的効果を一層高める働きをしていると考えられるであろう。

---

(1) *Ibid.*, p.629, lettre à Louis Bouilhet, 8 septembre 1856. その他にも同書の pp.221, 240, 618 を参照のこと。

引用符を付けた引用文における訂正推敲については、結論として次のことが言えるであろう。このような引用文においては、その形式・内容についての語り手の価値基準に基づいた提示の仕方 (全体構造) に合致するような細部は、それが文章についての語り手の美的基準に反するものであっても訂正はされない。また、全体の文体的効果を損なうような細部は訂正される。しかし、これ以外のものに関しては、できる限り文の美的完成をめざして推敲がなされる。

最後に、『芸術家』誌において引用文の一部がイタリックになっていることについて触れておく必要があるだろう。これまで見てきたように、パラグラフ(4)におけるフレマンヴィルからの引用文は、引用符 (guillemets) が付いているにも拘らず様々に訂正されている。つまり、この部分は正確な意味で言えば、引用文であるが故に引用符がついているのではなく、引用符がついているが故に引用文として解釈されねばならないものなのである。もとの文がいかに改変、改竄されようとも、である。先に見たように、引用符をつけない引用もあることから、引用符の使用はもとの文の正確な提示を保証するものではない。語り手 (フロベール) が、他者の言葉・意見として、とくに提示するだけの価値があると判断したものについて引用符が使われていると考えるべきである。従って引用符は提示された語句を強調する働きをしていることになる。そして、このような引用文の中で使われたイタリックは、この引用符の働きを一層強めるものとして機能することになる。このことは、マグヌスの意見に対してフロベールが述べる次のコメントの部分：《Voilà qui est clair (…)》以降の語調が明らかに示してくれている。

それでは引用の問題を離れて、テクストの地の文に戻ろう。

筆写原稿

  voilà qui est clair, explicite, satisfaisant. Mais Olaüs Magnus aurait bien dû nous dire quelle était la sépulture que l'on aurait donnée à deux cousins germains ayant fait coup double dans un duel à cheval?

『芸術家』誌

  Voilà qui est clair; mais Olaüs Magnus a oublié de nous dire comment s'y prendre pour enterrer deux cousins, ayant fait coup double, dans un duel, à cheval.

　《explicite, satisfaisant》は、《clair》を補強しつつマグヌスの意見を揶揄するためのものであるが、文の展開が遅くなり、少し執拗にすぎるとフロベールが判断したのであろう、削除される。そうでないとするなら、《explicite》と《explication》(パラグラフ(3))とで、/ɛkspli/ の音が重なること、《satisfaisant》と《ayant fait》において意味上《faire》の重複があるからであろう。次の文は、《aurait bien dû…》、《aurait donnée…》における《aurait》の反復、《quelle était la sépulture que》における /k/ 音の反復、更に《sépulture》は引用文の中に一度、あとの文にも《la sépulture de famille》ともう一度使われていること、《bien》は《il fallait bien les disposer en coin》、《Vous aimiez donc bien fort le Monte Pulciano!》とあとの文で用いられていることなどから、『芸術家』誌の段階での訂正がなされたのであろう。《cousins germains》における《germains》の削除は、/ɛ/ 音が接近しているためになされたのであろう。最後に、『芸術家』誌において、《(…) deux cousins, ayant fait coup double, dans un duel, à cheval》とヴィルギュルを用いて文を区切っているのは、マグヌスの意見の矛盾点を明らかにするために、問題点を強調する狙いからなされたものであろう。

筆写原稿
　　Le duel, de lui-même, voulait que les pierres fussent droites; la sépulture de famille exigeait qu'elles fussent circulaires

『芸術家』誌
　　Le duel voulait que les pierres fussent droites; la sépulture de famille exigeait qu'elles fussent circulaires

　『芸術家』誌では、《de lui-même》が削除されただけであるが、この削除については既に述べた。注目すべき点は、

　(…) voulait que les pierres fussent (…)

(…) exigeait qu'elles fussent (…)

と、《que…fussent…》が二度反復使用されていることである。ここは、先に論じた引用文における基本構造を踏襲した形になっているので、フロベールの狙いは明かであろう。

筆写原稿

> mais comme c'étaient des cavaliers, il fallait bien les disposer en coin, il est vrai qu'on n'y eut pas été absolument contraint : car on n'enterrait ainsi que 《ceux surtout dont le parti avait triomphé》. O brave Olaüs Magnus! Vous aimiez donc bien fort le Monte Pulciano! Et combien vous en a-t-il fallu de rasades pour nous apprendre toutes ces belles choses ?

『芸術家』誌

> mais comme il s'agissait de cavaliers, on devait les disposer en coin, prescription, il est vrai, qui n'était pas formelle, puisqu'on n'employait ce système que 《pour ceux surtout dont le parti avait triomphé.》 O brave Olaüs Magnus! vous aimiez donc bien fort le Monte-Pulciano? Et combien vous en a-t-il fallu de rasades pour nous apprendre toutes ces belles choses !

《comme c'étaient des cavaliers…》が《comme il s'agissait de cavaliers…》と訂正されたのは、《étaient：/etɛ/》が原因であろう。何故なら、《Mais Olaüs magnus aurait bien dû nous dire quelle était la sépulture…》、《il est vrai qu'on n'y eut pas été absolument contraint…》（両方とも筆写原稿）と、《être》が類似音を伴う形で反復使用されているからである。この《être》は、《…qui n'était pas formelle》（『芸術家』誌）という形で一ケ所だけに残される。先に述べたように、《bien》は最後のものを除いて他は削除されるが、これのもう一つの理由は、《bien》と《coin》に /ɛ/ 音の近接した反復がみられるからでもあろう。《il fallait bien les disposer…》が《on devait les disposer…》と訂正されたのは、パラグラフ(4)の最後の文に、《Et combien vous en a-t-il fallu de rasades…》と《falloir》があるため同語反復をさけたのであろう。《il est vrai qu'on n'y eut pas été absolument contraint》から《prescription, il est vrai, qui n'était pas formelle》への訂正は、/kɔ̃/ の反復が原因であろう。更に、《contraint》の中には、次の文の《on enterrait ainsi》と /ɛ̃/ 音の反復があることも関係しているだろう。《car on n'enterrait ainsi...》から《puisqu'on n'employait ce système...》への訂正は、《enterrait》にその原因がある。《enterrer》は既に、《Mais Olaüs Magnus aurait bien dû nous dire quelle était la sépulture qu'on aurait donnée à deux cousins...》（筆写原稿）から、《mais Olaüs Magnus a oublié de nous dire comment s'y prendre pour enterrer deux cousins...》（『芸術家』誌）への訂正で使われているからである。最後に次のことに注目しておきたい。フロベールはもう一度引用符を用いて引用を行っているが、筆写原稿、『芸術家』誌、双方において、引用の直前に《que》を配していることである。

> car on n'enterrait ainsi que 《ceux surtout dont le parti avait triomphé》.

> puisqu'on n'employait ce système que 《pour ceux surtout dont le parti avait triomphé.》

このような《que》の用い方は、先に論じた引用文の全体構造、

> découvert que 《quand...
>   que celles qui sont...
>   que celles qui sont...
>   que celles qui sont...》

および、もう一つ他にもみることができた《que》、

> voulait que....fussent...
> exigeait que....fussent...

これらの《que》における /k/ 音と明らかに呼応しているものであり、同じ

文体的効果を狙ったものであろう。

　　これまで論じてきたことから、フロベールの訂正推敲の作業の実際がおおよそ理解されたことと思う。これ以降は説明が煩瑣になるのを避けるため、フロベールの作業の対象を幾つかの項目に整理し、それに従って脚注を付けながら説明することにする。なお、フロベールにとって新しい作業対象が生じている場合にはこれも注で説明する。これまでのフロベールの作業対象は次のようなものであった。

　　I.　反復 (Répétition)
　　　1. 同音反復 (Cacophonie, Assonance)
　　　2. 同語反復 (Répétition du même mot)
　　　3. 同義反復 (Redites, Répétition de la même idée)

　　II.　引用 (Citation)
　　　1. 地の文に組み入れられた引用 (Citation intégrée)
　　　2. 引用符を付した引用 (Citation mise entre guillemets)
　　　3. イタリックにされた引用 (Citation mise en italique)

これ以降の注における説明は、I−1，II−1というような形で注記していく。これは上記の作業対象の項目分類に対応している。特に、反復(I)に関しては、文の美的完成をめざした推敲 (Correction positive) と、その反対の推敲 (Correction négative) とがあることに留意してもらいたい。

(5)　　　<Selon> Un certain docteur Borlase <, Anglais,> qui avait observé en Cornouailles des pierres pareilles, [a dit aussi son petit mot là–dessus. Selon lui:][1] 《on a enterré là des soldats à l'endroit même

---

　(1)　Correction positive. 《qui avait observé》, 《a dit》 と動詞が二つあるため簡潔さに欠け、文が遅くなる。次の文と一緒にして二文を一文に凝縮するために、《a dit son petit mot là–dessus》を削除し、前置詞《selon》を文頭にもってくる。

où ils avaient [combattu] <péri>[1][.] <;>》[Où diable a-t-il vu qu']
<comme si d'habitude> on[2] les [charriât ordinairement] <charriait>
au cimetière! <Et il appuie son hypothèse sur cette comparaison : >
《Leurs tombeaux [,ajoute-t-il,] sont rangés em ligne droite, [comme]
<tels que>[3] le front d'une armée, dans les plaines qui [ont été]
<furent>[4] le théâtre de quelque[s] grande[s] [actions]<exploit>[5]. 》[6]
[Cette comparaison est d'une poésie si grandiose qu'elle m'enlève,

---

(1) II-2. トゥークによれば、フレマンヴィルは次のような形でボーレイズの文を引用している：《les tombeaux des simples soldats étaient disposés sur le champ de bataille à l'endroit où ils avaient combattu (…)》(*op. cit.*, p.259)。フロベールの引用は、《à l'endroit même où ils avaient combattu》の部分だけだが、それでも《même》の使用により誇張がみられる。

Correction positive [combattu – *péri*]、I-1(/kɔ̃/)：《combattu》－《Où diable a-t-il vu qu'on les charriât》－《Cette comparaison》.

(2) Correction positive [qu'on – *on*]、I-1(/kɔ̃/)：《combattu》－《Où diable a-t-il vu qu'on les charriât》－《Cette comparaison》。

(3) Correction positive [comme – *tels que*]、I-2 (comme)：《comme si d'habitude on les charriait》－《comme le front d'une armée》。

(4) Correction positive [ont été – *furent*]、I-1(/te/)：《qui ont été le théâtre》－《On a été》（パラグラフ(6)）。ここでは複合過去が単純過去に訂正されているが、この訂正が音韻上の理由からなされていることをはっきり認識しておく必要があるだろう。ここの訂正では、フロベール自身の文章：《On a été ensuite cherher les Grecs (…)》も関係していることを忘れてはならない。

(5) Correction négative [actions – *exploit*]、I-1(/wa/)：《à l'endroit》－《en ligne droite》－《quelque grand exploit》。フロベールは、《le théâtre de grandes actions》とか《le théâtre du crime》というような紋切り型の表現を残しておきたかったのであろう。この意図は、音韻の側面から /wa/ 音の反復を響かせることでいっそう強調されている。

(6) II-2. トゥークによればフロベールは相変わらずフレマンヴィルの『モルビアンの遺跡』を借用している。フレマンヴィルがボーレイズを引用している部分を引用する：《(…): on les y reconnaît encore, ils sont rangés en ligne droite comme le front d'une armée dans les plaines qui ont été le théâtre de quelques grandes actions》(*Monumens du Morbihan*, p.53. Cité par A.J.Tooke, *op. cit.*, pp.259-260)。この引用部分については筆写原稿の段階では大きな変更はみられない。唯一

et je suis un peu de l'avis du docteur Borlase.][1]

(6)　　　<Puis>[2] On [a été ensuite]<alla>[3] chercher les Grecs, les Egyptiens et les Cochinchinois [.]<!> Il y a un [Karnac] <Carnac> en Egypte, s'est-on dit[4] [;]<,> il y en a un en Basse[-] Bretagne. [Nous n'entendons ni le Cophte, ni le breton :] [or]<Or> il est probable que le Karnac d'ici descend du [Karnac]<Carnac> de là-bas [:]<;> cela est sûr [,]<!> car là-bas ce sont des sphinx [alignés][5], ici [ce sont][6]<,> des blocs ; des deux côtés [,] c'est de la pierre [:]<,> d'où il résulte que les Egyptiens (peuple qui ne voyageait pas) [seront]

　　目を引くのは、フレマンヴィルによるボーレイズの文章がヴィルギュルによって寸断されていることぐらいである。

(1)　ここの部分は殆ど全部削除され、《comparaison》のみが《Et il appuie son hypothèse sur cette comparaison》という形で引用の前におかれる。フロベールはデュ・カンと彼自身を指す《nous》、および《Je》を殆ど削除する。《Je》はパラグラフ(10), (20)のみで使われている。

(2)　Correction positive [On a été ensuite – *Puis on alla*]。《ensuite》はパラグラフ(8)の冒頭で、《Ensuite, un membre de l'Institut...》と使われるため《puis》に変えられて文頭に移動。このような副詞を段落の最初に位置させるのは段落ごとのリズム感を明確にするためにフロベールがよく用いる方法である。

(3)　Correction positive [a été – *alla*], I-1(/te/)：《qui ont été le théâtre》-《On a été》. ここでもフロベールは音韻上の理由から複合過去を単純過去に変えている。先に指摘した、《(...) les plaines qui [ont été]<furent> le théâtre (...)》も同じ時制変更である。

(4)　II-1. この挿入句でここから一種の引用が始まっていることがわかる。パラグラフ(3)における聖コルニーユ伝説の語りがそうであったように、フロベールはここでも匿名の人々の意見に同調しながら、その考えを皮肉をこめて復唱しているのである。

(5)　Correction positive [sphinx alignés – *sphinx*], I-2, I-3：《sphinx alignés》-《les alignements de Carnac》(パラグラフ(7))。

(6)　Correction positive [ici ce sont des blocs – *ici des blocs*], I-1, I-2(/səsɔ̃/)：《ce sont des sphinx》 - 《ce sont des blocs》.

<sont>[1] venus sur ces côtes [,] (dont ils ignoraient l'existence)<,> y auront fondé une colonie (car ils n'en fondaient nulle part) et qu'ils [y] auront[2] laissé ces statues brutes (eux qui en faisaient de si belles) [:]<,>témoignage positif de leur passage (dont personne ne parle)[3].

(7)　　Ceux qui aiment la mythologie ont vu là les colonnes d'Hercule; ceux qui aiment l'histoire naturelle y ont vu une représentation du serpent Python, parce [qu'au rapport de]<que, d'après>[4] Pausanias, [une réunion]<un amas>[5] de pierres semblables, [placées][6] sur la route de Thèbes à [Glissante]<Elissonte> s'appelait [la *tête du serpent*] <*la Tête du serpent*>[7], < 》[8] et d'autant plus que [: 《] les alignements de Carnac offrent des sinuosités comme un serpent. 》[9] Ceux qui aiment

---

(1)　Correction positive [seront venus – *sont venus*], I-1(/rɔ̃/)：《se<u>ront</u> venus sur ces côtes》 – 《y au<u>ront</u> fondé une colonie》 – 《y au<u>ront</u> laissé ces statues》.

(2)　Correction positive [ils y auront laissé – *ils auront laissé*], I-1, I-2(/iɔrɔ̃/)：《y <u>au</u>ront fondé》 – 《y <u>au</u>ront laissé》.

(3)　A.J. トゥークによれば、フロベールはこの部分もフレマンヴィルの『モルビアンの遺跡』を参考にしているらしい (*op. cit.*, p.260)。しかしフロベールの文章は全くの創作と言えるものであり、彼の皮肉は括弧内の彼のコメントに現れている。

(4)　Correction positive [au rapport de Pausanias – *d'après* Pausanias], I-1(/pɔ/ – /po/)：《au ra<u>pp</u>ort de <u>P</u>ausanias》.

(5)　Correction positive [une réunion de pierres – *un amas* de pierres], I-1(/yn/)：《 <u>une</u> ré<u>un</u>ion》.

(6)　Correction positive [placées = 削除], I-1(/plas/ – /sapl/)：《<u>plac</u>ées》 – 《s'a<u>ppel</u>ait》.

(7)　II-1. マエーは『モルビアンの古代遺跡について』のなかで次のように書いている：《Pausanias apprit qu'une réunion de pierres brutes, placées sur la route de Thèbes à Glissante, s'appeloit *la tête du serpent.* 》(A.J.Tooke, *op. cit.*, p.261)。つまりフロベールはほぼ正確な引用をしているにも拘らず引用符 (guillemets) を用いていない。

(8)　『芸術家』誌においては引用符がここから始まっている。筆写原稿におけるよりも引用符を付した部分が広がっていることに注意してほしい。このことについては次注で論じる。

(9)　II-2. マエーは『モルビアンの古代遺跡について』のなかで次のように書いている：《L'auteur de ce système y a renoncé et a fait connaître au public que les pierres de Carnac sont les colonnes d'Hercule (…) sa troisième opinion est que la ↗

la cosmographie [y]⁽¹⁾ ont vu un zodiaque [:] comme [Monsieur]<M.> de Cambry [entr'autres], qui a reconnu dans ces onze rangées de pierres les douze signes du zodiaque [:]<,> 《car il faut dire, ajoute-t-il, que les anciens Gaulois n'avaient que onze signes au zodiaque.》⁽²⁾

(8)　　　<Ensuite,>⁽³⁾ [Un Monsieur, qui était] <un>⁽⁴⁾ membre de l'Institut

---

projectiondes lignes de Carnac représente, par ses sinuosités, un immense serpent.》(Cité par A.J.Tooke, op. cit., p.261)。フロベールの引用に相当する部分は、《la projection des lignes de Carnac représente, par ses sinuosités, un immense serpent》の部分であるが、内容はともかく字句はかなり変更されている。前々注で触れた引用はほぼ正確な引用であるにも拘らず引用符は使用されず、ここの引用は字句が改変されているにも拘らず引用符が用いられている。パウサニアスの言述は事実であるが、彼のこの言葉から、「石の列は蛇を表している」という結論へ向かうことの論理性をフロベールは問題にしているのであろう。ここにみられる論理の飛躍が彼の揶揄の対象であるからこそ、まず筆写原稿の段階で、《les alignements de Carnac offrent des sinuosités comme un serpent》の部分に引用符を付したのであろう。とするならば、『芸術家』誌において引用符を付した引用部分が拡大され、論理推理の一層の補強を果たす接続詞句《et d'autant plus que》までが引用符の中に組み込まれ揶揄の対象となるのは必然ともいえるだろう。

⑴　Correction positive [la cosmographie y ont vu – la cosmographie ont vu], I-1 (/i/)：《cosmographie y ont vu》.

⑵　II-2. フレマンヴィルの『モルビアンの遺跡』からの借用：《(…) Mais M. de Cambry a tranché net la difficulté en prétendant, je ne sais sur quel fondement, qu'il n'y avait que onze signes au zodiaque des anciens Gaulois.》(Cité par A.J.Tooke, op. cit., p.261)。フロベールは字句を変更しているにも拘らず引用符を用いている。更にここで特徴的なことは：《(…) les douze signes du zodiaque, "car il faut dire (…) que les anciens Gaulois n'avaient que onze signes au zodiaque》にみられるように /k/ 音が引用の直前および引用自体の中に多くみられることである。またこのパラグラフ⑺の全体構造は：《Ceux qui aiment… ont vu / Ceux qui aiment… y ont vu… / Ceux qui aiment… y ont vu… zodiaque "car il faut dire que… n'avaient que onze signes au zodiaque"》となっている。同一構文の反復、/k/ 音の反復、これらはパラグラフ⑷で論じたものと同じ文体的効果を狙ったものであろう。

⑶　Correction positive [Un Monsieur – Ensuite]. パラグラフ⑹の冒頭の訂正を参照のこと。

⑷　Correction positive [Un Monsieur, qui était membre de l'Institut – un membre de l'Institut]. 関係節により文が遅くなるので、文の凝縮化によりこれを解消。

8章 「カルナック石群とケルト考古学」の発表　167

　　a [estimé]<conjecturé>[1] <《 > que ce pouvait [bien] être <bien> le cimetière des Vénètes < ,》>[2] qui habitaient Vannes[,] à six lieues de là, et lesquels fondèrent Venise, comme chacun sait. Un autre a [pensé]<écrit>[3] que ces bons Vénètes, vaincus par César, élevèrent <tous> ces [pierres] <blocs>[4] [à la suite de leur défaite], uniquement par esprit d'humilité et pour honorer César.[5]

　　Mais[6] on [en avait assez]<était las>[7] [des]<du>cimetière[s], du serpent [Python,][8] et du zodiaque [,]< ; > on se mit en quête [9] [d'autre chose][9] <, > et <l' > on[10] trouva un temple druidique. Le[11]

------

(1) Correction négative [a estimé – *a conjecturé*], I-1(/k/)：《a conjec<u>t</u>uré q<u>ue</u>》.
(2) Correction négative [II-1 – *II-2*]。フロベールは筆写原稿では、《que ce pouvait bien être le cimetière des Vénètes》の部分には引用符を付けてはいない。しかし、『芸術家』誌の段階で、《a estimé que…》を《a conjecturé que…》と訂正し、/k/ 音が増加すると同時に引用符を使用し始めている。ここの引用はマエーの『モルビアンの古代遺跡について』からの借用である：《Dans un mémoire sur les anciennes sépultures, un membre de l'Institut a avancé que Carnac étoit le cimetière des Vénètes(…)》(Cité par A.J.Tooke, *op. cit.*, pp.261–262)。
(3) Correction négative [a pensé que – *a écrit que*], I-1(/k/)：《a é<u>c</u>rit q<u>ue</u> (…) vain<u>c</u>us (…)》.
(4) Correction négative [pierres – *blocs*], I-1(/k/)：《a é<u>c</u>rit q<u>ue</u> (…) vain<u>c</u>us (…) tous ces blo<u>c</u>s, uni<u>q</u>u<u>e</u>ment (…)》。前注も参照のこと。
(5) II-1. ここはマエーの『モルビアンの古代遺跡について』からの引用である：《Un autre a écrit depuis peu que les Vénètes, vaincus par César, élevèrent les pierres de Carnac à la suite de la victoire qu'il remporta sur eux au lieu même où nous les voyons aujourd'hui, et pour honorer les braves Vénètes qui y avaient perdu la vie.》(Cité par A.J.Tooke, *op. cit.*, p.262)。
(6) 『芸術家』誌では、ここから新しい段落は始まってはいない。この部分はパラグラフ(8)の最後の部分に組み入れられている。
(7) Correction positive [en avez assez – *était las*], I-1(/a/ – /e/)：《en a<u>v</u>ez assez》.
(8) Correction positive [serpent Python – *serpent*], I-1(/5/)：《on en avez assez》 – 《Python》 – 《on se mit en quête》 – 《on trouva》.
(9) Correction positive [on se mit en quête d'autre chose – *on se mit en quête*], I-2 (autre chose)：《en quête d'<u>autre chose</u>》– 《il n'a jamais poussé <u>autre chose</u>》.
(10) Correction positive [on – *l'on*], I-1(/5/)：《<u>on</u> en avez assez》 – 《<u>on</u> se mit en quête》 – 《<u>on</u> trouva》.
(11) 『芸術家』誌では、ここから新しい段落、パラグラフ(9)になる。フロベールは、パラグラフ(3)以降、カルナック石群についての新しい説の提示は新しいパラグラフ／

peu de documents [authentiques]⁽¹⁾ que [l'on ait sur cette époque] <nous ayons>⁽²⁾, épars dans Pline et dans Dion Cassius, s'accordent à dire que <:> les [Druides]<druides> choisissaient pour leurs cérémonies [religieuses]⁽³⁾ des lieux sombres [:]<,> le fond des [forêts] <bois>⁽⁴⁾《et leur vaste silence》. Aussi<,> comme [Karnac] <Carnac> est au bord de la mer, dans une campagne stérile, où <jamais>⁽⁵⁾ il n'a [jamais] poussé autre chose que les conjectures de ces [Messieurs] <messieurs>, le premier grenadier de France<,> qui ne me paraît pas en avoir été le premier homme d'esprit, suivi de Pelloutier et de [Monsieur] <M.> Mahé, <(> chanoine de la cathédrale de Vannes <)>, a [décidé] <conclu>⁽⁶⁾ <《 >⁽⁷⁾ que c'était un temple des [Druides] <druides>

で始めていた。

(1) Correction positive [documents authentiques – *documents*], I-1 (/ã/ – /k/):《do<u>c</u>uments auth<u>en</u>ti<u>qu</u>es <u>que</u> l'on ait sur cette épo<u>que</u>》.

(2) Correction positive [l'on ait – *nous ayons*], I-1(/ɩɔ̃/), I-2 (l'on):《<u>l'on</u> trouva》(パラグラフ⑻,『芸術家』誌) – 《<u>l'on</u> ait sur cette époque》.

　Correction positive [sur cette époque ＝　削　除], I-1(/k/):《do<u>c</u>uments authentiques <u>que</u> l'on ait sur cette épo<u>que</u>》.

(3) Correction positive [cérémonies religieuses – *cérémonies*], I-1(/jø/):《reli<u>gieu</u>ses》 – 《<u>lieue</u>s sombres》.

(4) Correction positive [le fond des <u>forêts</u> – le fond des <u>bois</u>], I-2(forêts):《le fond des <u>forêts</u>》 – 《des <u>forêts</u> écartées》(パラグラフ⑽) – 《les <u>forêts</u> gauloises》(パラグラフ⑽). 更に、『芸術家』誌の段階でパラグラフ⑽において《de hautes <u>forêts</u>》と《forêts》がもう一つ増えるのだが、パラグラフ⑽のものは全て引用符を付けた引用文の中にある。

(5) Correction positive [il n'a jamais poussé – *jamais il n'a poussé*]. 強調するために《jamais》を前にだす。これは同時に、《Aussi (…)》以降前面に出てくるフロベールの皮肉を強調するためでもある。

(6) Correction négative [a décidé que (…) – *a conclu "que (…)"*], I-1(/k/):《a <u>conclu "que</u> c'était un temple des druides dans lequel on devait aussi <u>conv</u>o<u>quer</u> les assemblées politi<u>qu</u>es"》. 既に述べたように、フロベールは /k/ 音の反復を増やすことで次の引用文の馬鹿馬鹿しさを強調しようとしている。

(7) Correction négative [a décidé que (…) – *a conclu "que (…)"*]. 前注で指摘したように、フロベールは /k/ 音を増加させると同時に、この /k/ 音を含む接続詞《que》

[《][(1)]dans lequel on devait aussi convoquer les assemblées politiques》[(2)].
(10)　　Tout<,> cependant<,> n'était pas [encore dit]<fini>[(3)], et [ce fait *acquis à la science* n'eût pas été complet si l'on n'eût démontré] <il fallait démontrer un peu>[(4)] à quoi servaient dans l'alignement les espaces vides [où il ne se trouve pas de pierres][(5)].《Cherchons-en la raison, ce que personne ne s'est [encore][(6)] avisé de faire <,》> s'est

---

　　のところから引用符を使い始めるように訂正している。これは、パラグラフ(8)における：Correction négative [a estimé que (…) – *a conjecturé "que (…)"*], I–1(/k/)の場合と同じである。

(1) ここで引用符が削除されたのは、/k/ 音と引用符との文体上の効果を考慮してのことである。前注を参照のこと。

(2) ここはマエーの『モルビアンの古代遺跡について』からの引用である：《Les pierres de Carnac ne formoient pas seulement une enceinte sacrée aux cérémonies religieuses, on devoit aussi y convoquer les assemblées politiques》(Cité par A.J.Tooke, *op. cit.*, p.263)。前の二つの注で指摘したことだが、このパラグラフでは訂正後 /k/ 音の配置が変化している。フロベールの皮肉が前面にでてくる、《Aussi, comme Carnac (…)》以降とそれ以前とでは、/k/ 音の配置は、筆写原稿(7：14)、『芸術家』誌(5：16)となっている。このことからも、/k/ 音、引用符の使用は非常に意識的になされていることが理解されるであろう。

(3) Correction positive [n'était pas encore dit – *n'était pas fini*], I–1(/ã/)：《cependant》–《encore》. I–2(encore)：《n'était pas encore dit》–《personne ne s'est encore avisé》. I–2 (dire)：《s'accordent à dire》(パラグラフ(9)) –《n'était pas encore dit》–《s'est dit Monsieur Mahé》.

(4) Correction positive [ce fait *acquis à la science* n'eût pas été complet si l'on n'eût démontré – *il fallait démontrer un peu*], I–1(/ny/), I–2(n'eût)：《ce fait (…) n'eût pas été》–《si l'on n'eût démontré》.

(5) Correction positive [les espaces vides où il ne se trouve pas de pierres – *les espaces vides*], I–3.《espaces vides》には石がない(《il ne se trouve pas de pierres》)のは当然のこと。前注で触れた部分、およびこの部分は文が遅くなることからも削除の対象となったと思われる。II–1：《les espaces vides où il ne se trouve pas de pierres》はマエーからの引用：《J'ai observé que les alignements de Carnac sont coupés par les espaces vides où il ne se trouve pas de pierres. Cherchons-en la raison, ce que personne ne s'est encore avisé de faire.》(Cité par A.J.Tooke, *op. cit.*, p.263)。

(6) Correction positive [ne s'est encore avisé – *ne s'est avisé*], I–2(encore)：《Tout cependant n'était pas encore dit》–《personne ne s'est encore avisé》.

[dit] <écrié>[1] [Monsieur]<M. > Mahé [,]<;> et <,> s'appuyant sur [cette] <une> phrase de [Pomp.] <Pomponius> Méla: 《Les Druides enseignent beaucoup de choses à la noblesse, qu'ils instruisent secrètement en des cavernes et en des forêts écartées》[2] <et sur cet autre de Lucain : 《Vous habitez de hautes forêts》[3] > il établit en conséquence que les [Druides]<druides, > non seulement desservaient [les]<les> *sanctuaires*, mais y faisaient leur demeure, et y tenaient des collèges[4]: 《Puis<,> donc<,> que le monument de Carnac est un sanctuaire [,] comme l'étaient les forêts gauloises ([O]<ô> puissance de l'induction, où pousses-tu le [père] <Père> Mahé, chanoine de Vannes [,] et correspondant de [l'académie]<l'Académie> d'agriculture de Poitiers!) <,>[*il y a lieu de croire*]<il y a lieu de croire> que les intervalles vides qui coupent les lignes des pierres renfermaient des files de maisons, où les [Druides]<druides> habitaient avec leurs familles et leurs nombreux élèves, et où les principaux de la nation<,> qui se rendaient au sanctuaire [,] aux jours de grande solennité, trouvaient des logements préparés.》[5] Bons [Druides] <druides>!

---

(1) Correction positive [s'est dit – *s'est écrié*], I–2(dire): 《Le peu de documents (...) s'accordent à dire》(パラグラフ(9)) – 《Tout cependant n'était pas encore dit》 – 《s'est dit Monsieur Mahé》.
(2) II–2：マエーからの引用 (A.J.Tooke, *op. cit.*, p.263)。
(3) II–2：マエーからの引用 (A.J.Tooke, *op. cit.*, p.263)。
(4) II–1：《les Druides (...) y tenaient des collèges》はマエーからの引用(A.J.Tooke, *op. cit.*, p.263)。フロベールが《sanctuaires》をイタリックにしているのは、次のマエーの推論がこの語を起点にしてなされているにも拘らず、この語についての実証的な説明が皆無だからである。
(5) II–2. マエーの『モルビアンの古代遺跡について』からの引用：《Puis donc que le monument de Carnac est un sanctuaire, comme l'étoient les forêts Gauloises, il y a lieu de croire que les intervalles vides, qui coupent les lignes des pierres, renfermoient des files de maisons où les Druides habitoient avec leurs familles et leurs nombreux élèves, et où les principaux de la nation qui se rendoient au sanctuaire aux jours de grandes solennités trouvoient des logements préparés.》(Cité par A.J.Tooke, *op. cit.*, p.263)。フロベールは最初筆写原稿の段階では《il y a lieu de croire》をイタリックにしているが、『芸術家』／

[Excellents]<excellents> ecclésiastiques ! comme on les a calomniés ! Eux qui habitaient là, si honnêtement<,> avec leur[s] famille[s] et leurs nombreux élèves, et qui même poussaient l'amabilité jusqu'à préparer des logements pour les principaux de la nation [.]<!>

⑾　　Mais [enfin] un homme <, enfin, un homme> est venu, [qui] pénétré du génie [de l'antiquité]<des choses antiques>[(1)], et [dédaignant les] <dédaigneux des>[(2)] routes battues [a osé dire la vérité à la face de son ⑿siècle][(3)]. Il[(4)] a su reconnaître <,lui,> [en ces lieux] les restes d'un camp romain, et précisément d'un camp de César, qui n'avait fait élever ces pierres [《que pour servir d'appui aux tentes de ses soldats, et pour les empêcher d'être emportés par le vent》] <*que pour servir d'appui aux tentes de ses soldats et les empêcher d'être emportés par le vent*>[(5)].

誌の段階でこれを普通のロマン体に戻している。これは、《sanctuaires》を起点にして、何の実証的説明もなしに、《Puisque le monument de Carnac est un sanctuaire (…) il y a lieu de croire (…)》と推理を展開することの馬鹿らしさを強調するためにイタリックを用いたのであろう。ロマン体に戻したのは、《ô puissance de l'induction (…)》のコメントが十分に皮肉と揶揄の機能を果たしていることから、イタリックにする必要はないと思い直したのだと考えられる。

(1) Correction positive [qui pénétré du génie de l'antiquité – *pénétré du génie des choses antiques*], I-1(/ki/)：《qui pénétré du génie de l'antiquité》 - 《César, qui n'avait fait élever》. I-2(qui)：《qui pénétré du génie》 - 《César, qui n'avait fait élever》

(2) Correction négative(?) [dédaignant les routes battues – *dédaigneux des routes battues*], I-1(/de/)：《(…) génie des choses antiques, et dédaigneux des routes battues》. この /de/ 音の繰り返しは次に紹介される人物の論理推理を揶揄するためのものであろうか。

(3) Correction positive [a osé dire la vérité à la face de son siècle ＝削除], I-3：この部分と、次の《Il a su reconnaître (…)》の部分が意味上重複する。また《dire la vérité à la face de son siècle》という紋切り型の表現を嫌ったためでもあろう。

(4)『芸術家』誌ではここから新しい段落、パラグラフ⑿になる。

(5) II-2. フレマンヴィルの『モルビアンの遺跡』からの引用：《pour servir d'appuis aux tentes et les mettre à l'abri du vent》(Cité par A.J.Tooke, *op. cit.*, p.264)。フレマンヴィルの文はだいぶ改変されている。また、《que》のところから引用符もしくはイタリックが用いられていることから、このパラグラフでも /k/ 音が重要な

Quelles bourrasques il devait [faire] <y avoir>[1] autrefois sur les côtes de l'Armorique!

(13)　　[L'homme]<Le littérateur honnête>[2] qui [a restitué à César] <retrouva pour>[3] la gloire [de]<du grand Julius,> cette précaution sublime <(ainsi restituant à César ce qui jamais n'appartint à César)> [s'appelait] <était un ancien élève de l'Ecole polytechnique, un capitaine du génie,>[4] [Monsieur]<le sieur> de la Sauvagère[,]<!> [et était de son métier officier de génie.][5]

役割を果たしていると思われる。パラグラフ(11)で《qui》が削除されたのも、このパラグラフで /k/ 音が創り出す効果をより鮮明にする意図があったと考えられる。『芸術家』誌の段階でここの引用全体が引用符ではなくイタリックに変更されたのは、パラグラフ(4)の場合と同じで、彼の皮肉・揶揄の対象になる部分を明示し強調する意図からであろう。

(1)　Correction positive [il devait faire autrefois – *il devait y avoir autrefois*], I-2 (faire):《César, qui n'avait fait élever》 – 《il devait faire autreois》.

(2)　Correction positive [L'homme – *Le littérateur honnête*], I-2(homme):《Mais enfin un homme est venu》 – 《L'homme qui a restitué》.

(3)　Correction positive [qui a restitué – *qui retrouva*], I-1(/a/):《qui a restitué à César la gloire》.　I-2(avoir):《qui (...) a osé dire la vérité》(パラグラフ(12)) – 《Il a su reconnaître en ces lieux》(パラグラフ(12)) – 《qui a restitué à César》。この複合過去から単純過去への時制変更は、パラグラフ(5), (6)での時制変更と同じであり、同音反復、同語反復を避けようとして生じたものである。

(4)　Correction positive [s'appelait Monsieur de la Sauvagère – *était (...) le sieur de la Sauvagère*], I-2(appeler):《s'appelait Monsieur de la Sauvagère》 – 《ce qu'on appelle l'archéologie celtique》(パラグラフ(14))。

(5)　Correction positive [était de son métier officier de génie – *était un ancient élève de l'Ecole polytechnique, un capitaine du génie*], I-1(/je/):《métier》 – 《officier》.
　　　Correction négative, I-1(/k/):《l'Ecole polytechnique》.

理工科学校は資質と才能に恵まれた者がエリート教育を受けるところなのだが、ラ・ソヴァジェールはパラグラフ(12)のイタリック部分でもわかるように、とんでもない論理推理を働かせる人物としてフロベールから揶揄されているのである。『芸術家』誌の段階でフロベールが、この /k/ 音を含む《l'Ecole polytechnique》をつけ加えた理由は明かであろう。このパラグラフにおける /k/ 音についてさらにつけ加えるならば、筆写原稿では2回、『芸術家』誌では7回現れ、後者における /k/ 音の増加は明かである。また、フロベールはラ・ソヴァジェールのことを《pénétré du

⒁　　L'amas de toutes ces gentillesses constitue ce qu'on appelle l'[archéologie celtique]<ARCHÉOLOGIE CELTIQUE, >[: science aux charmes de laquelle nous ne pouvons résister d'initier le lecteur] <dont nous allons immédiatement vous découvrir les arcanes：>⁽¹⁾[.]
⒂ Une⁽²⁾ pierre posée sur d'autres se nomme un *dolmen*, qu'elle soit horizontale ou verticale [;]<.>[un] <Un> rassemblement de pierres debout et recouvertes [sur leur]<au>⁽³⁾ sommet par des dalles consécutives, formant ainsi une série de dolmens, est [*une*]<*une*> *grotte aux fées*, [*Roche*]<*roche*> *aux fées*, [*Table*]<*table*> *des fées*, [*Table*] <*tables*> *du diable*, ou [*Palais*]<*palais*> *des géants* [:]< ; > car [ainsi que ces maîtres de maison]<semblables à ces bourgeois>⁽⁴⁾ qui vous servent un <même> vin [identique,]⁽⁵⁾ sous des étiquettes différentes,

---

génie》、《un capitaine du génie》と皮肉っている。《génie》の同語反復が訂正されなかったのもこのためであろう。

⑴　Correction positive, I–1(/(s)je/)：《de son métier officier de génie》（パラグラフ⒀）-《d'initier le lecteur》. I–1(/sj/)：《science》-《initier》.

　　Correction négative(？), I–1(/k/, /ark/)：《L'amas de toutes ces gentillesses constitue ce qu'on appelle l'archéologie celtique：science aux charmes de laquelle nous ne pouvons résister d'initier le lecteur》-《L'amas de toutes ces gentillesses constitue ce qu'on appelle l'ARCHÉOLOGIE CELTIQUE, dont nous allons immédiatement vous découvrir les arcanes》. ここは、/k/音、および /ark/音の反復によって、この小品の標題に含まれている《Archéolohie celtique》を強調する意図があるのではないか。

⑵　『芸術家』誌ではここから新しい段落、パラグラフ⒂に移行する。

⑶　Correction positive [sur leur sommet – *au sommet*], I–2(sur)：《Une pierre posée sur d'autres》-《recouvertes sur leur sommet》.

⑷　Correction positive [car ainsi que ces maîtres de maison qui (…) – *car, semblables à ces bourgeois qui (…)*], I–1(/mɛ/)：《ces maîtres de maison》. I–1 (/k/)：《car ainsi que ces maîtres de maison qui (…)》. I–2(ainsi)：《formant ainsi une série de dolmens》-《car ainsi que ces maîtres de maison》.

⑸　Correction positive [qui vous servent un vin identique, sous des étiquettes différentes – *qui vous servent un même vin sous des étiquettes différentes*], I–1 (/tik/)：《un vin identique sous des étiquettes différentes》. 前注の /k/音もここに影響していると思われる。

les [Celtomanes] <celtomanes> qui n'avaient presque rien à vous offrir ont décoré de noms divers des choses pareilles.

(16)　　Quand ces pierres sont rangées en ellipse<,> sans aucun chapeau sur les oreilles, il faut dire : [voilà]<Voilà> un *[Cromlech]* <*cromlech*> ; lorsqu'on aperçoit une pierre étalée horizontalement sur deux autres verticales, on a affaire à un *[Lichaven]*<*lichaven*> ou *[Trilithe]*<*trilithe*>[, mais je préfère *Lichaven* comme plus scientifique, plus local, plus essentiellement celtique]. [Quelquefois] <Parfois>⁽¹⁾ deux [énormes] blocs <énormes> sont [supportés] <superposés>⁽²⁾ l'un sur l'autre, ne [semblant] se [toucher]<touchant> que par un seul point [de contact]⁽³⁾, et [on lit]<vous lisez> dans les livres [:] 《qu'[elles]<ils> sont équilibré[e]s de telle [façon]<manière>⁽⁴⁾ que le vent [même] suffit [quelquefois]⁽⁵⁾ pour imprimer au bloc supérieur une oscillation marquée》⁽⁶⁾ <(>assertion que je ne nie pas [(]<, >tout

---

(1) Correction positive [Quelquefois – *Parfois*], I-2(quelquefois)：《Quelquefois deux énormes blocs》 – 《suffit quelquefois pour imprimer》 – 《tout en me méfian quelque peu du vent celtique》.

(2) Correction positive [supportés –*superposés*]：《deux énormes blocs sont supportés l'un sur l'autre》は意味上奇妙である。

(3) Correction positive(?) [par un seul point de contact – *par un seul point*], I-1 (/k͡ɔ/)：《contact》 – 《soient constamment restées》.

(4) Correction positive [de telle façcon – *de telle manière*], I-1 (/sɔ̃/)：《qu'elles sont équilibrées de telle façon》.

(5) Correction positive [quelquefois＝削除], I-2(quelquefois)：《Quelquefois deux énormes blocs》 – 《suffit quelquefois pour imprimer》 – 《tout en me méfiant quelque peu du vent celtique》.

(6) II-2. この引用に関してA.J.トゥークは次のような注を付けている：《Cette idée se retrouve et chez Fréminville (…) et chez Mahé (…), mais sous une forme légèrement différente ; il est possible que Flaubert ait modifié le texte original. 》(*op. cit.*, p.266)。フロベールが引用符を付した引用文においても原文を改変していることは既に指摘したとおりである。ここの引用も《que》(/k/)で始まっていること、引用の最後にも《oscillation marquée》と /k/ 音を含む音節があることを指摘しておこう。

en me méfiant quelque peu du vent celtique[)][1], et [quoique]<bien que>[2] ces pierres prétendues branlantes [n'aient jamais remué sous] <soient constamment restées inébranlables à> tous les coups de pied<furieux> que [nous avons]<j'ai> eu la candeur de leur donner <)>[3][.]<;> [Elles]<elles> s'appellent alors : *pierres roulantes ou roulées, pierres retournées ou transportées, pierres qui dansent ou pierres dansantes, pierres qui virent ou pierres virantes*. Il reste à vous faire connaître ce [que c'est qu']<qu'est>[4] une [*Fichade*]<*fichade*>, une [*pierre*]<pierre> *fiche*, une [*pierre*]<pierre> *fixée* ; ce qu'on entend par *haute borne, pierre latte* et *pierre lait* ; en quoi une *pierre fonte* diffère d'une *pierre fiette*, et quel<s> rapport<s> existe<nt> entre une *chaire au diable* et une *pierre droite* [:]<;> après quoi vous en saurez à vous seul aussi long que jamais n'en surent ensemble Pelloutier, Deric, Latour d'Auvergne, Penhoët[,] et autres, doublés de Mahé, et renforcés de Fréminville. Apprenez donc que tout cela signifie un [*Peulvan*]<*peulvan*> autrement dit un [*Menhir*]<*menhir*>, et n'exprime autre chose qu'une borne, plus ou moins grande, placée toute seule au beau milieu des champs. [Les colonnes creuses du boulevard, vues du côté du trottoir sont donc autant de peulvans, établis par la

---

(1) ここは、パラグラフ⑫の最後の《Quelles bourrasques il devait y avoir autrefois sur les côtes de l'Armorique!》の皮肉を思い出す事。

(2) Correction positive [quoique – *bien que*], I-1(/k/)：《q̲u̲e̲l̲q̲u̲e̲ peu du vent celtiq̲u̲e̲, et q̲u̲o̲i̲q̲u̲e̲ (…)》．

(3) ここの訂正 [ces pierres prétendues branlantes n'aient jamais remué sous tous les coups de pied – *ces pierres prétendus branlantes soient constamment restées inébranlables à tous les coups de pied furieux*] は、《branlant》，《inébranlable》の中に含まれる《branler》，《se branler》(性交する・手淫をする)の卑猥な意味と関係があると思われる。そこから、《coups de pied》に《furieux》を加えることで滑稽さが生じることになる。ルイーズ・コレ、ジョルジュ・サンド宛の手紙の中で、《plaisanteries, vulgarités》，《une assez bonne blague sur les pierres branlantes》と言っているのはこのような部分をさしているのであろう。

(4) Correction positive [ce que c'est qu'une – *ce qu'est une*], I-1 (/k/)：《ce q̲u̲e̲ c'est q̲u̲'une》．

solicitude paternelle de la police pour le soulagement des Parisiens qui ne se doutent guères, les misérables! en lisant l'affiche des capsules Mothes, qu'ils soient momentanément contenus dans un petit

(17) Menhir :][(1)] [j]<J>'allais[(2)] oublier les [tumulus]<*tumulus*>! Ceux qui sont composés à la fois de [cailloux]<silex>[(3)] et de terre [sont appelés]<s'appellent>[(4)] [*Borrows*]<*barrows*>[ou]<en> haut style, et les simples monceaux de cailloux [*Galgals*]<*galgals*>.

(18) [Les fouilles que l'on a faites sous ces diverses espèces de pierres, n'ont amené à aucune conclusion sérieuse.] On a prétendu que les dolmens et les trilithes étaient des autels, quand ils n'étaient pas des tombeaux[,]<;> que les roches aux fées étaient des lieux de réunion ou [bien] des sépultures, et que les conseils de fabrique [d'alors]<, au temps des druides,>[(5)] [s'assemblaient]<se rassemblaient> dans

---

(1) 『芸術家』誌におけるこの部分の削除は、『ボヴァリー夫人』の裁判事件があったばかりなので、フロベールが検閲を恐れたためであろう。彼はもう少し先のところでこう書いている：《quant aux menhirs on a poussé la bonne volonté jusqu'à trouver qu'ils ressemblaient à des phallus》。即ち、フロベールの頭のなかでは、《Menhir = Phallus》という連想があり、これが《Menhir = Phallus = colonnes》となり、さらにこのイメージに、《capsules Mothes》が加味され、警察がパリ市民のためにこの《Colonnes》(= Menhir = Phallus) を建ててやっていることになる。これは警察行政に対するかなり下品な揶揄、冒涜にあたる。何故なら、《capsules Mothes》は淋病治療薬である《Copahu》を含んだカプセルだからである (cf. *Grand Dictionnaire universel du XIXe siècle* de Pierre Larousse, 《Copahu》の項参照)。猶、《Copahu》は『紋切型辞典』には《On doit feindre d'ignorer ce que c'est.》と書かれている。

(2) 『芸術家』誌ではここから新しい段落、パラグラフ(17)に移行する。

(3) Correction positive [cailloux – *silex*], I-2(cailloux)：《à la fois de cailloux et de terre》–《les simples monceaux de cailloux》.

(4) Correction positive [sont appelés – *s'appellent*], I-1(/sɔ̃/), I-2(sont)：《Ceux qui sont composés (…) sont appelés》.

(5) Correction positive [conseils de fabrique d'alors – *conseils de fabrique, au temps des druides*], I-1(/d/)：《conseils de fabrique d'alors》．フロベールはこのような《de》の連続を非常に嫌っていた。例えば：《Des régimes qui se régissent, mauvais, et lent. (Si tu savais en ce moment le mal que j'ai pour arranger cette

les [Cromlechs] <cromlechs>. [Monsieur]<M.> de Cambry a entrevu dans les pierres branlantes les emblèmes du monde suspendu [dans l'espace[(1)] ; mais on s'est assuré depuis que ce n'était que des pierres probatoires, dont on faisait usage pour rechercher la culpabilité des accusés, qui étaient convaincus du crime imputé lorsqu'ils ne pouvaient remuer le rocher mobile]. Les [galgals]<barrows> et les [borrows]<galgals> ont été[,] sans doute[,] des tombeaux [,]<;> et quant aux [menhirs]<men-hirs>, on a poussé [la bonne volonté]<le bon vouloir>[(2)] jusqu'à <leur> trouver [qu'ils ressemblaient à des phallus]<une forme>[(3)][;]<,> d'où l'on a induit le règne d'un culte [Ithyphallique]

---

phrase : la vignette d'<u>un</u> prospectus <u>de</u> parfumerie!)》(*Corr.*, II, p.221, lettre à Louise Colet, 29 décembre 1852)。また、傍証ではあるが、ゴンクール兄弟の『日記』の中には次のようなテオフィル・ゴチェのフロベールについての言葉が記されている:《"Il(Flaubert) a un remords qui empoisonne sa vie, ça le mènera au tombeau ; c'est d'avoir mis dans *Madame Bovary* deux génitifs l'un sur l'autre, *une couronne de fleurs d'oranger*. Ça le désole ; mais il a beau faire, impossible de faire autrement (…)"》(Edmond et Jules de Goncourt, *Journal, Mémoires de la vie littéraire*, éd. de Robert Ricatte, Les Éditions de l'Imprimerie nationale de Monaco, 1956, tome V, p.68)。ゴチェの言う《une couronne de fleurs d'oranger》は正確には《un bouquet de fleurs d' oranger》である。《conseils <u>de</u> fabrique <u>d</u>'alors》はまさに《des régimes qui se régissent》であり、《deux génitifs l'un sur l'autre》である。

(1) Correction positive [monde suspendu dans l'espace – *monde suspendu*], I-2 (dans): 《<u>dans</u> les Cromlechs》 – 《<u>dans</u> les pierres branlantes les emblèmes du monde suspendu <u>dans</u> l'espace》.

(2) Correction positive [la bonne volonté – *le bon vouloir*], I-1 (/ɜte/): 《les borrows <u>ont été</u>》 – 《la bonne vol<u>onté</u>》.

(3) Correction positive [jusqu'à trouver qu'ils ressemblaient à des phallus – *jusqu'à leur trouver une forme*], I-1(/k/): 《jusqu'à trouver qu'ils ressemblaient》. 更に、《phallus》という語を用いるのをさけるための訂正でもある。『ボヴァリー夫人』の裁判事件以来、彼はかなり検閲に対して敏感になっていたとおもわれる。エドワール・ウセー宛の手紙(1858年4月12日頃、*Corr.*, II, p.659)参照のこと。猶、この手紙の日付けに関しては、拙論《Sur la datation d'une lettre de Gustave Flaubert》(岡山大学『独仏文学研究』第 11 号 1992 年 3 月 pp.57-65) を参照されたい。

<ithyphallique> dans toute la [Basse–]<basse> Bretagne [.]<!>
O chaste [indécence]<impudeur>[1] de la science, tu ne respectes rien, pas même les [peulvans]<peulvens> !

[Pour en revenir aux pierres de Carnac ou plutôt pour les quitter[2], je ne demanderais pas mieux comme un autre que de les avoir contemplées lorsqu'elles étaient moins noires et que les lichens n'y étaient pas encore venus. La nuit – quand la lune roulait dans les nuages, et que la mer mugissait sur le sable, les Druidesses, errantes parmi ces pierres (si elles y erraient toutefois) devaient être belles, il est vrai, avec leurs faucilles d'or – leurs couronnes de ver‑veines, et leurs traînantes robes blanches, rougies du sang des hom‑mes ?… longues comme des ombres, elles marchaient sans toucher terre – les cheveux épars – pâles sous la pâleur de la lune.

D'autres que nous déjà se sont dit que ces grands blocs immobiles les avaient vues jadis ; d'autres, comme nous, viendront là sans comprendre, et les Mahés des siècles à naître s'y briseront le nez et y perdront leurs peines.][3]

(19)　　Une rêverie <, si vague qu'elle soit,> peut [être grande et engendrer au moins des mélancolies fécondes]<vous conduire en des créations splendides,>[4]quand [, partant]<elle part>[5] d'un point

---

(1) Correction positive [O chaste indécence de la science – *O chaste impudeur de la science*], I–1(/ās/)：《O chaste indéc<u>ence</u> de la sci<u>ence</u>》.

(2) 『芸術家』誌では《Pour en revenir…pour les quitter》の部分のみがパラグラフ⑳の冒頭へ移動。

(3) A.J.トゥークによれば、この削除された部分は自筆原稿（清書部分）にも存在するということである：《Le passage lyrique sur les Druides, présent dans les copies et dans le manuscrit autographe, manque entièrement dans le fragment publié.》(*op. cit.*, p.69, 《Introduction》).

(4) Correction positive [être grande et engendrer au moins des mléancolies fécondes*vous conduire en des créations splendides*], I–1(/ā/)：《être gr<u>an</u>de et eng<u>en</u>drer au moins des mél<u>an</u>colies fécondes》. I–1(/ād/)：《être gr<u>an</u>de et eng<u>en</u>drer》.

(5) Correction positive [quand, partant d'un point fixe – *quand elle part d'un point fixe*], I–1(/ā/)：《qu<u>and</u>, part<u>ant</u> d'un point fixe》. 前注も参照のこと。

8章 「カルナック石群とケルト考古学」の発表　179

fixe[,]<.> <Alors> l'imagination, [sans le quitter, voltige dans son cercle lumineux,]<comme un hippogriffe qui s'envole, frappe la terre de tous ses pieds, et voyage en ligne droite dans les espaces infinis.>[1] [mais]<Mais> lorsque<,> [se cramponnant à]<s'acharnant sur>[2] un objet dénué de plastique et [privé]<vide>[3] d'histoire, elle [essaie] <essaye> d'en [tirer]<extraire> une science et de [rétablir]<recomposer>[4] [une société perdue]<un monde>, elle demeure elle-même plus stérile et [plus][5] pauvre que cette matière [inerte]<brute>[6]<,> à [laquelle]<qui>[7] la vanité des bavards prétend trouver une forme et donner des chroniques.

----

(1) Correction positive [sans le quitter, voltige dans son cercle lumineux – *comme un hippogriffe qui s'envole, frappe la terre de tous ses pieds, et voyage en ligne droite dans les espaces infinis*], I–1(/ã/)：《sans le quitter, voltige dans son cercle lumineux》(前注参照)。I–1(/l/)：《cercle lumineux》. I–2(quitter)：《sans le quitter》 – 《ou plutôt pour les quitter》(パラグラフ⑳)。

(2) Correction positive [mais lorsque se cramponnant – *Mais lorsque, s'acharnant*], I–1(/sk/)：《lorsque se cramponnant》.

(3) Correction positive(?) [privé d'histoire – *vide d'histoire*], I–1(/p/)： 《objet dénué de plastique et privé d'histoire》.

(4) Correction positive(?) [tirer une science et de rétablir – *extraire une science et de recomposer*], I–1(/re/)：《tirer une science et de rétablir》.

(5) Correction positive [plus stérile et plus pauvre – *plus stérile et pauvre*], I–2(plus)：《plus stérile et plus pauvre》.

(6) Correction positive [matière inerte – *matière brute*], I–1(/ɛr/)：《matière inerte》.

(7) Correction positive [à laquelle – *à qui*], I–1(/la/)：《à laquelle la vanité》. I–1(/l/)：《à laquelle la vanité 》. I–1 (/kɛl/), I–2(quelle)：《à laquelle la vanité》 –《quelle est ma conjecture》(パラグラフ⑳)。フロベールが『芸術家』誌の段階で《à laquelle》を《à qui》と訂正していることは注目すべきことである。先行詞は《matière brute》であるから、文法的には《à laquelle》でなければならない。訂正の理由は指摘したとおり、同音・同語反復を避けるためである。このためには、文法的規制をも無視するというのがフロベールの態度である。この態度に関しては彼の書簡の次の言葉を想起すべきである：《Je déclare quant à moi que le physique l'emporte sur le moral.(…) Et c'est pour cela que la phrase de la meilleure intention rate son effet, dès qu'il s'y trouve une assonance, ou un

⑳　　[Après avoir exposé les opinions de tous les savants cités plus haut]<Pour en revenir aux pierres de Carnac (ou plutôt pour les quitter>[1], que si l'on me demande, [à mon tour]<après tant d'opinions>[2], quelle est [ma conjecture sur les pierres de Carnac – car tout le monde a la sienne –]<la mienne,>[3] j'<en> émettrai une [opinion][4]<,>[*irréfutable*]<irréfutable>, irréfragable, irrésistible, une opinion qui ferait reculer les tentes de [Monsieur De]<M. de> la Sauvagère, et pâlir l'[égyptien]<Égyptien> Penhoët[, une opinion][5]<;> qui casserait le zodiaque de Cambry[,] et [mettrait]<hacherait>[6] le

pli grammatical.》(*Corr.*, II, p.523, lettre à Louise Colet, 19 février 1854)。なお、拙著『フロベール論考』(駿河台出版社、1989、pp.104-106) も参考にされたい。
(1)　既に指摘したように、この差し替え部分はパラグラフ⑲にあったものである (筆写原稿)。削除された部分はフレマンヴィルの『モルビアンの遺跡』の文章によく似ている：《Après avoir exposé relativement aux pierres de Karnac les différentes opinions des auteurs qui en ont traité, qu'il me soit permis de hasarder la mienne à mon tour.》(Cité par A.J.Tooke, *op. cit.*, p.269)。パラグラフ⑲,⑳は結論部分であるから、フロベールは他人の文章に引きずられたくなかったのであろう。更に、I-2(-poser)：《essaye d'en extraire une science et de recomp<u>oser</u>》(パラグラフ⑲) – 《Après avoir exp<u>osé</u>》も影響していると思われる。
(2)　前注で引用したフレマンヴィルの文章の中に既に《à mon tour》という言葉がみえる。そのために削除されたのであろう。
(3)　Correction positive [ma conjecture sur les pierres de Carnac – car tout le monde a la siene – *la mienne*], I-1(/k/)：《quelle est ma <u>con</u>je<u>c</u>ture sur les pierres de <u>C</u>arna<u>c</u> – <u>car</u> tout le monde a la sienne》. I-1(/kar/)：《les pierres de <u>C</u>arna<u>c</u> – <u>car</u> tout le monde a la sienne》. I-2(monde)：《re<u>c</u>omposer un <u>monde</u>》– 《<u>car</u> tout le <u>monde</u> a la sienne》.

更に、《conjecture》はパラグラフ⑧の冒頭で《conjecturé》という形で、/k/ 音の文体的効果を狙い《Correction négative》として既に使用したため、ここの結論部分では使用を避けたのであろう。
(4)　Correction positive, I-2(opinion). この言葉は筆写原稿では5回出てくるが、『芸術家』誌では3回に減っている。
(5)　前注参照。
(6)　Correction positive [mettrait – *hacherait*], I-2(mettre)：《j'en <u>é</u>mettrai une》– 《et <u>mettrait</u> le serpent Python en tronçons》.

8章 「カルナック石群とケルト考古学」の発表　181

serpent Python en [tronçons]<mille morceaux>[1][,]<.> [et cette]<Cette> opinion, la voici : les pierres de Carnac sont de grosses pierres[.]<!>

　フロベールは『野越え浜越え』について、1852年4月時点で既にこう言っていた：「僕が最も評価しているものの一つは、ケルト考古学を要約して述べたところで、事実これは安全な説明であると同時にその批判ともなっている」[2]。自分が自信を持ち最も高く評価していた部分を「カルナック石群とケルト考古学」として発表するにさいして、どれほどの訂正推敲を彼が加えたか、それは今我々が細かく見てきたとおりである。『ボヴァリー夫人』完成後、1858年4月時点での彼の作業は、同音反復(約80ケ所)、同語反復(約40ケ所)、同義反復(約10ケ所)に関していえば、同音反復 (Cacophonie, Mauvaise assonance) の排除にその最大の注意が払われていたことは明らかである。このような文学的美意識のありようは、『ボヴァリー夫人』執筆開始直前からのものである。自筆原稿 (fo 80 verso, fo 81 recto) における訂正推敲、自筆原稿(清書部分)から筆写原稿への訂正推敲には、「カルナック石群とケルト考古学」発表の際の同音反復を排除するという姿勢は殆どみることはできなかった。このような文学的美意識があればこそ、これを逆手にとって、特定の同音反復を意識的に用いることで新しい文体的効果を狙うことも可能になったのであろう。この「カルナック石群とケルト考古学」においては、Correction négative にみられた /k/ 音の効果的な使用が、《Des pierres de Carnac et de l'arcéologie celtique》という標題に含まれる /k/ 音と対応し、作品の全体構造の主調を創造することに成功しているといえるだろう。

　1853年6月、サン・タルノ将軍がルーアンを訪れた時、ルーアン市長の歓迎演説の一文を『ルーアン新報』に見いだしたフロベールは、ルイーズ宛にこう書いている：「今日は大成功を納めたよ。昨日我々がサン・タルノ氏の来訪という喜びにひたっていたことは知っているね。今朝『ルーアン新報』に市長の歓迎演説の一文が載っていたんだ。ところが、

---

(1) Correction positive [en tronçons – *en mille morceaux*], I-1　(/ɜ/)：《le serpent Python en tronçons》．

(2) *Corr.*, II, p.66, lettre à Louise Colet, 3 avril 1852.

だ。昨夜、僕はこれと全く同じ文を『ボヴァリー』の中に書いていたのさ（農業共進会での県知事の演説だ）。内容、言葉が同じであるだけではなく、文体上の響きまでが全く同じだ。こういうことがあると嬉しくなるね。文学が精密科学の結果の正確さに到達する時、それはゆるぎないものになるのだ。」[1] フロベールがここで言っていることは、文学が事実を創り出す、現実が文学を追認する、ということであり、このような文学の力は、言葉がもつあらゆる可能性、とくにその音韻上の可能性を最大限追究した時に可能になるということである。『ボヴァリー夫人』執筆におけるこのような体験を経た彼が、「カルナック石群とケルト考古学」においても、言葉の音韻上の可能性、彼のいう「文体上の響き (les assonances de style)」の可能性を最大限利用しようとしたことは容易に理解されることである。

---

(1) *Corr.*, II, pp.387–388：《J'ai eu aujourd'hui un grand succès. Tu sais que *nous* avons eu hier le *bonheur* d'avoir M.Saint-Arnaud. – Eh bien, j'ai trouvé ce matin, dans le *J[ournal] de R[ouen]*, une phrase du maire lui faisant un discours, laquelle phrase j'avais, la veille, écrite *textuellement* dans ma *B[ovary]* (dans un discours de préfet, à des Comices agricoles). Non seulement c'était la même idée, les mêmes mots, mais les mêmes *assonances* de style. Je ne cache pas que ce sont de ces choses qui me font plaisir. – Quand la littérature arrive à la précision de résultat d'une science exacte, c'est roide. 》(letter à Louise Colet, 22 juillet 1853).

結論にかえて

　『野越え浜越え』は、フロベールの作家としての成長過程を考えるうえでは、重要な作品である。初稿『感情教育』(1845) のあと、『東方物語』[1]を構想し準備を進めていた時、この『東方物語』を諦め、そのかわりに『聖アントワーヌの誘惑』[2]の構想が湧いてきたのであるが、この『聖アントワーヌの誘惑』の直前に書いたのが『野越え浜越え』である。ティボーデが既に言っているように、この作品はフロベールにとって、「文体練習」[3]としての役割を果たしたのであり、「若年時の義務」[4]でもあり、また「描写の訓練」[5]でもあった。フロベール自身、この作品が彼にとって「厳しい

---

(1) *Conte Oriental*. フロベールのこの作品の構想については、Jean Bruneau, *Le《Conte Oriental》de Flaubert*, Denoël, Les Lettres Nouvelles, 1973 を参照されたい。

(2) フロベールが初めて『聖アントワーヌの誘惑』に言及するのは、1846年10月23日のルイーズ宛の手紙であろうと思われる (*Corr.*, I, p.397)。次が同年12月7日 (*ibid.*, p.414)。彼が手紙ではっきりと作品の名に言及するのは、1847年7月14日 (ルイーズ宛) である (*ibid.*, p.462)。彼はこの間、『聖アントワーヌの誘惑』の準備のため、宗教および宗教体験に関する書を読み続けているが、『野越え浜越え』執筆中はこれを中断し、この作品を書き上げるとすぐに宗教関係の書の読書を再開している (*ibid.*, p.472, lettre à Louise Colet, [Croisset,] dimanche soir. [16 janvier 1848])。

(3) Albert Thibaudet, *Gustave Flaubert*, Gallimard, 1935, p.239：《(...) *Par les champs* (son école de style) (...)》.

(4) *Ibid.*, p.229：《Dans le devoir de jeunesse qu'est *Par les champs*, (...)》

(5) *Ibid.*, pp.81-82：《Sans parler de son drame de jeunesse sur *Loys XI*, *Par les champs et par les grèves* était avant tout un exercice de description, et la première *Tentation* porte bien figure d'oeuvre objective. La vérité est que Flaubert sentait depuis plusieurs années que l'autobiographie telle que les *Mémoires d'un fou* ou *Novembre*, ou la demi-autobiographie comme la première *Éducation*, étaient formules trop faciles, et qu'il devait ou renoncer à écrire ou chercher sa voie ailleurs.》

鍛錬」であると言っている[1]。彼は執筆中、書くことの難しさを度々嘆きながらも、可能な限り完璧な作品に仕上げたという確信と、それだけの努力をしたという自覚を持つことの重要性をルイーズに説き、不断の努力をするよう彼女に勧めている[2]。この作品以前は速筆であった彼が、初めて書くことの難しさを自覚したのがこの作品であり、これには、文体に対する彼のこのような自覚が刻み込まれている。

　この作品の断片が、「カルナック石群とケルト考古学」として10年後に発表されるのだが、『ボヴァリー夫人』の執筆をはさむかたちで存在する、『野越え浜越え』のこの二つのテクストを比較すれば、1847年-1858年の10年余にわたるフロベールの文学意識の進展とその内容がわかるであろうと我々は考えた。幸い、1987年にA.J.トゥークの、筆写原稿を底本とする校訂本が出版され、これには、「カルナック石群とケルト考古学」も載録されている。これで、「カルナック石群とケルト考古学」と『野越え浜越え』の当該部分の比較が容易にできることとなった。ところが、色々と調べるうちに、「カルナック石群」と筆写原稿の比較が可能になるには、自筆原稿の問題を解決しなければならないことがわかった。ルネ・デシャルムが提起した問題である。「カルナック石群」と比較できるテクストは、これに時期的に最も近いものでなければならない。自筆原稿（清書部分）と筆写原稿とではどちらが新しいのか、という問題である。何故なら、フロベールは彼が最終稿と考えるテクストをもとに、これに加筆訂正して「カルナック石群」を書き上げたはずだからである。この問題を解決するには、『書簡集』の検討が不可欠である。ところが、我々は別の仕事[3]の最中に、

---

(1) *Corr.*, I, p.475：《Quiqu'il en soit j'achèverai ce travail qui est par son objet même un rude exercice,(…)》(lettre à Louise Colet, [Croisset,] nuit de samedi, [9 octobre 1847])．

(2) *Ibid.*, I, p.487：《Ne négligez rien, travaillez, refaites et ne laissez là l'oeuvre que lorsque vous aurez la conviction de l'avoir amenée à tout le point de perfection qu'il vous était possible de lui donner. Le génie n'est pas rare maintenant mais ce que personne n'a plus et ce qu'il faut tâcher d'avoir c'est la *conscience*.》(lettre à Louise Colet, [Rouen, 24 décembre 1847])．

(3) 「フロベールからメリメへ ―『聖アントワーヌの誘惑』（初稿、第二稿、決定稿）における動詞時制の変更を出発点にして―」（岡山大学文学部紀要、16号、1991年12月、pp.85-107)．

この「カルナック石群」に関するはずの書簡が、ジャン・ブリュノ編の『書簡集』では、一年以上も違う日付になっていることに気づいたのである[1]。さらに、A.J.トゥークは校訂本の中で、『野越え浜越え』に関する手紙についても、ジャン・ブリュノが日付の間違いを犯していることを指摘しているのである。結局、『書簡集』のうち『野越え浜越え』に関係する手紙の日付の見直しをして、出来る限り日付を確定しておかなければ、ルネ・デシャルムの提起した問題は解決できないことになった。書簡が唯一の直接資料であり、この日付が確定できなければ、執筆経過を明らかにすることができないからである。こうして我々のこの論考の出発点が与えられたのであるが、前半の7章までは、このデシャルムが提起した問題を三つの側面（執筆速度、「今だったら」という言葉の意味、訂正推敲のあり方）から検討し、ほぼ所期の目的を果たした。第二の目的、「カルナック石群」と筆写原稿の比較で明らかになったことは、フロベールの音に対する異常なまでの鋭敏な感覚と、それに基く文学的美意識の確立およびその実践である。極端な言い方をするならば、あるテーマ音に基いて一篇の作品をも構築しうるということである。「カルナック石群」においては /k/ 音がこのテーマ音の役割を果たしていた。これが、いわゆる「レアリスム」とは全く異なる文学的美意識とその実践であることは明白である。むしろここにはフロベールの詩人的資質と、ボードレール、ヴェルレーヌ、ランボー、マラルメと続くサンボリスムの理論と実践に深く共通したものをみるべきであろう。ここで我々は、第5章の初めで引用したフロベールの言葉を思い出さざるを得ないのである：

> （…）僕にはひとつの文体が頭のなかにある。いつの日か、10年後、いや10世紀の後に誰かが創造するであろう美しい文体、詩句のようにリズミカルで、科学用語のように正確で、しかもチェロの奏でる波動のような響きに溢れ、炎の煌めく輝きをそなえた文体。思考の中に短剣の如く切れ込んでくる文体、そして、追い風を背に受けて小舟が水面を滑走するように自分の思考が磨き抜かれた平面上を進んでいく、そういう文体を僕は頭の中に想い描いている。散文は昨日誕生したば

---

[1] これについては、拙稿《Sur la datation d'une lettre de Gustave Flaubert》（岡山大学独仏文学研究、11号、1992年3月、pp.57-65）を参照のこと。

かりなのだ。これを忘れてはいけない。詩は優れて古代の文学形式なのだ。これについては、すでにあらゆる音韻上の組み合わせが為されている。だが散文についてはまだ殆ど為されていないと言ってよいほどだ。[1]

　我々が確認できたのはこれだけではない。小品「カルナック石群」のパラグラフ(5),(6),(13)の三ケ所で複合過去が単純過去に変更され、これは音韻上の理由からなされていることも確認した。このような時制変更は、『聖アントワーヌの誘惑』の初稿から第二稿への過程でも見いだせる[2]。このようなフロベールの文学上の姿勢は、『ボヴァリー夫人』執筆中に徐々に先鋭化し、作品を完成する頃には確固とした信念に支えられるようになったと考えられる。パラグラフ(19)における、《à laquelle》から《à qui》への訂正は、上記の動詞時制の変更と同じく音韻上の理由、すなわち、同音反復(mauvaise assonance)を避けるためになされたものであった。フロベールが書簡の中で、

　そういうわけで、言わんとすることがどんなに立派であろうと、同音の反復があったり、無理に文法に従ったりすると、文章はその目的を十全に果たさないことになるのさ。[3]

---

(1) *Corr.*, II, p.79:《J'en conçois pourtant un, moi, un style : un style qui serait beau, que quelqu'un fera à quelque jour, dans dix ans, ou dans dix siècles, et qui serait rythmé comme le vers, précis comme le langage des sciences, et avec des ondulations, des ronflements de violoncelle, des aigrettes de feux, un style qui vous entrerait dans l'idée comme un coup de stylet, et où votre pensée enfin voguerait sur des surfaces lisses, comme lorsqu'on file dans un canot avec bon vent arrière. La prose est née d'hier, voilà ce qu'il faut se dire. Le vers est la forme par excellence des littératures anciennes. Toutes les combinaisons prosodiques ont été faites, mais celles de la prose, tant s'en faut.》(lettre à Louise Colet, [Croisset,] samedi soir.[24 avril 1852]).
(2) 拙論「フロベールからメリメへ ー『聖アントワーヌの誘惑』(初稿、第二稿、決定稿)における動詞時制の変更を出発点にしてー」(岡山大学文学部紀要、16号、1991年12月、pp.85-107) 参照。
(3) *Corr.*, II, p.523:《(...) Et c'est pour cela que la phrase de la meilleure intention rate son effet, dès qu'il s'y trouve une assonance, ou un pli grammatical.》(lettre à Louise Colet, [Croisset,] dimanche soir.[19 février 1854]).

と言っていることは、「カルナック石群」における彼の文学的実践と見事に符号しているのである。このような彼の文学上の姿勢が、自由間接話法の中での単純過去の使用と大きな関係を持っていることは疑いがない。[1]彼が自由間接話法の中で単純過去を使うようになるのは『サランボー』からである。1847年から1858年の10年余にわたる文学的営為のなかで彼が獲得したもの、もっとも重要で、しかもその後に影響を及ぼし続けたもの、それは、散文領域における言語の可能性、特に音韻的側面からの可能性を最大限追究しようとする文学意識であったと言っても過言ではないだろう。『ボヴァリー夫人』は、フロベールのこの文学意識が実践に移された最初の結果である。

　さて、『野越え浜越え』についての大きな謎はほぼ解決できたと思うのだが、まだ不明のままのことが幾つか残っている。例えば、フェラシェーは筆写[I]、筆写[II]等に関して、一部だけ作成したのか、それとも二部作成していたのか、という問題（我々は一部であったろうと考えているが確たる根拠はない。最終筆写原稿を二部つくればよいのであるから無駄なことはしなかったであろう、また筆写[I],[II]は順次、加除訂正がなされるのであれば、一部だけでよかったであろうと考えているだけである）。フロベールの筆写[I],[II]等についての訂正推敲はいつごろまで続いたのか、その時期の問題。パリの書籍商が私蔵しているとされる草稿（brouillons）はフロベールの自筆草稿なのか、それとも筆写[I],[II]等にあたるものなのか、という問題などである。また、我々が本論で展開した考えもおおきな問題を抱えている。それは、現存している個人蔵の自筆原稿を直接に見ることができない以上、あくまでも推論にすぎない、ということである。いつか、この自筆原稿を自由に見ることができるようになる日が来るかも知れない。その時には、我々の推論がどの程度妥当性があるのか、どこが間違っているかが明らかになるであろう。ただ、与えられた資料と情報だけでどこまで論理的に問題の追究ができるか、ということについては、我々は何もやり残したことはないと思う。論理推理の展開の間違い、資料や情報の見落としがないよう努めたつもりではある。本論稿に対するフロベール研究者の御批判と御教示がいただければ幸いである。

---

(1) 拙著『フロベール論考』（駿河台出版社、1989年、pp.104–106）も参照されたい。

参考書誌

(I) 原稿(1847年から1852年までに書かれたもの)
  1) *Par les champs et par les grèves*
     – Manuscrit autographe, de la main de Flaubert (Pierre Berès 氏蔵)
     – Copie de Flaubert (Canteleu-Croisset 町役場蔵)
     – Copie de Maxime Du Camp (Bibliothèque de l'Institut, cote MS 1287)
  2) *Carnets de Voyage*, Nos 2 et 3 (Bibliothèque historique de la Ville de Paris)：ブルターニュ旅行中(1847年5月-7月)のノート．A.J.トゥークの『野越え浜越え』校訂本に載録．
  3) *La Tentation de saint Antoine* (première version), Bibliothèque Nationale, NAF 23664, NAF 23668–23670 (brouillons), NAF 23671 (plans et scénarios)：1848年5月24日-1849年9月12日執筆．
  4) *Carnet de Travail* (dit de《Notes de lecture》), No 3, (Bibliothèque historique de la Ville de Paris)：1845年-1849年執筆．
  5) *Carnets de Voyage*, Nos 4, 5, 6, 7, 8, 9 (Bibliothèque historique de la Ville de Paris). 東方旅行中(1849年10月22日-1851年6月16日)のノート．
  6) *Voyage en Égypte* (上記 *Carnets de Voyage* をもとに 1851年6月20日頃から1851年7月19日までに書いたもの-現在個人蔵)
  7) 《*Conte oriental*》(*Les sept fils du derviche*), Bibliothèque Nationale, NAF 14152 ; Bibliothèque historique de la Ville de Paris, *Carnets de voyage*, Nos 1, 3, *Carnet de Travail*(dit de《Notes de lecture》), No 3. 1845年 - 1849年執筆．

(II) 『野越え浜越え』のテクスト
  1) Gustave Flaubert / Maxime Du Camp, *Par les champs et par les grèves*, édition critique par Adrianne J. TOOKE, Droz, Texte littéraire français, 1987.
  2) *Œuvres complètes* de Gustave Flaubert, Société des Études

littéraires françaises (Club de l'Honnête Homme), tome X. 1973.
3) *Œuvres complètes* de Gustave Flaubert, Conard, tome VII, 1910.

「カルナック石群とケルト考古学」のテクスト
1) 《Des pierres de Carnac et de l'archéologie celtique》 in *L'Artiste*, le 18 avril 1858, pp. 261-263.

(III) 『書簡集』
1) Gustave Flaubert, *Correspondance*, Gallimard, La Pléiade, édition présentée, établie et annotée par Jean Bruneau, tome I (1973), tome II (1980), tome III (1991). この『書簡集』は注では *Corr.* と略号を用い、巻数は I, II とローマ数字で示した。
2) *Les Lettres d'Egypte de Gustave Flaubert*, d'après les manuscrits autographes, édition critique par Antoine Youssef Naaman, Nizet, 1965.
3) Maxime Du Camp, *Lettres inédites à Gustave Flaubert*, par Giovanni Bonaccorso et Rosa Maria Di Stefano, Edas messina, 1978.

(IV) フロベールの他の作品およびその研究書
1) *Madame Bovary*, Ébauches et fragments inédits, recueillis d'après les manuscrits par Mlle Gabrielle Leleu, Conard, tome I, II, 1936. 自筆原稿(決定稿)の総ページ数、筆写原稿の総ページ数等がこれでわかる。
2) *Madame Bovary*, Nouvelle version précédée des scénarios inédits, textes établis sur les manuscrits de Rouen avec une Introduction et des Notes par Jean Pommier et Gabrielle Leleu, José Corti, 1949. 特に、《Les étapes de la composition》 (pp. XV-XXXII) を参照。
3) *Voyage en Égypte*, édition intégrale du manuscrit original, établie

et présentée par Pierre-Marc de Biasi, Grasset, 1991. 上記 (I)-(6)の刊本。

4) *Carnets de Travail*, édition critique et générale, établie par Pierre-Marc de Biasi, Balland, 1988. 上記 (I)-(4), (7)を含んだ刊本。

5) *La Tentation de saint Antoine*, Gallimard, Folio, édition présentée et établie par Claudine Gothot-Mersch, 1983. 特に《Introduction》(pp. 7-45) と《Notice》(pp. 245-253)。《Notice》に詳しい自筆原稿の説明と解説があり、NAF 23669に執筆開始日と脱稿した日を書き記したものがあることが紹介されている。

6) *Bouvard et Pécuchet*, Gallimard, Folio, édition présentée et établie par Claudine Gothot-Mersch, 1979. 『紋切型辞典』(*Dictionnaire des idées reçues*) が含まれている

7) Jean Bruneau, *Le 《Conte Oriental》 de Flaubert*, Denoël, Les Lettres Nouvelles, 1973. 上記 (I)-(7)の原稿を全て含んだ刊本。

(V) その他

1) AGULHON, Maurice, *1848 ou l'apprentissage de la république (1848-1852)*, Seuil, Nouvelle histoire de la France contemporaine, 1973.

2) BRUNEAU, Jean, 《Autour du style épistolaire de Flaubert》 in *Revue d'Histoire Littéraire de la France*, Armand Colin, 1981, No. 4-5, pp. 532-541.

3) DESCHARMES, René, *Flaubert, sa vie, son caractère et ses idées avant 1857*, F. Ferroud, 1909.

4) DESCHARMES et DUMESNIL, *Autour de Flaubert*, Mercure de France, 2 vols, 1912.

5) DU CAMP, Maxime, *Souvenirs de l'année 1848 / La révolution de Février / Le 15 Mai / L'insurrection de Juin*, présentation de Maurice Agulhon, Slatkine Reprints, 1979 (Réimpression de l'édition de 1876).

Souvenirs Littéraires, L'Harmattan, Les Introuvables, 1993, tome I, II (Réimpression de l'édition Hachette publiée en 1906).

6) *Gustave Flaubert*：Catalogue de l'Exposition du Centenaire, Bibliothèque Nationale, 1980.

7) KIM Yong-Eun, *La Tentation de saint Antoine, version de 1849, Genèse et Structure*, Kangweon University Press, 1990. この研究書は付録の《Lecture critique du manuscrit d'après N. A. F. 23664 de la Bibliothèque Nationale》において、初稿、第二稿、『芸術家』誌、クリュブ・ド・ロネットム版の四種類のテクストを提示している。ほんの一部であるが、これによって、初稿から第二稿への訂正推敲のありようが確認できる。

8) KINOSHITA, Tadataka, 『フロベール論考』駿河台出版社 1989.
   - 「フロベールからメリメへ―『聖アントワーヌの誘惑』(初稿、第二稿、決定稿における動詞時制の変更を出発点にして―」岡山大学文学部紀要 16 号 1991 年 12 月 pp. 85-107。
   - 《Sur la datation d'une lettre de Gustave Flaubert》, 岡山大学『独仏文学研究』第 11 号 1992 年 3 月 pp. 57-65.

9) NAAMAN, Antoine Youssef, *Les Débuts de Gustave Flaubert et sa technique de la description*, Nizet, 1962.

付録 (1) 自筆原稿（清書部分）と筆写原稿の異同[1]

Château de Chambord

　Nous nous sommes promenés le long des galeries vides et [par]<dans> les chambres abandonnées, où l'araignée [étend]<tend> sa toile sur les salamandres de François Ier. [Un sentiment navrant vous prend à cette misère qui n'a rien de deau.] Ce n'est pas la ruine de partout avec le luxe de ses débris noirs et verdâtres, la broderie de ses fleurs coquettes, et ses draperies de [verdures]<verdure> [ondulantes]<ondulant> au vent comme des lambeaux de damas [.]<,>[C'est]<c'est au contraire> une misère honteuse, qui brosse son habit râpé et fait la descente. On répare le parquet dans cette pièce; on le laisse pourrir dans cette autre [.]<:>[Il y a là]<vous sentez partout> un effort [inutile à]<stérile pour> conserver ce qui meurt [et à]<, pour> rappeler ce qui a fui; chose étrange: cela est triste! et cela n'est pas grand!

　Et puis on dirait que tout a voulu contribuer à lui jeter l'outrage à ce pauvre Chambord! que le Primatice avait dessiné, que Germain Pilon et Jean Cousin avaient ciselé et sculpté. [Élevé]<Bâti> par François Ier à son retour d'Espagne, après l'humiliant traité de Madrid (1526): Monument de l'orgueil qui veut s'étourdir lui-même[2] pour se payer de ses défaites, c'est d'abord Gaston d'Orléans, un prétendant vaincu, qu'on y exile ; puis c'est Louis XIV qui, d'un seul étage, en fait trois: gâtant ainsi l'admirable escalier double, qui allait d'un seul jet lancé comme une spirale, du sol au faîte[.]< ; > [Un jour,]<et enfin,> c'est Molière qui y joue, pour la première fois, le Bourgeois-Gentilhomme sous ce beau plafond, couvert de salamandres et d'ornements peints, dont les couleurs s'en vont [en écailles]. [Puis]<Ensuite> on l'a donné au maréchal de Saxe, on l'a donné aux Polignac, on l'a donné à un

---

(1) 自筆原稿（カンタン版、シャルパンチェ版）= [italique]、筆写原稿 = <romain>。
(2) 下線はカンタン版、シャルパンチェ版にない部分を示す。以下同じ。

simple soldat, à Berthier; on l'a racheté par souscription, et on l'a donné au duc de Bordeaux; on l'a donné à tout le monde comme si personne n'en voulait, ou ne [*voulait*]<pouvait> le garder. Il [*a l'air de*] <semble> n'avoir jamais [*presque*] servi [*et*]<,> avoir été toujours trop grand: c'est comme une hôtellerie [*abandonnée*]<délabrée>, où les voyageurs n'ont pas même laissé [*leurs noms*]<leur nom> aux murs.

Je n'y ai vu qu'un seul meuble, un jouet d'enfant: un modèle de parc d'artillerie offert par le colonel Langlois au duc de Bordeaux, et précieusement conservé sous des couvertures de toile.

En allant par une galerie extérieure vers l'escalier d'Orléans, [*pour*] examiner les cariatides qui sont censées représenter François I, [*M. de Chateaubriand*]<Madame de Châteaubriant>, et Madame d'Estampes, et tournant autour de la fameuse lanterne qui termine le grand escalier, nous avons à plusieurs reprises passé la téte [*à travers*]<par-dessus> la balustrade pour regarder en bas [:]<,> dans la cour, un petit ânon qui tétait sa mère, se frottait contre elle, secouait ses oreilles, allongeait son nez, sautait sur ses sabots. Voilà ce qu'il y avait dans la cour d'honneur du château de Chambord, voilà ses hôtes maintenant : un chien qui joue dans l'herbe, et un âne qui tète, ronfle [*et*]<,> brait, fiente et gambade sur le seuil des rois.[1]

Château d'Amboise

La château d'Amboise, dominant [*toute*] la ville, qui semble jetée à ses pieds comme un tas de petits cailloux, au bas d'un rocher, a une noble et imposante figure de château-fort, avec ses grandes et grosses tours, percées de longues fenêtres étroites à plein cintre, sa galerie [*arcade*]<à arcades> qui va de [*l'une*]<l'un> à l'autre, et la couleur fauve de ses murs, rendue plus sombre par les fleurs qui pendent d'en haut, comme un panache joyeux sur le front bronzé d'un vieux soudard.

---

(1) A.J.Tooke, *op. cit.*, pp. 101-103.

Nous avons passé un grand quart d'heure à admirer <, à chérir> la tour de gauche, qui est superbe, qui est bistrée, jaune par places, noire [de suie] dans d'autres qui a des ravenelles adorables appendues à ses créneaux, et qui est enfin un de ces monuments parlants qui semblent vivre, et qui vous tiennent tout béants [et rêveurs] sous [leurs regards] <eux>, ainsi que ces portraits dont on n'a pas connu les originaux, et qu'on se met à aimer sans savoir pourquoi.

<u>Riez de cela, braves gens : on n'a pas écrit cette phrase pour vous.</u>
On monte au château par une pente douce qui mène dans un jardin élevé en terrasse, d'où la vue [s'étend en plein]<s'ébat> sur [toute] la campagne d'alentour. Elle était d'un vert tendre. Les lignes de peupliers s'étendaient sur les rives du fleuve. Les prairies s'avançaient au bord, estompant au loin leurs limites grises, dans [l']<un> horizon bleuâtre et vaporeux<,> qu'[enfermaient]<enfermait> vaguement le contour des collines. La Loire coulait au milieu, baignant ses îles, mouillant la bordure des prés, <u>passant sous les ponts</u>, faisant tourner les moulins [et]<,> laissant [glisser]<couler> sur sa sinuosité argentée les grands bateaux attachés ensemble, qui [cheminaient]<cheminent> paisibles, côte à côte, à demi endormis au craquement lent [du large gouvernail] <du gouvernail qui remue>; et au fond, il y avait deux [grandes] voiles [éclatantes]<éclatant> de blancheur au soleil.

Des oiseaux partaient du sommet des tours, [du rebord]<des angles> des mâchicoulis, allaient se nicher ailleurs, volaient, poussaient leurs petits cris dans l'air, et passaient. À cent pieds sous nous, on voyait les toits pointus de la ville, les cours désertes des vieux hôtels, et le trou noir des cheminées fumeuses. Accoudés dans l'anfractuosité d'un créneau, nous regardions, nous écoutions, [nous aspirions tout cela], jouissant du soleil qui était beau, de l'air qui etait doux, et tout imbibé de la bonne odeur <u>des plantes</u> des ruines; et là, sans méditer sur rien du tout, sans phraser même intérieurement sur quoi que ce soit, je songeais aux cottes de mailles souples comme des gants, aux baudriers de buffle trempés de sueur, aux visières fermées sous lesquelles brillaient des regards rouges, aux assauts de nuit, hurlants, désespérés, avec des torches qui incendiaient les murs, des haches d'armes qui coupaient les corps, et à Louis XI, à la guerre des Amoureux, à d'Aubigné et aux ravenelles, aux oiseaux, aux beaux lierres lustrés, aux ronces toutes chauves; savourant ainsi dans ma dégustation rêveuse et nonchalante, des hommes, ce qu'ils ont de plus grand, leur souvenir, de la nature, ce qu'elle a de plus beau, ses envahissements ironiques et son éternel sourire.

Dans le jardin, au milieu des lilas et des touffes d'arbustes [*qui retombent dans les allées*], s'élève la chapelle, [*ouvrage du XVIe siècle, ciselée sur tous les angles, vrai bijou d'orfèvrerie lapidaire, plus travaillée encore au dedans qu'au dehors, découpée comme un papier de boîtes à dragées, taillée*]<bijou d'orfèvrerie lapidaire du XVIe siècle, plus travaillé encore en dedans qu'en dehors, et taillé> à jour comme un manche d'ombrelle chinoise. [*Il y a sur*]<Sur> la porte<,> un bas-relief très réjouissant [*et très gentil : c'est*]<représente> la rencontre de [*saint*]<St.> Hubert avec le cerf mystique qui porte un crucifix entre [*les*]<ses> cornes. Le saint est à genoux; plane, au-dessus, un ange qui va lui mettre une couronne sur son bonnet. À côté, [*on voit*] son cheval [*qui*] regarde de sa bonne figure d'animal [*étonné*], ses chiens jappent, et sur la montagne, dont les tranches et les facettes figurent des cristaux, le serpent <qui> rampe [. *On voit*]<avance> sa tête plate [*s'avancer*] au pied d'arbres [*sans feuilles qui ressemblent*]<ressemblant> à des choux-fleurs. C'est l'arbre qu'on rencontre dans les vieilles bibles, sec de feuillage, gros de [*branches*]<branche> et de tronc, qui a du bois et du fruit, mais pas de verdure, l'arbre symbolique, l'arbre théologique et dévot, presque fantastique dans sa laideur impossible. [*Tout près de là*]<Non loin> [*saint*]< St.> Christophe porte Jésus sur ses épaules, et St Antoine est dans sa cellule, bâtie sur un rocher. Le cochon rentre dans son trou [*et on ne voit que son*]< ; on n'en aperçoit que le> derrière [*et*]<avec> sa queue [*terminée*]<tournée> en trompette, tandis que près de lui un [*lièvre*]<lapin> sort les oreilles de son terrier.

[*Tout cela est un peu lourd, sans doute*]<Ce bas-relief, sans doute, est un peu lourd>, et d'une plastique qui n'est pas rigoureuse; mais il y a tant de vie et de mouvement dans ce bonhomme et [ses]<ces> animaux, tant de gentillesse et de bonne foi dans les détails, qu'on donnerait beaucoup pour emporter ça et pour l'avoir chez soi: ça vaudrait bien les statuettes genre moyen-âge qu'on trouve chez les coiffeurs, les sujets équestres d'Alfred de Dreux qu'on trouve chez les filles entretenues, et la Putiphar de Monsieur Steuven qu'on ne trouve, Dieu merci, nulle part.

[À]<Dans> l'intérieur du Château, l'insipide ameublement de l'Empire se reproduit dans chaque pièce <avec ses pendules mythologiques ou historiques, et ses fauteuils de velours à clous dorés>. Presque toutes sont ornées [des]<de> bustes de Louis-Philippe et Madame Adélaïde. La famille régnante [actuelle] a la rage de se reproduire en portraits; elle peuple de sa figure tous les pans de murs, toutes les consoles et toutes les cheminées où elle peut l'y établir[.]<:> [C'est un] mauvais goût de parvenu, [une] manie d'épicier enrichi dans les affaires, et qui aime à se considérer [lui-même] avec du rouge, du blanc et du jaune, avec ses breloques au ventre, ses favoris au menton, et ses enfants à ses côtés.

[*Sur une des tours, on a construit,*]<On a, sur une des tours, construit> en dépit du bon sens le plus vulgaire, une rotonde vitrée, [*qui sert de*]<pour faire une> salle à manger. [*Il est vrai que la*]<La> vue qu'on [*y*] découvre <de là> est superbe; mais le bâtiment est d'un si choquant effet, [*vu du dehors,*] qu'on aimerait mieux, je crois, ne rien voir [*de la vie*] ou aller manger à la cuisine.

Pour regagner la ville nous [*sommes descendus*]<avons descendu> par une tour qui servait aux voitures à monter [*presque*] <jusque> dans la place. La pente douce [*et*]<,> garnie de sable, tourne autour d'un axe de [*pierres*]<pierre> comme les marches d'un escalier[. La]<, et la> voûte est [*sombre,*] éclairée [*seulement*]<de place en place,> par le jour [*vif*]<rare> des meurtrières. Les consoles où s'appuie l'extrémité [*intérieure*]<inférieure> de l'arc de voûte [*représentent*]<portent> des sujets grotesques ou obscènes. Une intention dogmatique semble avoir présidé à leur composition. Il faudrait prendre l'oeuvre à partir d'en bas qui commence par l'Aristoteles equitatus (sujet traité déjà sur une des [*statues*]<miséricordes> du choeur de la cathédrale de Rouen) et l'on [*arrive, par des dégradations,*]<arriverait en suivant les transitions> à un monsieur qui s'amuse avec une dame dans la posture perfide recommandée par Lucrèce et par l'*Amour Conjugal*. La plupart des sujets intermédiaires ont, du reste, été enlevés au grand désespoir des chercheurs de fantaisies drolatiques, [*tels que nous autres, et*] enlevés de sang-froid, exprès, par décence, et comme nous [*le*] disait d'un ton convaincu le domestique de S. M. 《parce qu'il y en avait beaucoup qui étaient inconvenants pour les dames》.[1]

Château de Chenonceaux

Je ne sais quoi d'une suavité singulière et d'une aristocratique sérénité transpire du château de Chenonceaux. [*Il est à quelque distance du village qui se tient à l'écart respectueusement. On le voit, au fond d'une grande allée d'arbres, entouré de bois, encadré dans un vaste parc à belles pelouses. Bâti sur l'eau, en l'air, il lève ses tourelles, ses cheminées carrées.*] <Placé au fond d'une grande allée d'arbres, à quelque distance du village qui se tient respectueusement à l'écart, bâti sur l'eau, entouré de bois, au milieu d'un parc à belles pelouses, il lève en l'air ses tourelles et ses cheminées carrées.> Le Cher passe [*dessous et murmure au bas de*]<en murmurant sous> ses arches, dont les arrêtes pointues brisent le courant. [*C'est paisible et doux, élégant et robuste. Son calme n'a rien d'ennuyeux et sa mélancolie n'a pas d'amertume.*]<Son élégance est robuste et douce, et son calme mélancolique, sans ennui ni amertume.> (À la ligne=Q., Ch.) [*On entre*]<Vous entrez> par [le bout d'] une [*longue*] salle [*voûtée*] en [*ogives*]<ogive>, qui [*servait*]<était> autrefois [*de*]<la> salle d'armes[. *On y a mis quelques armures qui, malgré la nécessité de semblables ajustements, ne choquent pas et*

---

(1) *Ibid.*, pp.105-111.

semblent à leur place.]<, et où, malgré la difficulté de semblables ajustements, quelques armures qu'on y a mises ne choquent point et semblent à leur place. > [*Tout intérieur est entendu avec goût.*]<Partout du reste>[*Les*]<les> tentures et les ameublements de l'époque [*sont*]<ont été > conservés [*et soignés*] avec intelligence. Les [*grandes et*] vénérables cheminées du XVIe siècle ne recèlent pas sous [*leur manteau*] <leurs manteaux> les ignobles et économiques cheminées à la prussienne qui savent se nicher sous de moins grandes. Dans les cuisines, [*que nous visitâmes également, et qui sont contenues dans une arche du château,*] <contenues dans une arche du château, et que nous visitâmes mêmement,> une servante épluchait des légumes; un marmiton lavait des assiettes, et, debout, au fournaux le cuisinier faisait bouillir, pour le déjeuner, un nombre raisonnable de casseroles luisantes. Tout cela est bien, a un bon air, sent son honnête vie de château, sa paresseuse et intelligente existence d'homme bien né : j'aime les propriétaires de Chenonceaux.

N'y a-t-il pas d'ailleurs partout de bons vieux portraits à vous faire passer [*devant un temps infini, en vous figurant le temps où leurs maîtres vivaient*]<de longues heures en se figurant le temps où en vivaient les modèles, > et les ballets où tournoyaient les vertugadins de [*toutes*] ces belles dames roses, et les bons coups d'épée que ces gentilhommes s'allongeaient avec leurs rapières. [*Voilà des tentations de l'histoire.*]<Voilà une des tentatives de l'histoire.> On voudrait savoir si ces gens-là ont aimé comme nous, et les différences qu'il y avait entre leurs passions et les nôtres; on voudrait que leurs lèvres s'ouvrissent pour nous dire les récits de leur coeur, [*tout*] ce qu'ils ont fait autrefois, même de futile ; quelles furent leurs angoisses [*et*]<,> leurs voluptés[. *C'est*]< : c'est> une curiosité irritante et séductrice [, *une envie rêveuse de savoir,*] comme on en a pour le passé inconnu d'une maîtresse, <u>afin d'être initié à tous les jours qu'elle a vécus sans vous, et d'en avoir sa part</u>.

[*Mais ils restent sourds aux questions de nos yeux; ils restent là, muets, immobiles dans leurs cadres de bois, nous passons. Les mites picotent leur toile, on les revernit : ils sourient encore que nous sommes pourris et oubliés. Et puis d'autres viennent aussi les regarder jusqu'au jour où ils* tomberont en poussière et où *l'on rêvera de même devant nos propres images. Et l'on se demandera ce qu'on faisait dans ce temps-là, de quelle couleur était la vie, et si elle n'était pas plus chaude.*]< ; puis, quand les mites auront picoté leur toile, quand leur cadre sera pourri et qu'ils seront tombés en poussière, on rêvera à notre tour devant nos propres images, en se demandant ce qu'on faisait dans ce temps-là, de quelle couleur était la vie, si elle n'était pas plus chaude. >[1]

[*(…) Je ne parlerais plus de toutes ces belles dames, si le grand portrait de Mme Deshoulières, en grand deshabillé blanc, debout, (c'est, du reste, une belle figure, et, comme le talent si décrié et si peu lu de ce poète, meilleure au second aspect qu'au premier), ne m'avait rappelé par le caractère infaillible de la bouche*]<Madame Deshoulières, debout, en grand deshabillé blanc (c'est du reste un noble visage, et comme le talent si décrié et si peu connu de cette poète, meilleur peut-être au second aspect qu'au premier) m'a remis en mémoire, à l'occasion de la bouche> qui est grosse, avancée, charnue et charnelle, la brutalité [*singulière*] du portrait de Madame de Staël par Gérard. Quand je le vis, il y a deux ans, à Coppet, [*éclairé par le soleil de juin,*]<(la fenêtre était ouverte, le soleil l'éclairait de face)> je ne pus m'empêcher d'être frappé par ces lèvres rouges et vineuses, par ces narines larges, reniflantes et aspirantes. La tête de G. Sand offre quelque chose d'analogue. Chez toutes ces femmes, à moitié hommes, la spiritualité ne commence qu'à la hauteur des yeux[. *Tout*]<:> le reste est [*resté*]<demeuré > dans les instincts [*matériels*]<du sexe>. <Presque toutes aussi sont grasses et ont des tailles viriles: Madame Deshoulières, Madame de Sévigné, Madame de Staël, G. Sand, et Madame Colet. Je ne connais que Madame Anaïs Ségalas qui soit maigre. >

[*En fait de choses amusantes, il y a encore à Chenonceaux,*]<Nous avons vu> dans la chambre de Diane de Poitiers, le grand lit à baldaquin de la royale concubine, tout en damas [*blanc*]<bleu> et cerise. S'il

---

(1) *Ibid.*, pp. 115-116.

m'appartenait, j'aurais bien du mal à m'empêcher de ne m'y pas mettre quelquefois ! Coucher dans le lit de Diane de Poitiers ! même quand il est vide, cela vaut bien coucher [*dans celui de beaucoup*]<avec quantité> de réalités plus palpables. N'a-t-on pas dit qu'en ces matières [*tout*] le plaisir n'était qu'imagination? Concevez-vous <donc> alors pour ceux qui en ont quelque peu la volupté singulière, historique et XVIe siècle, de poser sa tête sur l'oreiller de la maîtresse de François I, et de se retourner sur ses matelas (oh! que je donnerais volontiers toutes les femmes de la terre pour avoir la momie de Cléopâtre!); mais je n'oserais [*pas*] seulement de peur de les casser, toucher aux porcelaines de Catherine de Médicis qui sont dans la salle à manger, ni mettre mon pied dans l'étrier de François I, de peur qu'il n'y restât, ni poser les lèvres sur l'embouchure de l'énorme trompe qui est dans la salle d'armes, de peur de m'y rompre la poitrine.[1]

Château de Clisson

Sur un coteau – au [*pied*]<bas> duquel se joignent deux rivières – dans un frais paysage égayé par les claires couleurs des toits en tuiles abaissés à l'italienne, et groupés là , ainsi que dans les croquis d'Hubert près d'une longue cascade <u>basse</u> qui fait tourner un moulin – tout caché dans le feuillage, le <u>vieux</u> château de Clisson montre sa tête ébréchée par-dessus les grands arbres. A l'entour, c'est calme et doux – les maisonnettes rient comme sous un ciel chaud – les eaux font leur bruit – la mousse floconne sur [*un*]<le> courant où se trempent de molles touffes de verdure – l'horizon s'allonge d'un côté dans une perspective [*fuyante*] de prairies – et de l'autre remonte tout à coup – enclos par un vallon boisé, dont [*un*]<le> flot vert [*s'écrase*]<s'évase> et descend jusqu'en bas.

Quand on a passé le pont et qu'on se trouve au pied du sentier raide

---

(1) *Ibid.*, pp.119–121.

qui mène au Château – on voit – debout – hardi et dur – sur le fossé où il s'appuie – dans un aspect vivace et formidable, un grand pan de muraille, [tout] couronné de <larges> mâchicoulis éventrés, tout empanaché d'arbres et tout tapissé de lierres – dont la masse ample et nourrie, découpée sur la pierre grise en déchirures et en fusées, frissonne au vent dans toute sa longueur et semble un immense voile vert que le géant couché remue, en rêvant, sur ses épaules. Les herbes sont hautes et sombres; les plantes sont fortes et [*ardues*]<dardues>; le tronc des lierres noueux, rugueux, tordu, soulève les murs comme avec des leviers, ou les retient dans [*le réseau*]<les réseaux> de ses branchages. Un arbre, [à *un endroit*]<vert>, a percé l'épaisseur de la muraille et sorti horizontalement – suspendu en l'air – a poussé [*au dehors*]<tout à l'aise> l'irradiation de ses rameaux. Les fossés, dont la pente s'adoucit par la terre qui s'émiette des bords, et par les pierres qui tombent des créneaux, ont une courbe [*large et*] profonde, [*comme la haine et comme l'orgueil* ;] et la porte [*d'entrée*], avec sa vigoureuse ogive un peu cintrée, et ses deux baies servant à relever le pont-levis, a l'air d'un grand casque qui regarde par les trous de [*sa*]<la> visière.

Entré dans l'intérieur, [*on est*]<vous êtes> surpris, émerveillé par [*l' étonnant*]<le> mélange des ruines et des arbres : la ruine faisant valoir la jeunesse verdoyante des arbres, et cette verdure rendant plus âpre la tristesse de la ruine. [*C'est bien là*]<Voilà bien> l'éternel et beau rire, le rire éclatant de la nature sur le squelette des choses[;] <,> [*voilà bien*]<toutes> les insolences de sa richesse, la grâce [*profonde*] de ses fantaisies, les envahissements [*mélodieux*] de son silence[.]< ! > Un enthousiasme grave [*et songeur*] vous prend à l'âme. On sent que la sève coule dans les arbres, et que les herbes poussent [*avec la même force et le même rythme*]<en même temps> que les pierres s'écaillent et que les murailles s'affaissent. Un art sublime a arrangé dans l'accord suprême des discordances secondaires, la forme vagabonde des lierres au galbe sinueux des ruines, la chevelure des ronces au fouillis des pierres éboulées, la transparence de l'air aux saillies résistantes des masses, la teinte du ciel à la teinte du sol[,]

<;>[mirant leur visage l'un dans l'autre, ce qui fut et ce qui est. Toujours l'histoire et la nature révèlent ainsi, en l'accomplissant dans ce coin circonscrit du monde, le rapport incessant, l'hymen sans fin, celui de l'humanité qui s'envole et de la marguerite qui pousse, des étoiles qui s'allument et des hommes qui s'endorment, du coeur qui bat et de la vague qui monte. Et cela est si nettement établi à cette place, si complet, si dialogué , que l'on en tressaille]<et vous en tressaillez> intérieurement, comme si cette double vie fonctionnait en [nous–mêmes]<vous–même>, tant survient[,] brutale et immédiate[,] la perception de [ces]<ses> harmonies [et de ces]<, et la conscience de ses> développements [;car l'oeil aussi a ses orgies et l'idée ses réjouissances]. (À la ligne = Q., Ch.) Au pied de deux grands arbres dont les troncs [s'entrecroisent] <s'entrecroissent>, un jour [vert coulant]<verdâtre passe> sur la mousse [passe comme un flot lumineux et réchauffe toute cette solitude. Sur votre tête, un dôme de feuilles troué par le ciel qui tranche dessus en lambeaux d'azur, vous renvoie une lumière verdâtre et claire qui, contenue par les murs, illumine largement]<et le dôme des feuilles rabat sur vous une claire lumière, qui largement illuminant> tous [ses]<ces> débris, [en creuse les rides,] en épaissit les ombres[,]<et> en dévoile [toutes] les finesses [cachées].

On s'avance [enfin, on marche entre ces murs, sous ces arbres], on s'en va, errant le long des barbacanes, passant sous les arcades qui s'éventrent, et d'où s'épand quelque [large]<longue> plante frissonnante; les voûtes comblées, qui contiennent des morts, résonnent sous vos pas ; les lézards courent sous les broussailles, les insectes [montent le long des]<grimpent contre les> murs, le ciel brille, et la ruine assoupie continue son [rêve]<sommeil>. Avec sa triple enceinte, ses donjons, ses cours intérieures, ses mâchicoulis, ses souterrains, ses remparts mis les uns sur les autres comme écorce sur écorce et cuirasse sur cuirasse, le vieux château [des]<de> Clisson se peut reconstruire [encore]<en entier,> et réapparaître <pour vous>. Le souvenir des <rudes> existences d'autrefois <en> découle [de ces murs,]<comme de lui–même,> avec l'émanation des orties et la fraîcheur des lierres.

[*D'autres hommes que nous ont agité là-dedans leurs passions plus violentes; ils avaient des mains plus fortes, des poitrines plus larges.*] De longues traînées noires montent encore en [*diagonales*]<diagonale> le long des murs, comme au temps où flambaient les bûches dans [*les*]<ces> cheminées [*vastes*]<larges> de dix-huit pieds. Des trous symétriques alignés dans la maçonnerie indiquent la place des étages où l'on [*montait*]<arrivait> jadis par [*les*]<ces> escaliers tournants qui s'écroulent, et qui ouvrent sur l'abîme leurs portes vides. Quelquefois un oiseau, débusquant de son nid, accroché dans les ronces, au fond d'un angle sombre, s'abaissait [*ses*]<les> ailes étendues, et passait par l'arcade d'une fenêtre pour s'en aller dans la campagne.

Au haut d'un pan de muraille élevé – [*tout*] nu – gris – sec, des baies carrées[, *inégales de grandeur et d'alignement*]<de grandeur et d'alignement inégales>, laissaient éclater à travers leurs barreaux croisés<,> [*la couleur pure*]<le bleu vif> du ciel [, *dont le bleu vif encadré par la pierre tirait l'oeil avec une attraction surprenante*]<qui tirait l'oeil à lui par la séduction de sa couleur>. Les moineaux, dans les arbres, poussaient leur cri aigre et répété[, *Au milieu de tout cela*], une vache broutait qui marchait là-dedans comme dans un [*pré*]<herbage>, épatant sur l'herbe sa corne fendue.

(Pas de nouvel alinéa = Q., Ch.) Il y a une fenêtre[, *une grande fenêtre qui donne*]<donnant> sur une prairie que l'on appelle *la prairie des chevaliers*. [*C'était là,*]<C'est> de dessus [*un banc*]<ces bancs> de [*pierres entablées*]<de pierre, entaillés> dans l'épaisseur de la muraille, que les grandes dames d'alors pouvaient voir les chevaliers entrechoquer le poitrail bardé de fer de leurs chevaux, et la masse d'armes descendre sur les cimiers, les lances se rompre, les hommes tomber sur le gazon. Par un beau jour d'été, comme aujourd'hui peut-être, quand [*ce*]<le> moulin, qui claque sa cliquette et met en bruit tout le paysage, n'existait pas, quand il y avait des toits [*au*]<en> haut de ces murailles, des cuirs de Flandre sur ces parois, des [*toiles cirées*]<lames de corne> à ces fenêtres, moins d'herbe, et des voix et des rumeurs de vivants – oui – là – plus d'un coeur – serré dans sa gaine de velours rouge a battu [*d'angoisses*]<d'angoisse> et d'amour, d'adorables mains blanches ont frémi [*de peur*] sur cette pierre que [*tapissent maintenant*]<recouvrent> les orties, et les barbes brodées des grands hennins ont tressailli dans ce vent qui remue les bouts de ma cravate, et qui courbait le panache des gentilshommes.

Nous sommes descendus dans le souterrain où fut enfermé Jean V. Dans la prison des hommes nous avons vu encore au plafond le grand crochet [*double*] qui servait à pendre, et nous avons touché avec des doigts curieux la porte de la prison des femmes. Elle est épaisse de quatre pouces environ, serrée avec des vis, cerclée, plaquée et comme capitonnée de [*fers*]<fer>. [*Au milieu, un petit guichet grillé servait à jeter*]<Par le petit guichet grillé, pratiqué au milieu, on jetait> dans la fosse ce qu'il fallait pour que [*la condamnée*]<le condamné> ne mourût [*pas*]<point>[.]<:> [*C'était cela qu'on ouvrait, et non la porte, qui,*]<car la porte,> bouche discrète des plus terribles confidences, était de celles qui se ferment [*toujours*] et ne s'ouvre [*jamais*]<pas>. [*C'était le*]<Quel> bon temps [*de*]<pour> la haine[.]<!> [*Alors,*] quand on haïssait quelqu'un, quand on l'avait enlevé dans une surprise, ou pris en trahison dans une entrevue, mais [*qu'on*]<quand on> l'avait enfin, qu'on le tenait, on pouvait à son aise le sentir mourir [à *toute heure, à toute minute*]<d'heure en heure, de minute en minute>, compter ses [*angoisses*]<agonies>, boire ses larmes. On descendait dans son cachot, on lui parlait, on marchandait son supplice pour rire de ses [*tortures*] <terreurs>, on débattait sa rançon, on vivait sur lui, de lui, de sa vie qui [*s'éteignait*]<s'éloignait>, de son or qu'on lui prenait. Toute votre demeure, depuis le sommet des tours jusqu'au pied des douves, pesait sur lui, l'écrasait, l'ensevelissait et les vengeances de famille s'accomplissaient ainsi dans la famille, et par la maison elle-même, qui en constituait la force et en symbolisait l'idée.

Quelquefois cependant quand ce misérable [*qui était là*] était un grand seigneur, un homme riche, quand il allait mourir, quand on en était repu, et que [*toutes*] les larmes de ses yeux avaient fait à la haine de son maître comme des saignées rafraîchissntes, <alors,> on parlait de le relâcher. Le prisonnier promettait tout: il rendrait [les]<ses> places fortes; il remettrait les clefs de ses meilleures villes; il donnerait sa fille en mariage; il doterait des églises; il irait à pied au St.Sépulcre, et de l'argent encore! Il en ferait plutôt faire par les Juifs. [Alors]<Donc> on signait le traité, on le contre-signait, on l'antidatait, on apportait les reliques, on jurait dessus, et le prisonnier revoyait le soleil. Il enfourchait un cheval, partait au galop, rentrait chez lui, faisait <u>lever le hours et</u> baisser la herse, convoquait ses gens et décrochait son épée. Sa haine éclatait au-dehors en explosions féroces: c'était le moment des colères terrifiantes et des rages victorieuses. Le serment, le Pape vous en relevait, et pour la rançon, on ne la payait pas. [Quand]<Lorsque> Clisson fut enfermé dans le château de l'Hermine, il promit pour en sortir cent mille francs d'or, la restitution des places appartenantes au duc de Penthièvre, la non-exécution du mariage de sa fille Marguerite avec le duc de Penthièvre, et dès qu'il fut sorti, il commença par attaquer Chatelaudren, Guingamp, Lamballe et St. Malo, qui furent pris ou capitulèrent. Le duc de Penthièvre se maria avec sa fille, et quant aux cent mille francs d'or qu'il avait soldés, on les lui rendit; mais ce furent les peuples de Bretagne qui payèrent. [Quand]<Lorsque> Jean V fut enlevé au pont de Loroux par le comte de Penthièvre, il promit une rançon d'un million; il promit sa fille aînée, fiancée déjà au roi de Sicile; il promit Montcontour, Sesson et [Jugan, etc.]<Jugon, et il> ne donna ni [sa]<la> fille, ni l'argent, ni les places fortes. Il avait fait <le> voeu d'aller au St. Sépulcre, il s'en acquitta par procureur; il avait fait voeu de ne plus lever ni tailles ni subsides, le pape l'en dégagea; il avait fait voeu de donner à Notre-dame de Nantes son pesant d'or; mais comme il pesait près de deux cents livres, il resta fort endetté: avec tout ce qu'il put ramasser et prendre, il forma bien vite une ligue, et força <u>enfin</u> les Penthièvre à lui acheter cette paix qu'ils <u>lui</u> avaient vendue.

De l'autre côté de la Sèvre, et s'y trempant les pieds, [*un bois couvre la colline de sa masse verte et fraîche; c'est*] <s'> étend sur la colline le bois de> la Garenne, parc très beau de lui-même, malgré [les]<ses>

beautés factices [*qu'on y a voulu introduire*]. [*M. Semot*]<Monsieur Lemot (le père du propriétaire actuel) qui était un peintre de l'empire et un artiste lauréat a travaillé [*là*,] du mieux qu'il a pu[, à]<à y> reproduire ce froid goût italien, républicain, romain, [*qui était*]<si fort> à la mode du temps de Canova et de Madame de Staël. On était pompeux, grandiose et [*noble*]<digne>. C'était le temps où [*on*]<l'on> sculptait des urnes sur les tombeaux, où l'on <vous> peignait [*tout le monde*] en manteau et chevelure au vent, où Corinne chantait sur sa lyre à côté d'Oswald qui a des bottes à la russe, et où il fallait enfin [*qu'il y eût*] sur toutes les têtes beaucoup de cheveux épars, et dans tous les paysages beaucoup de ruines.

Ce genre [*de beautés*]<noble> ne manque pas à la Garenne : il y a un temple de Vesta, et en face un temple à l'Amitié, grand tombeau, renfermant deux amis:(Monsieur Lemot et le sénateur Cacot) ce qui fait passer un peu par-dessus le ridicule du nom qu'ils ont choisi pour leur boîte commune. Ne nions pas, en effet, les sentiments prétentieux, ni les enthousiasmes déclamateurs. On peut pleurer de bonne foi tout en arrondissant le coude pour tirer son mouchoir, faire une pièce de vers sur un bonheur ou un malheur quelconque, et le sentir aussi bien que ceux qui n'en font pas- il n'est point encore absolument prouvé qu'il soit impossible d'aimer la femme que l'on appelle sa *deité* ou son *bel ange d'amour*. Les inscriptions, les rochers composés, les ruines [*factices*]<artificielles> sont prodiguées ici avec naïveté et conviction. Sur un morceau de granit on lit cet illustre vers de Delille : 《*sa masse indestructible a fatigué le temps.*》 Plus loin, vingt vers du même Delille ; ailleurs, sur une pierre taillée en forme de tombe: 《*in arcadia ego*》 non-sens dont je n'ai pu découvrir l'intention. Mais toutes les richesses [*poétiques*] sont réunies dans la grotte d'Héloïse, sorte de dolmen naturel <, situé> sur le bord de la Sèvre : 《ce que nous éprouvons dans ce lieu, dit Monsieur Richer Héloïse l'a éprouvé : elle a senti, admiré et rêvé comme nous.》 Eh bien! je l'avoue je ne suis pas comme Monsieur Richer ni comme Héloïse: j'ai senti peu de chose, je n'ai admiré que les arbres, trouvant que la grotte qu'ils ombragent serait très congruente pour y déjeuner, l'été, en compagnie de quelques amis et d'Héloïses quelconques, d'autant que la proximité de l'eau permettrait d'y mettre rafraîchir les bouteilles, et je n'ai rien rêvé du tout – mais il y a des gens heureux, des gens bien doués, sensibles, imaginatifs, qui sont toujours à la hauteur des circonstances, qui ne manquent pas de pleurer à tous les enterrements, de rire à toutes les noces, et *d'avoir des souvenirs* devant toutes les tuiles cassées et toutes les bicoques non construites à la mode du jour. Ceux–là vous disent que la vue de la mer leur inspire de grandes pensées, que la contemplation d'une forêt élève leur âme vers Dieu. Ils sont tristes en regardant la lune, et gais en regardant la foule. 《Ce nom sacré, continue Monsieur Richer, c'était lui seul que la grotte devait offrir. L'inscription qu'on y lit est peut-être inutile : car le sentiment est toujours plus prompt que la parole.》Quoique je sois volontiers de l'avis de Monsieur Richer, en ce que je pense comme lui que l'inscription n'était pas fort utile, je ne peux cependant résister au plaisir de la transcrire :

  (...............
  (...............)

  Et là–dessus le visiteur ingénu s'efforce à se figurer Héloïse errante sur le rivage avec le petit Astrolabe qu'elle tient par la main. Il s'apitoie sur ce résultat de ses plaisirs furtifs et de son tendre amour. Il est vrai que si l'idée du tendre amour l'afflige, le tableau des plaisirs furtifs le ragaillardit un peu. Il tâche de trouver sauvage ce réduit : il ne s'en doutait pas tout à l'heure, mais maintenant il le trouve sauvage en effet. Enfin, il la voit – pleurant sur le roc – rêvant à son malheur, et il veut rêver aussi ; il veut remplir son coeur du doux souvenir d'Héloïse ; il le remplit donc, ou du moins il fait tout son possible pour le remplir : mais non, il ne le remplit pas assez, il ne le remplit pas à son gré, il voudrait l'en remplir tout à fait, l'en combler, l'en bourrer, l'en faire craquer... n'importe, il s'en retourne, écrit son nom sur l'album du concierge, tire sa pièce de vingt sols et part heureux : il a eu des émotions, il a eu des souvenirs.

  Pourquoi donc a–t–on fait de cette figure d'Héloïse qui était une si noble et si haute figure quelque chose de banal et de niais, le type fade de tous les amours contrariés, et comme l'idéal étroit de la fillette sentimentale? Elle méritait mieux pourtant, cette pauvre maîtresse du grand Abailard, celle qui [*l'aimait*]<l'aima> d'une admiration si dévouée, quoiqu'il fût dur, quoiqu'il fût sombre, et qu'il ne lui épargnât ni les amertumes ni les coups. 《Elle craignait de l'offenser plus que Dieu même, et désirait lui plaire plus qu'à lui》, elle ne voulait pas qu'il l'épousât, trouvant que 《c'était chose messéante et déplorable que celui que la nature avait créé pour tous, une femme se l'appropriât et le prît pour elle seule … sentant, disait-elle, plus de douceur à ce nom de maîtresse et de concubine qu'à celui d'épouse, et qu'à celui d'impératrice》et s'humiliant en lui, espérant gagner davantage dans son coeur.

O créatures sensibles! ô pécores romantiques qui le dimanche couvrez d'immortelles son mausolée coquet, on ne vous demande pas d'étudier la théologie, le grec et l'hebreu dont elle tenait école; mais tâchez de gonfler vos petits coeurs, et d'élargir vos courts esprits pour admirer dans son intelligence et son sacrifice tout cet immense amour.

Le parc n'en est pas moins un endroit fort [*charmant*]<agréable>. Les allées serpentent dans le bois taillis, les touffes d'arbres retombent dans la rivière; on entend l'eau couler, on sent la [*fraîcheur*]<bonne odeur> des feuilles: si nous avons été irrités du mauvais goût qui s'y trouve, c'est que nous sortions de Clisson qui est d'une beauté [*vraie,*] si solide [et si simple], et puis que ce mauvais goût après tout n'est plus notre mauvais goût à nous autres; mais d'ailleurs qu'est-ce donc que le mauvais goût? [*C'est*]<N'est-ce pas> invariablement le goût de l'époque qui nous a précédés? Tous les enfants ne trouvent-ils pas leur père ridicule? Le mauvais goût, du temps de Ronsard, c'était Marot; du temps de Boileau, c'était Ronsard; du temps de Voltaire, c'était Corneille, et c'était Voltaire du temps de Chateaubriand que beaucoup [*de gens, à cette heure,*]<aujourd'hui> commencent à trouver un peu faible. O gens de goût des siècles futurs, je vous recommande les gens de goût de maintenant. Vous rirez [*un peu*] de leurs crampes d'estomac de leurs dédains superbes, de leur prédilection pour le veau et pour le laitage, et des grimaces qu'ils font quand on leur sert de la viande saignante et des poésies trop chaudes. Comme ce qui est beau, alors sera laid, comme ce qui est gracieux paraîtra sot, comme ce qui est riche semblera pauvre: nos délicieux boudoirs, nos charmants salons, nos ravissants costumes, nos intéressants feuilletons, nos drames palpitants – nos livres sérieux...[oh! oh!]<Ohé, ohé>, comme on nous fourrera au grenier – au garde-meubles – aux latrines – comme on en fera de la bourre, du papier, du fumier, de l'englais. O Postérité! n'oublie pas surtout nos parloirs gothiques, nos ameublements Renaissance, les discours de Monsieur Pasquier, la forme de nos chapeaux, et l'esthétique de la *Revue des deux mondes*.

[*C'est*]<Tout> en nous laissant aller à ces [*hautes*] considérations philosophiques [*que*] notre carriole nous traîna jusqu'à Tiffauges. Placés tous deux dans une espèce de cuve en fer-blanc, nous écrasions de notre poids l'imperceptible cheval qui ondulait dans les brancards: c'était le frétillement d'une anguille dans le corps d'un rat de barbarie. Les descentes le poussaient en avant, les montées le tiraient en arrière, les débords le jetaient de côté, et le vent l'agitait sous la grêle des coups de fouet. Pauvre bête! [*Je ne puis y*]<Je n'y puis> penser sans de certains remords.

La route, taillée dans la côte, descend en tournant, couverte sur ses bords par des massifs d'ajoncs, ou par de larges [*langues*]<bandes> d'une mousse roussâtre. A droite, au pied de la colline, sur un mouvement de terrain qui se soulève du fond du vallon, [*en s'arrondissant comme la carapace d'une tortue. on voit*] de grands pans de muraille inégaux [*qui*] allongent les uns [*par-dessus*]<derrière> les autres leurs sommets ébréchés. On [*longe*]<suit> une haie, on [*grimpe*]<prend> un [*petit chemin*]<sentier>, [*on*]<et l'on> entre sous un porche [*tout*] ouvert, qui s'est enfoncé dans le sol jusqu'aux deux tiers de son ogive. Les hommes qui y passaient jadis à cheval n'y passeraient plus qu'en se courbant [*maintenant*]. [(]Quand la terre s'ennuie de porter un monument trop longtemps <sur elle>, elle s'enfle de dessous, monte sur lui <, le gagne> comme une marée, et pendant que le ciel lui rogne la tête, elle lui enfouit les pieds. [)] La cour est déserte, l'enceinte est vide, les [*herses*]<lierres> ne remuent [*pas*], l'eau dormante des fossés reste plate et immobile sous les ronds nénuphars.

Le ciel était blanc, sans [*nuages*]<nuage>, mais sans soleil; sa courbe pâle s'étendait au large[,]<et> couvrait la campagne d'une monotonie [*froide et*] dolente. On n'entendait aucun bruit – <u>il faisait silence</u> – les oiseaux ne chantaient pas, l'horizon même n'avait point de murmure, et les sillons vides (c'était un dimanche) ne vous envoyaient ni [*les glapissements*]<le glapissement> des corneilles qui s'envolent, ni le bruit doux du fer des charrues.

Nous sommes descendus à travers les ronces [*et les broussailles*]<,>dans une douve profonde [*et sombre*]<,> cachée au pied d'une [*grande*] tour qui se baigne dans l'eau et dans les roseaux. Une seule fenêtre [*s'ouvre sur un de ses pans:*]<ouvre> un carré d'ombre<,> [*coupé*]<coupée> par la raie grise de son croisillon de pierre; une touffe folâtre de chèvrefeuille sauvage s'est pendue sur le rebord et passe [*au*]<en> dehors sa bouffée verte et parfumée. Les grands mâchicoulis, quand on lève la tête, laissent voir d'en bas par leurs ouvertures béantes le ciel seulement ou quelque petite fleur inconnue, qui s'est nichée là, apportée par le vent, un jour d'orage, et dont la graine aura poussé à l'abri dans la fente des pierres. Tout à coup un souffle <de vent> est venu, doux et long, comme un soupir qui s'exhale, et les arbres dans les fossés, les herbes sur les pierres, les joncs <et les lentilles> dans l'eau, les plantes des ruines et les gigantesques lierres qui de la base au faîte revêtissaient(*sic*) la tour sous leur couche uniforme de verdure luisante, ont tous frémi et clapoté leur feuillage. Les blés, dans les champs, ont roulé leurs vagues blondes qui s'allongeaient [, *s'allongeaient toujours*] sur les têtes mobiles des épis. La mare d'eau s'est ridée et a poussé un flot sur le pied de la tour. Les feuilles [*de*]<des> lierres ont toutes frissonné ensemble, et un pommier en [*fleur*]<fleurs> a laissé tomber ses boutons roses.

Rien [, *rien!*] – [*Le*]<le> vent qui passe – l'herbe qui pousse – le ciel à découvert, pas d'enfant en [*guenille*]<guenilles> – gardant une vache qui broute la mousse dans les cailloux, pas même comme ailleurs quelque chèvre solitaire – sortant sa tête barbue par une crevasse de [*remparts*]<rempart>, et qui s'enfuit [tout] effrayée en faisant remuer les broussailles, pas un oiseau chantant, pas un nid, pas un bruit: ce château est comme un fantôme; muet, [*froid*,] abandonné dans cette campagne déserte, il a l'air maudit et plein de ressouvenances farouches.

Il fut habité pourtant, [*le*]<ce> séjour triste, dont les hiboux [*semblent maintenant*]<maintenant semblent> ne pas vouloir. Dans le donjon, entre quatre murs livides comme le fond des vieux abreuvoirs, nous avons compté la trace de cinq étages. A trente pieds en l'air, [*une cheminée est restée suspendue avec ses deux piliers ronds et sa plaque noircie; il est venu*]<ayant encore ses deux piliers ronds et sa plaque noircie, une cheminée est restée suspendue. Il est tombé> de la terre dessus, et des plantes y [*ont poussé*]<sont venues> comme dans une jardinière qui serait restée là.

Au delà de la seconde enceinte, dans un champ labouré, on reconnaît les restes d'une chapelle aux fûts brisés d'un portail ogival. L'avoine y [*a poussé*]<pousse>, et les arbres ont remplacé les colonnes. Cette chapelle [, *il y a quatre cents ans*,]<jadis> était [*remplie*]<pleine> d'ornements de [*drap*]<draps> d'or et de soie, d'encensoirs, de chandeliers, de calices, de croix de pierreries, de plats de vermeil, de burettes d'or; un chœur de trente chanteurs, chapelains, musiciens, enfants, y poussaient des hymnes [*aux sons*]<au son> d'un orgue qui les suivait quand ils allaient en voyage. Ils étaient couverts d'habits d'écarlate, fourrés de [*gris perle*]<petit-gris> et de menu-vair. Il y en avait un que l'on appelait l'Archidiacre; un autre que l'on appelait l'Évêque, et on demandait au pape qu'il leur fût permis de porter la mitre comme à des chanoines: car cette chapelle était la chapelle, et ce château était un des châteaux de Gilles de Laval, sire de Rouci, de Montmorenci, de Raiz(*sic*) et de Craon, lieutenant général du duc de Bretagne et maréchal de France, brûlé à Nantes, le 25 octobre 1440, dans la Prée de la Madelaine comme faux-monnayeur, assasin, sorcier, sodomite et athée.

Il avait en meubles plus de cent mille écus d'or, trente mille livres de rente, et les profits de ses fiefs, et les gages de son office de maréchal.

Cinquante hommes, magnifiquement vêtus, l'escortaient à cheval. Il tenait table ouverte; on y servait les viandes les plus rares, les vins les plus lointains, et [*l'on jouait chez lui des mystères,*]<on représentait des mystères chez lui>, comme dans les villes, aux entrées des rois. Quand il n'eut plus d'argent, il vendit ses terres; quand il eut vendu ses terres, il chercha l'or; et quand il eut détruit ses fourneaux, il appela le Diable. Il lui écrivit qu'il lui donnerait tout, sauf son âme et sa vie. Il fit des sacrifices, des encensements, des aumônes et des solennités en son honneur. [*Les murs déserts s'illuminaient la nuit à l'éclat des torches qui brûlaient au milieu des hanaps pleins de vin des îles, et parmi les jongleurs bohêmes; ils rougissaient sous le vent incessant des soufflets magiques.*]<C'était là que vivait cet homme. Ces caveaux se rougissaient sous le vent incessant des soufflets magiques; ces murs s'illuminaient, la nuit, à l'éclat des torches qui brûlaient, au milieu des hanaps pleins de vins des Iles et parmi les jongleurs bohêmes;> on invoquait l'enfer; on se régalait avec la mort; on égorgeait des enfants; on avait d'épouvantables joies et d'atroces plaisirs. Le sang coulait, les instruments jouaient: tout retentissait de voluptés, [*d'horreurs*] <d'horreur> et de délires.

Quand il fut mort, quatre ou cinq demoiselles firent ôter son corps du bûcher, l'ensevelirent et le firent porter aux Carmes, où, après des obsèques fort honorables, il fut inhumé solennellement.

On lui éleva sur un des ponts de la Loire, en face de l'hôtel de la Boule d'or, [*dit Guépin,*] un monument expiatoire: c'était une niche dans laquelle se trouvait la statue de la Bonne Vierge de Créelait, qui avait la vertu d'accorder du lait aux nourrices. On y apportait du beurre et d'autres offrandes rustiques.

La niche y est encore, mais la statue n'y est plus. De même qu'à l'hôtel de ville, la boîte qui contenait le coeur de la reine Anne est vide aussi. [*Mais*] nous étions peu curieux de voir cette boîte; nous n'y avons [*seulement*] pas <seulement> songé. J'aurais préféré contempler la culotte du maréchal de Raiz(*sic*) que le coeur de Madame Anne de Bretagne. Il y a eu plus de passions dans l'une que de grandeur dans l'autre. [1]

---

(1) *Ibid.*, pp.184-205.

Nous nous en retournâmes donc à l'auberge où servis par notre hôtesse, qui avait de grands yeux bleus, de fines mains [*qu'on achèterait*]<qui s'achèteraient> cher, et une douce figure d'une pudeur monacale, nous dînâmes d'un bel appétit qu'avaient creusé nos cinq heures de marche. Il ne faisait pas encore nuit pour dormir ; on n'y voyait plus pour rien faire – nous allâmes à l'église.
　Elle est petite, quoique portant nef et bas-côtés comme une grande dame d'église de ville. De gros piliers de pierre, trapus et courts, soutiennent sa voûte de bois bleu d'où pendent de petits navires, ex-voto promis dans les tempêtes. Les araignées courent sur leurs voiles, et la poussière pourrit leurs cordages.
　On ne disait aucun office. La lampe du choeur brûlait seule dans son godet d'huile jaune, et en haut, dans l'épaisseur de la voûte, les fenêtres non fermées laissaient passer de larges rayons blancs, avec le bruit du vent qui courbait les arbres. Un homme est venu – a rangé les chaises – a mis deux chandelles dans des girandoles de fer accrochées [*au pilier*]<aux piliers>, et a tiré dans le milieu une façon de brancard à pied, dont le bois noir avait de grosses taches blanches. D'autres gens sont entrés dans l'église – un prêtre en surplis a passé devant nous – on a entendu un bruit de clochettes s'arrêtant et reprenant par intervalles, et la porte de l'église s'est ouverte toute grande. Le son saccadé de la petite cloche s'est mêlé à un autre qui lui répondait, et toutes deux s'approchant en grandissant, redoublaient leurs battements secs et cuivrés.
　Une charette, traînée par des boeufs, a paru dans la place, et s'est arrêtée devant le portail. Un mort était dessus. Ses pieds pâles et mats comme de l'albâtre lavé, dépassaient le bout du drap blanc qui l'enveloppait de cette forme indécise qu'ont tous les cadavres en costume. La foule survenue se taisait – les hommes restaient découverts –

le prêtre secouait son goupillon et marmottait des oraisons, et les boeufs accouplés, remuant lentement la tête, faisaient crier leur gros joug de cuir. L'église, où brillait une étoile au fond, ouvrait sa grande ombre noire que refoulait du dehors le jour vert des crépuscules pluvieux, et l'enfant qui éclairait sur le seuil passait toujours la main [sur] <devant> sa chandelle pour empêcher le vent de l'éteindre.

On l'a descendu de la charette – sa tête s'est cognée contre le timon – on l'a entré dans l'église – on l'a mis sur le brancard – un flot d'hommes et de femmes a suivi – on s'est agenouillé sur le pavé – les hommes près du mort – les femmes plus loin, vers la porte, et le service a commencé.

Il ne dura pas longtemps – pour nous du moins – car les psalmodies basses bourdonnaient vite – couvertes de temps à autre par un sanglot faible qui partait de dessous les capes noires, en bas de la nef. Une main m'a effleuré, et je me suis [effacé]<reculé> pour laisser passer une [femme courbée. Serrant]<femme. Courbée – serrant> les poings sur la poitrine, baissant la face, allant en avant sans remuer les pieds, essayant de regarder, tremblant de voir, elle s'est avancée vers la ligne des lumières qui brûlaient le long du brancard; lentement, lentement, en levant son bras comme pour se cacher dessous – elle a tourné la tête sur le coin de son épaule, et elle est tombée sur une chaise – affaissée – aussi morte et molle que ses vêtements mêmes.

À la lueur des cierges, j'ai vu ses yeux fixes dans leurs paupières rouges, éraillées comme par une brûlure vive, sa bouche idiote et crispée grelottante de déespoir, et toute sa pauvre figure qui pleurait comme un orage.

C'était son mari – perdu à la mer – que l'on venait de retrouver sur la grève, et qu'on allait enterrer tout à l'heure.

Le cimetière touchait à l'église – on y passa par une porte [à]<de> côté, et chacun y reprit son rang, tandis que dans la sacristie on clouait le mort en son cercueil – une pluie fine mouillait l'air – on avait froid – il faisait gras marcher, et les fossoyeurs qui n'avaient pas fini, rejetaient avec peine la terre lourde qui collait sur leurs louchets. Au fond, les femmes à genoux dans l'herbe, avaient découvert leurs capuchons, et leurs grands bonnets blancs, dont les pans empesés se soulevaient au vent, faisaient de loin comme un grand linceul qui se lève de terre, et qui ondoie.

Le mort a reparu; les prières ont recommencé; les sanglots ont repris: on les entendait à travers le bruit de la pluie qui tombait.

Près de nous sortait par intervalles égaux une sorte de gloussement étouffé qui ressemblait à un rire: partout ailleurs, en l'écoutant, on l'eût pris pour l'explosion réprimée de quelque joie violente, ou pour le paroxysme contenu d'un délire de bonheur: c'était la veuve qui pleurait puis, elle s'approcha jusqu'au bord – <u>elle</u> fit comme les autres, et la terre peu à peu reprit son niveau, et chacun s'en retourna.

Comme nous enjambions l'escalier du cimetière – un jeune homme qui passait à côté de nous, dit en français à un autre: 《le bougre, puaitil! il est presque tout pourri! Depuis trois semaines qu'il est à l'eau, c'est pas étonnant!》 [1]

---

(1) *Ibid.*, pp.270-274.

付録　(2)

DES PIERRES DE CARNAC
ET DE L'ARCHÉOLOGIE CELTIQUE

⑴　Le champ de Carnac est un large espace dans la campagne, où l'on voit onze files de pierres noires, alignées à intervalles symétriques et qui vont diminuant de grandeur à mesure qu'elles s'éloignent de la mer. Cambry soutient qu'il y en avait quatre mille et M. Fréminville en a compté douze cents. Ce qu'il y a de sûr, c'est qu'elles sont nombreuses.

⑵　A quoi cela était-il bon? Sont-ce des tombeaux? Etait-ce un temple?

⑶　Un jour, saint Cornille, poursuivi sur le rivage par des soldats, allait tomber dans le gouffre des flots, quand il imagina de les changer tous en autant de pierres, et les soldats furent pétrifiés. Mais cette explication n'était bonne que pour les niais, pour les petits enfants et pour les poëtes, on en chercha d'autres.

⑷　Au XVIe siècle, Olaüs Magnus, archevêque d'Upsal (et qui, exilé à Rome, composa sur les antiquités de sa patrie un livre fort estimé partout, si ce n'est dans ce pays même, la Suède, où il n'eut pas un taducteur), avait découvert que《quand les pierres forment une seule et longue file droite, c'est qu'il y a dessous des guerriers morts en se battant en duel; que celles qui sont disposées en carré sont consacrées à des héros ayant péri dans une bataille ; que celles qui sont rangées circulairement sont des sépultures de famille, et que celles qui sont disposées en coin ou sur un ordre angulaire sont *les tombeaux des cavaliers, ou même des fantassins, ceux surtout dont le parti avait triomphé.*》[1] Voilà qui est clair ; mais Olaüs Mangus a oublié de nous dire comment s'y prendre pour enterrer deux cousins, ayant fait coup double, dans un duel, à cheval. Le duel voulait que les pierres fussent droites ; la sépulture de famille exigeait qu'elles fussent circulaires;

---

(1)　A.J.Tooke, *op. cit.*, p.820 :《(…) *avait triomphé*》.

mais comme il s'sgissait de cavaliers, on devait les disposer en coin, prescription, il est vrai, qui n'etait pas formelle, puisqu'on n'employait ce système que 《pour ceux surtout dont le parti avait triomphé. 》[1] O Brave Olaüs Mangus! vous aimiez donc bien fort le Monte-Pulciano? Et combien[2] vous en a-t-il fallu de rasades pour nous apprendre toutes ces belles choses!

(5) Selon un certain docteur Borlase, Anglais, qui avait observé en Cornouailles des pierres pareilles, 《on a enterré là des soldats à l'endroit même où ils avaient péri;》[3] comme si d'habitude on les charriait au cimetière! Et il appuie son hypothèse sur cette comparaison: 《Leurs tombeaux sont rangés en ligne droite tels que le front d'une armée, dans les plaines qui furent le théâtre de quelque grand exploit. 》

(6) Puis on alla chercher les Grecs, les Égyptiens et les Cochinchinois! Il y a un Carnac en Égypte, s'est-on dit, il y en a un en basse Bretagne.[4] Or, il est probable que le Karnac d'ici descend du Carnac de là-bas; cela est sûr! car là-bas ce sont des sphinx, ici, [5] des blocs; des deux côtés c'est de la pierre, d'où il résulte que les Égyptiens (peuple qui ne voyageait pas) sont venus sur ces côtes (dont ils ignoraient l'existence), y auront fondé une colonie (car ils n'en fondaient nulle part) et qu'ils auront laissé ces statues brutes (eux qui en faisaient de si belles), témoignage positif de leur passage (dont personne ne parle).

(7) Ceux qui aiment la mythologie ont vu là les colonnes d'Hercule; ceux qui aiment l'historire naturelle y ont vu une représentation du serpent Python, parce que, d'après Pausanias, un amas de pierres semblables sur la route de Thèbes à Elissonte s'appelait *la Tête du serpent*, 《et d'autant plus que les alignements de Carnac offrent des

---

(1) *Ibid.*, p.820: 《(…) avait triomphé》.
(2) *Ibid.*, p.820: et combien (…)
(3) *Ibid.*, p.820: 《(…) avait péri》;
(4) *Ibid.*, p.820: en basse-Bretagne
(5) *Ibid.*, p.820: des sphinx, ici des blocs;

sinuosités comme un serpent.》⁽¹⁾ Ceux qui aiment la cosmographie ont vu un zodiaque comme M. de Cambry, qui a reconnu dans ces onze rangées de pierres les douze signes du zodiaque, 《car il faut dire, ajoute-t-il, que les anciens Gaulois n'avaient que onze signes au zodiaque.》⁽²⁾

(8) Ensuite, un membre de l'Institut a conjecturé 《que ce pouvait être bien⁽³⁾ le cimetière des Venètes,》⁽⁴⁾ qui habitaient Vannes à six lieues de là, et lesquels fondèrent Venise, comme chacun sait. Un autre a écrit que ces bons Venètes, vaincus par César, élevèrent tous ces blocs, uniquement par esprit d'humilité et pour honorer César. Mais on était las du cimetière, du serpent et du zodiaque; on se mit en quête, et l'on trouva un temple druidique.

(9) Le peu de documents que nous ayons, épars dans Pline et dans Dion Cassius, s'accordent à dire que : les druides choisissaient pour leurs cérémonies des lieux sombres, le fond des bois 《et leur vaste silence.》⁽⁵⁾ Aussi, comme Carnac est au bord de la mer, dans une campagne stérile, où jamais il n'a poussé autre chose que les conjectures de ces messieurs, le premier grenadier de France, qui ne me paraît pas en avoir été le premier homme d'esprit, suivi de Pelloutier, et de M. Mahé (chanoine de la cathédrale de Vannes), a conclu 《que c'était un temple des druides, dans lequel on devait aussi convoquer les assemblées politiques.》⁽⁶⁾

(10) Tout, cependant, n'était pas fini, et il fallait démontrer un peu à quoi servaient dans l'alignement les espaces vides. 《Cherchons-en

---

(1) *Ibid.*, p.821: 《(…) un serpent》.
(2) *Ibid.*, p.821: 《(…) au zodiaque》.
(3) *Ibid.*, p.821: (…) pouvait bien êrte
(4) *Ibid.*, p.821: 《(…) des Venètes》.
(5) *Ibid.*, p.821: 《et leur vaste silence》.
(6) *Ibid.*, p.821: 《(…) assemblées politiques》.

la raison, ce que personne ne s'est avisé de faire, 》[1] s'est écrié M. Mahé ; et, s'appuyant sur une phrase de Pomponius Méla : 《Les druides enseignent beaucoup de choses à la noblesse,[2] qu'ils instruisent secrètement en des cavernes et en des forêts écartées》 et sur cet[3] autre de Lucain : 《Vous habitez de hautes forêts》 il établit en conséquence que les druides, non-seulement desservaient *les sanctuaires*,[4] mais y faisaient leur demeure, et y tenaient des collèges : 《Puis, donc, que le monument de Carnac est un sanctuaire comme l'étaient les forêts gauloises (ô puissance de l'induction, où pousses-tu le Père[5] Mahé, chanoine de Vannes et correspondant de l'Académie d'agriculture de Poitiers !), il y a lieu de croire que les intervalles vides qui coupent les lignes des pierres renfermaient des files de maisons, où les druides habitaient avec leurs familles et leurs nombreux élèves, et où les principaux de la nation, qui se rendaient au sanctuaire aux jours de grande solennité, trouvaient des logements préparés.》 Bons druides ! excellents ecclésiastiques ! comme on les a calomniés ! Eux qui habitaient là, si honnêtement, avec leur famille et leurs nombreux élèves, et qui même poussaient l'amabilité jusqu'à préparer des logements pour les principaux de la nation !

(11) Mais un homme, enfin, un homme est venu, pénétré du génie des choses antiques, et dédaigneux des routes battues.

(12) Il[6] a su reconnaître, lui, les restes d'un camp romain, et précisément d'un camp de César, qui n'avait fait élever ces pierres *que pour servir d'appui aux tentes de ses soldats et les empêcher d'être emportées par le vent.* Quelles bourrasques il devait y avoir autrefois sur les côtes de l'Armorique !

---

(1) *Ibid.*, p.821 : 《(…) avisé de faire》,
(2) *Ibid.*, p.821 : (…) à la noblesse qu'ils instruisent
(3) *Ibid.*, p.821 : sur cette autre de Lucain / Coquille évidente de *L'Artiste*
(4) *Ibid.*, p.821 : les *sanctuaires*
(5) *Ibid.*, p.821 : le père Mahé
(6) A.J.Tooke ne va pas ici au nouvel alinéa. *Ibid.*, p.822.

⒀　Le littérateur honnête qui retrouva, pour la gloire du grand Julius, cette précaution sublime (ainsi restituant à César ce qui jamais n'appartint à César), était un ancien élève de l'École polytechnique, un capitaine du génie, ls sieur de la Sauvagère!

⒁　L'amas de toutes ces gentillesses constitue ce qu'on appelle l'ARCHÉOLOGIE CELTIQUE, dont nous allons immédiatement vous découvrir les arcanes:

⒂　Une pierre posée sur d'autres se nomme un *dolmen*, qu'elle soit horizontale ou verticale. Un rassemblement de pierres debout et recouvertes au sommet par des dalles consécutives, formant ainsi une série de dolmens, est une *grotte aux fées*, *roche aux fées*, *table des fées*, *tables du diable*, [1] ou *palais des géants*; car, semblables à ces bourgeois qui vous servent un même vin sous des étiquettes différentes, les celtomanes, qui n'avaient presque rien à vous offrir, ont décoré de noms divers des choses pareilles.

⒃　Quand ces pierres sont rangées en ellipse, sans aucun chapeau sur les oreilles, il faut dire : Voilà un *cromlech* ; lorsqu'on aperçoit une pierre étalée horizontalment sur deux[2] autres verticales, on a affaire à un *lichaven* ou *trilithe*. Parfois deux blocs énormes sont superposés l'un sur l'autre, ne se touchant que par un seul point, et vous lisez dans les livres 《qu'ils sont équilibrés de telle manière que le vent suffit pour imprimer au bloc supérieur une oscillation marquée》 (assertion que je ne nie pas, tout en me méfiant quelque peu du vent celtique, et bien que ces pierres prétendues branlantes soient constamment restées inébranlables à tous les coups de pied furieux que j'ai eu la candeur de leur donner) ; elles s'apellent alors *pierres roulantes* ou *roulées*, *pierres retournées* ou *transportées*, *pierres qui dansent* ou *pierres dansantes*, *pierres qui virent* ou *pierres virantes*. Il reste à vous faire connaître ce qu'est une *fichade*, une pierre *fiche*, une pierre *fixée*, ce qu'on entend par *haute borne*, *pierre latte* et *pierre*

---

[1]　*Ibid.*, p.822: *table du diable* / Coquille de *l'Artiste*.

[2]　*Ibid.*, p.823: sur les deux autres

lait, en quoi une *pierre fonte* diffère d'une *pierre fiette*, et quels rapports existent entre une *chaire au diable* et une *pierre droite* ; après quoi, vous en saurez à vous seul aussi long que jamais n'en surent ensemble Pelloutier, Deric, Latour d'Auvergne, Penhoët et autres, doublés de Mahé et renforcés de Freminville. Apprenez donc que tout cela signifie un *peulvan*, autrement dit un *men-hir*, et n'exprime autre chose qu'une borne, plus ou moins grande, placée toute seule au beau milieu des champs.

(17) J'allais[1] oublier les *tumulus*! Ceux qui sont composés à la fois de silex et de terre s'appellent *barrows* en haut style, et les simples monceaux de cailloux, *galgals*.

(18) On a prétendu que les dolmens et les trilithes étaient des autels, quand ils n'étaient pas des tombeaux; que les roches aux fées étaient des lieux de réunion ou des sépultures, et que les conseils de fabrique, au temps des druides, se rassemblaient dans les cromlechs. M. de Cambry a entrevu dans les pierres branlantes les emblèmes du monde suspendu. Les barrows[2] et les galgals ont été sans doute des tombeaux; et quant aux menhirs, on a poussé le bon vouloir jusqu'à leur trouver une forme, d'où l'on a induit le règne d'un culte ithyphallique dans toute la basse Bretagne! O chaste impudeur de la science, tu ne respectes rien, pas même les peulvens!

(19) Une rêverie, si vague qu'elle soit, peut vous conduire en des créations splendides, quand elle part d'un point fixe. Alors l'imagination, comme un hippogriffe qui s'envole, frappe la terre de tous ses pieds, et voyage en ligne droite dans les espaces infinis. Mais lorsque, s'acharnant sur un objet dénué de plastique et vide d'histoire, elle essaye d'en extraire une science et de recomposer un monde, elle demeure elle-même plus stérile et pauvre que cette matière brute, à qui la vanité des bavards prétend trouver une forme et donner des chroniques.

---

(1) A. J. Tooke ne va pas ici au nouvel alinéa. *Ibid*., p. 823.
(2) A partir de ces mots 《Les barrows》, A.J.Tooke va au nouval alinéa qui n'existe pas dans le texte de *l'Artiste*. *Ibid*., p. 824

⒇　Pour en revenir aux pierres de Carnac (ou plutôt pour [1] les quitter), que si l'on me demande, après tant d'opinions, quelle est la mienne, j'en émettrai une, irréfutable, irréfragable, irrésistible, une opinion qui ferait reculer les tentes de M. de la Sauvagère, et pâlir l'Égyptien Penhoët ; qui casserait le zodiaque de Cambry et hacherait le serpent Python en mille morceaux. Cette opinion, la voici : les pierres de Carnac sont de grosses pierres !

GUSTAVE FLAUBERT. [2]

---

(1)　*Ibid.*, p.824. : plutôt les quitter
(2)　この小品について A. J. Tooke は1858年4月18日付の『芸術家』紙の261-262ページに掲載されているとしているが、実際は261-263ページである (A. J. Tooke, *op. cit.*, p. 819)。

■著者略歴

木之下　忠敬　（きのした・ただたか）

1947 年　生まれ

1973 年　東京大学文学部卒

1975 年　慶應義塾大学大学院仏文学修士

1977 年—1979 年フランス政府給費留学生（パリⅧ大学）

現　在　岡山大学文学部教授，19 世紀フランス文学専攻

著　書

『フロベール論考』(1989，駿河台出版社)。

フロベール論考 2
『野越え浜越え』－自筆原稿と筆写原稿の諸問題

2004 年 9 月 20 日　初版第 1 刷発行

■著　者――木之下　忠敬
■発行者――佐藤　守
■発行所――株式会社 大学教育出版
　　　　　〒700-0953 岡山市西市 855-4
　　　　　電話 (086) 244-1268　FAX (086) 246-0294
■印刷所――互恵印刷㈱
■製本所――㈲笠松製本所
■装　丁――ティー・ボーンデザイン事務所

© Koji Suzuki 2004, Printed in Japan
検印省略　落丁・乱丁本はお取り替えいたします。
無断で本書の一部または全部の複写・複製を禁じられています。
ISBN4-88730-588-5